Autum
Ca
秋的貓
Misa 著
阿殁Amo 繪

楔子

貓是高傲的。

牠們不被束縛，居無定所，渴望更大更廣、更遼闊的世界。

貓不會套上項圈，即使套住牠的脖子也套不著牠的心，不會你要牠來就來，也不會像狗一樣熱情回應。

牠們會站在遠遠的地方觀察，確保一切安全後才會接近你，但也僅止於接近。

貓驕傲、孤僻、冷眼旁觀，卻又柔軟、惹人憐愛。

以爲已經馴服的家貓，依然存有野貓的性格，牠們偶爾會出去，晃個好幾天才願意回家。

你永遠不知道這一次，家貓是出去散步，還是變成野貓了？

但是貓依然會付出，就是因爲牠們的眞心不容易得到，才難得可貴。

而且，一旦付出，就收不回來了。

第一章

我想要一個自己的家，
這個夢想原來就是一把鑰匙的重量。

我的名字叫倪苗。

在發音還不標準的年紀，很多同學都以爲我叫做狸貓。

事實上，國小畢業典禮的時候，連講台上的老師都把我的名字念成狸貓，我一邊領獎一邊跟老師說：「我叫倪苗，倪匡的倪、新苗的苗。」

可能是我的發音不標準，老師點點頭後又說：「抱歉，狸貓同學。」

好，我放棄了。

倪這個姓氏本身就不那麼常見，加上單名苗，湊在一起更是與眾不同。

至於父母怎麼幫我取這麼特別的名字？老實說我不知道，因爲我沒問過，也沒機會問。

我父母在我年紀小到連片段記憶都不存在的時候就過世了。很像戲劇情節，他們抱著還在襁褓中的我發生車禍，媽媽護住我、爸爸護住媽媽。最後，我活下來了，而他們走了。

我的名字，是父母唯一留給我的東西。

媽媽有五個兄弟姊妹，爸爸有三個兄弟姊妹，從小我就像隻居無定所的野貓，在這八個親戚家中轉來繞去，在大阿姨家住個一年，在三姑姑家住個兩年，在二舅舅家待個三年……為此我時常轉學，自然沒什麼要好的朋友。

父母留下的財產，說多不多、說少不少，至少足夠讓我念完大學。雖然我對父母一點印象也沒有，但我想他們一定是很好的人吧，因為從阿姨舅舅姑姑伯父身上就能看見我父母的影子。他們個個溫柔善良，視我如己出。還共同成立了一個銀行戶頭，以我的名字開戶，存著父母身故後的保險金，以及他們八個人每月固定匯入的生活費。他們對我很好，真的很好很好，我很感激。

可是，那些家庭終究不是我的家，就算他們再怎麼視我如己出，感覺還是不一樣啊。也許是我太敏感，他們給予我的那些溫暖，格外讓我覺得自己是局外人。

我看向窗外，看著那些走在圍牆上緣，或是在垃圾桶上打盹的野貓，就會想要變成牠們。牠們偶爾會迎向我的視線，我也總是從窗內凝視著牠們。野貓，會不會想要成為家貓呢？

而我這隻看似已經有了歸屬的家貓，卻一直想要往外去，當隻自由的野貓，找尋一個天地，成就一個真正屬於自己的家。

太不知足了。

不用你們說，我自己都這樣認為，我太不知足了。但我就是、就是無法忽視那種感覺。輪流在不同親戚家寄人籬下，每隔幾年就要轉學，每天都要面對他們小心翼翼的客氣對待，或是刻意對我說些我根本沒有印象的、有關父母的事情。

空氣好沉重，我幾乎無法呼吸。我知道這樣想不對，因為二姑姑一家人都對我很好。但就是太好了，好到不像一般正常的家庭。

孩子做錯事就該打該罰，但從小到大，我沒有被任何一個親戚責打罵過。因爲，我不是他們的孩子。

我只是想要一個無差別對待的環境，一對會眞正「視我如己出」的「父母」，一個我不用再離開的地方。

夜裡當我往窗外看時，發現三、四隻野貓正翻找著垃圾桶裡的食物，我便從冰箱拿了鮮奶，趁二姑姑一家人在睡覺時，躡手躡腳打開大門。

空氣很清新，我有一種解脫的感覺。

野貓們因我的靠近而警戒地退後，發光的眼睛在漆黑的夜裡格外引人注目。

我將鮮奶倒進盤子，小心翼翼地遞到野貓群面前，牠們絲毫沒有放鬆警戒地繼續看著我，那美麗的瞳孔在黑暗中微微發光。

我蹲在地上，下巴輕抵著手圈住的膝蓋，凝視著這群野貓。

爲首的花貓試探性地前進一步，雙眼緊盯著我不放，停頓了好幾秒後才又踏出第二步，卻停下繼續盯著我。

就這麼停停走走幾次後，花貓終於來到盤子邊，輕啜了口鮮奶，那發亮的雙眼依舊在我臉上打轉，像是在警告我別妄想靠近。其他的貓見狀，也戰戰兢兢地靠向盤子，等花貓甩了下尾巴後，才一窩蜂地上來舔喝鮮奶。

我就這樣維持同一個姿勢待在一旁，連呼吸都輕得可以。

很快的鮮奶便見底，牠們立刻跳回各自原先在黑暗中的位置，花貓居高臨下蹲踞在圍牆邊，雙瞳發亮地看著我。

我伸手拿起盤子，那瞬間貓群動了下，毛都豎了起來，做好若我有任何對牠們不利的舉動便會隨時逃開的準備。

看著牠們不信任的眼神，我只是轉過身，回「家」。

「狸貓呀，這次考試考得如何呢？」二姑姑發音不標準，我知道她其實是想叫我倪苗，聽起來卻像是狸貓。

「狸貓考試一直都不上不下的，媽妳不也知道嗎？」一邊吃著吐司一邊滑手機的表姊，就是故意叫我狸貓了，她說這是外號。她說完這句話的同時，被一旁的二姑丈伸手推了下，「幹麼啦！害我鼻子沾到果醬了！」

「講什麼話？沒禮貌。」二姑丈教訓完表姊，對我點個頭後又翻了頁報紙。

「姊才老是考試都不及格，哈哈哈。」表弟大笑，還閃過了表姊的攻擊。

「吵吵鬧鬧的像什麼樣，專心吃飯！」二姑姑出聲訓斥，不好意思地看了我一眼，「狸貓，別介意呀，我們家就是這樣，他們沒有惡意。」

我微笑點頭，繼續吃著眼前的早餐。

二姑姑一家人都沒有惡意，表姊更沒有，可是爲什麼表弟說表姊成績爛就沒事，而表姊開玩笑地損我就會被罵呢？

會有這樣的差異，是因爲我們不是一家人，所以對家人可以開的玩笑對我不行。

我看著窗外沿著圍牆上走過的花貓，牠瞥了我一眼，又向前走去，消失在我的視線裡。

我也想，成爲野貓。

所以，我做了一個決定，相當不知足，卻在我心中醞釀很久的決定。

看著獨立招生的高中名單，仔細搜尋，依照區域，選擇既不在大阿姨、二姑姑、三姑姑、三舅舅，也不在大伯家附近的學校。

我沒跟任何人商量，就算親戚問我，也只說了還在考慮，私下卻塡寫了那所高中的獨立招生報名表，直到寄來准考證後，我才將這件事情告訴二姑姑一家人。

「妳、妳怎麼沒跟我們商量？」二姑姑非常震驚。

「哇！眞的假的！那所高中很有名欸！妳居然偷偷報考！」表姊倒是不吝嗇她的祝福。

「我以後也想考那一間。」表弟咕噥。

「你不可能啦！」表姊擺擺手，遭到表弟怒視。

「有哪個親戚住在那附近嗎？」二姑丈的臉從電視螢幕前轉回來。

二姑姑扳著手指一一算著，最後搖頭，再次驚訝地看向我，「沒有半個親戚住在附近，最近的離那所學校也有兩個小時的車程吧？」

「是喔……我不知道耶。」其實我知道，但我怎能說那就是我的目的呢？

「能念那所高中有多棒啊！」表姊依然重複著一樣的話。

「聽說每年那所學校都會施放煙火，那個是最有名的！」表弟插話，一邊用iPad找出網路上分享的煙火畫面，表姊弟一同驚叫。

「那交通呢？每天來回四個小時？」二姑丈思忖，「放棄這所學校，選其他的呢？」

「不……」

「你瘋了啊！爸！那所高中有多棒啊！」表姊打斷我的話大喊。

「是啊！多少人想考都考不上，姊當初也是啊！哎唷！妳幹麼打我，我說的是眞的啊！」表弟生氣地看著表姊，而表姊的手還舉在半空中。

「別吵了，你們兩個如果考上我也不會讓你們去念，太遠了！」二姑姑吼了一聲，又轉過來心疼地看著我，「我先跟大伯那邊聯絡。」

「姑姑，我想去那裡念書。」我立刻出聲，這是我第一次在親戚面前表達自己的想法，讓二姑姑和二姑丈有些驚訝。

「我們再討論看看，好嗎？」二姑姑的語氣溫柔卻堅定。

「但……那所學校眞的很棒，我很想去，那對我的未來很有幫助。」聽到關鍵字「未來」，兩位長輩臉上出現了猶豫的神色，我加緊說著：「而且升學率很高，裡面出來的學生幾乎都能考上好大學，甚至有些學生高中一畢業就有不錯的事業發展！」

「怎麼可能。」聽起來太扯，所以二姑丈嗤笑。

「是眞的，現在爆紅的那個藝人，聽說就是還在那所學校念書時被挖掘的耶！」

「哪個藝人？」二姑姑問。

「就那個啊，現在有演偶像劇那個，還沒二十歲勒。」表姊最了解這種事情，一邊說一邊從手機google出照片，二姑姑一看才恍然大悟。

「還聽說裡面的學生都是天才，很多學校近幾年都面臨招生不足的問題，那所學校卻年年爆滿。」表弟接著補充。

我心裡超感謝表姊和表弟，沒套好招卻依然幫我說話。不過他們說的也都是實話，這所高中的確如此出色。

「你念書有這麼專心就好了……」二姑丈碎碎念。

「如果我考上那所學校，就算你們不答應，我也會去念！」表姊聲調輕快地說。

「我還是要跟其他親戚討論一下。狸貓，這件事情我們過幾天再談。」既然二姑姑這麼說，我也只能微微點頭。

我喜歡這個不屬於我的家，但我也想擁有自己的家。

看著窗外，那隻花貓又出現在圍牆上，牠的瞳仁在夜色中發光，也許在牠的眼中，我是一隻待在水泥建築物裡的野貓，而牠是擁有天地的家貓。

後來，我們都沒再提過這件事，也沒見二姑姑有和其他親戚商量，倒是二姑丈特地去搜尋那所高中的相關資訊，名聲好到嚇壞他們，甚至還抱怨爲什麼當初表姊沒去報考。表姊倒也乾脆，直接拿出自己眾多科目不及格的成績單放在桌上，表示自己有自知之明，這讓表弟笑了好久，事後慘遭表姊修理。

我想，也許隱約中，二姑姑他們也覺得我考不上吧。

我依然會偶爾在半夜端著鮮奶到外頭餵那些野貓，那隻花貓總是蹲踞在牆頭，居高臨下地打量我好一陣子，才慢條斯理地靠過來，不論我餵了多少次，牠總是如此。

迎來了國三大考，也過完我的生日。

青春年華的十五歲已成過去，我來到十六歲，收到最棒的十六歲生日禮物。

我走到客廳，二姑姑一家人都在，表姊躺在沙發上滑著平板，表弟連接著電視螢幕玩PS4，二姑丈一面看報紙一面要表弟關掉遊戲，二姑姑則在和朋友講電話。

手裡握著剛印下來的通知單，我坐在一旁的單人沙發，等二姑姑掛掉電話後，站起來小聲地說著：「姑姑，我有事情想說。」

「什麼事？」

二姑姑、二姑丈看著我，表姊瞄了我一眼後繼續滑平板，表弟則是沉浸在遊戲中。

將通知單攤平在桌上，我嚥了口水後說：「我考上那所高中了。」

二姑姑還沒反應過來，二姑丈也一臉茫然，表姊卻立刻從沙發上彈跳起來，衝到我面前搶過那張通知單大喊：「眞的假的！妳考上了？」

「什麼高中……啊，妳之前說的那所？」二姑姑瞪大眼睛，「妳考上了？」

二姑姑果然很訝異，連二姑丈都不敢置信。

「我看妳的成績！」表姊低頭閱讀通知單，「低空飛過，就差一點！」

「但還是考上了啊。」還專注在眼前遊戲畫面的表弟低聲回了一句。

「天、天啊，這樣子是不是要去念……」這結果讓二姑姑始料未及，她顯得手忙腳亂，又開始扳著手指計算通車時間。

「當然要去啊！」表姊充滿羨慕地看著我，「眞好，聽說那所學校盛產帥哥……」

「……去念，都考上了。」二姑丈坐正身體，雙眼從眼鏡上方盯著我，「還眞考上了，有能力。」

「但這樣通車……」二姑姑最在意的依然是交通問題。

我鼓足勇氣，看著他們每一個人，深吸一口氣後說：「我可以自己住外面。」

「那怎麼行，妳還未成年！」二姑姑立刻反對。

「一個女孩子自己住多危險。」二姑丈也接話。

「哇塞！好酷喔，獨居生活！」表姊倒是很開心。

「我也想要！」表弟終於轉過頭來起鬨。

「要什麼東西，你們會什麼？餓死你們！」二姑丈吼。

二姑姑皺眉看了二姑丈一眼，又看著我說：「我反對，不行。」

「姑姑，我會好好照顧自己。」我看著她的雙眼，「我會煮飯、會打掃。」

二姑丈好像想出聲反駁，但他的眼神先是落在我手上的通知單，又低頭想了半天，最後嘆了一口氣，將報紙摺好放在桌上。

「我同意狸貓什麼都會做，連我的衣服有時候都是她洗的。」表姊聳肩。

二姑姑皺眉，「妳的什麼衣服是狸貓洗的？」

「糗了。」表姊一臉說溜嘴的窘樣，「哎唷，就有時候我放在浴室的衣服忘記洗，狸貓就會順便幫我洗一下呀。」

「妳！別給人家添麻煩！」二姑姑瞪大眼睛，但表姊只是裝可愛地吐舌頭。

「沒關係啦。」我微笑著說。若真是一家人，又怎麼會覺得是在給我添麻煩呢？

「而且她做的菜也很好吃啊。」表姊躲到我身後，指著餐桌上的飯菜，「雖然外觀有點……但還不錯吃是真的呀。」

「同意！」表弟舉手。

其實，二姑姑、二姑丈的反彈已經不像我第一次說要報考時那麼大了，因爲他們也明白那所高中是很不錯的學校，誰不希望孩子能到好學校去念書呢？

「我可以自己生活，會每天跟你們報平安，也會打工賺生活費，完全不需要替我擔心。」我捏著衣角繼續說：「我……想要……有自己的家。」

屋內一片靜默，這句話到底有多傷人我不是不懂，但我說的是事實呀。

「這麼想和我們劃清關係嗎？」第一個開口說話的是表姊，她蹙緊眉頭，清秀的臉龐看起來不是很高興，但更多的是悲傷。

「我沒有，我很喜歡大家，但是……」我再次低下頭，忍著不讓眼眶裡的淚水流出。

表弟嘆息，關掉遊戲回到自己的房間。

我想叫住他，卻自責得連頭都抬不起來，衣角快被我扯鬆，忽然，表姊的手按上我的。

「爸、媽，就讓倪苗出去闖闖吧。」表姊的眼睛沒有離開我，語氣很是哀傷，「人家不是說，要離開了家，才會體認到家的可貴嗎？」

我咬著下唇，扯出一個微笑。

「這要和大伯商量……」二姑姑依然是這句話。

我想，這一次的溝通很失敗，這個家爲此有好幾天氣氛都有些奇怪，但我並不後悔，因爲我在爲自己爭取想要的生活。

我在心裡對父母懺悔，請他們原諒我的任性，並且給我一個機會。

你們的離開讓我的家離開了，我原諒你們離開，所以也請你們成全我的任性。

我想要一個自己的家。

也許父母眞的聽到了我的祈禱，也許我的話的確傷到二姑姑一家人，等我知道的時候，親戚們已經幫我在那所高中附近租了一間小套房。

「那是你媽那邊親戚認識的人介紹的，我們有去看過，環境還不錯，生活機能也好，樓下就有便利商店。」二姑姑一面將一把鑰匙交給我，一面說著：「裡頭的家具挺齊全也很新，我們已經將一些生活必需品都打點好了，妳就安心搬過去。」

「謝謝大家爲我這麼費心，其實學校有宿舍可以申請……」

二姑姑對我搖頭，「就讓我們爲妳盡一份心力吧。」她握緊我的手。

我看著手上的鑰匙，不可思議地想著，這個夢想原來就是一把鑰匙的重量。

「生活費什麼的別擔心，有這麼多親戚在，還要妳自己打工也太說不過去。」二姑丈則是把一本存摺放在我手上，上面寫著我的名字，「妳父母留下來的財產和保險金，拿來租那間套房也綽綽有餘，更別說每個月我們會輪流匯生活費。」

「可是……」

「妳唯一該做的就是好好念書。」二姑姑再次拍拍我的手背，眼眶含淚。

「我、我很抱歉……」忽然間我也溼了眼眶，後悔自己前些日子說出口的話。他們如此努力對我好，我卻輕易推翻一切。

二姑姑搖頭，對我微笑，「沒想到一晃眼妳就長大了。」

那天晚上，由我掌廚，煮了一桌外觀看起來難以下嚥的菜，表弟嫌棄地夾起一塊連我自己都看不出來是什麼的食物，以白老鼠的心情放進嘴裡，然後雙眼發光地喊著：「好吃！」

沒兩三下餐桌上那些外觀慘烈的食物被一掃而空，表姊心滿意足地拍著肚皮叮嚀我，如果在學校發現帥哥要立刻拍照傳給她看，表弟則說如果未來有機會，他也要報考那所學校，但他說出這句話的同時，二姑姑立刻投去警告的眼神。

「我不會讓你去那麼遠的地方，而且你自己一個人會念書才怪。」

「對啊，說不定沒拿到畢業證書回來，反而帶了孫子回家。」表姊講了個自以為好笑的笑話，其實是滿有趣的，但在此時提起，反而會讓二姑姑為我擔心。

「狸貓……千萬、絕對、不可以帶男生回去過夜。」二姑姑語重心長地叮囑我。

「我不會啦……」為了這種事情做保證，讓我有些尷尬。

「我們會不定時要求視訊。」二姑丈正言厲色。

「視訊通話很可怕欸，如果從螢幕畫面看見奇怪的東西……哎唷！幹麼啦，很痛欸！」表弟話還沒說完，就被二姑丈敲了一記頭。

那天晚上，是我待在那個家的最後一夜。

半夜，我一如往常端著鮮奶來到外頭，因為是最後一夜，我特別加料，準備了兩個貓罐頭。令我意外的是，花貓老大一看到我，立刻跳下牆頭蹲坐在地上，甩動尾巴看著我。

「你在等我嗎？」我低語，花貓只是再次甩了甩尾巴，眼睛盯著我手上的食物。

這次多了罐頭，香味四溢，在後頭的野貓群似乎也忍不住騷動，但倒是沒衝下來，乖巧等待花貓先食用。

我蹲在花貓面前，牠低頭吃著罐頭。「這是我最後一次餵你們了。」

花貓甩動耳朵，繼續吃著。

「我要離開這裡到外地去，也許可以找到一個屬於我的家。」我看著花貓的頭頂，牠會願意讓我摸嗎？我嘗試想伸出右手，花貓頓時警戒地抬起頭，毛些微豎起。

「最後一次了，我不能摸摸你嗎？」我笑著說，但花貓只是往後退了更多步，最後跳回圍牆邊上。

花貓一回到牆頭，其他野貓立刻跳下來，搶奪盤中的罐頭貓糧和鮮奶，我站起身，與那雙在黑夜中發光的瞳孔遙遙對望。

「從明天開始，我也是野貓了，終於是眞正的野貓，但我會在另一個地方成爲家貓。」畫面看起來也許好笑，我在對一隻貓說話，牠聽不聽得懂我不知道，但花貓甩甩尾巴，打了個哈欠。

貓就是這樣，就算餵了牠們這麼久，依舊不會對我敞開心房，連要碰觸牠都不行。我上前拿起空盤後，貓群一哄而散，只剩下花貓趴在牆頭睡覺。

掛著淺笑，我轉過身往家門方向走。

喵～

我一愣，轉頭，花貓坐直身體，尾巴晃動著，忽然往下一跳消失在漆黑的街道。

「掰掰。」就當作是牠在與我道別，並祝福我吧！

誰說，貓沒有感情。

第二章

被人記住，是存在的證明。

燙好的卡其色百褶裙用衣架夾著，外頭再套上白襯衫，襯衫胸前繡有我的名字——倪苗。將衣架掛在一旁，我打開筆電，和二姑姑一家人視訊。

「哇！好好喔！」搶先出現在畫面上的是表弟，他對於我的獨居生活很感興趣。

「別忘了帥哥帥哥！」表姊在後面喊著。

一陣兵荒馬亂後，終於輪到二姑姑擠到鏡頭前，免不了又是許多叮嚀，還要我稍微轉動鏡頭，讓他們看一下室內的環境。

「她不可能剛去就馬上有男生可以帶回家啦！你們也太過擔心了！」表姊大笑。

接下來還要分別跟三姑姑、二舅舅，還有大阿姨、大伯等人輪流視訊或通電話。等到和所有親戚統統報平安後，已經過了兩個小時，我扭扭脖子，闔上筆電，環顧起「我的家」。

一進門左邊是浴室，浴室並不大，門一開便是洗臉台，旁邊是馬桶和蓮蓬頭，二舅舅硬是塞了個小型浴缸進來，讓浴室顯得有點擠，但是能泡澡的確滿舒服的。

右邊是小型廚房，有簡單的流理台，接著往前直走右邊是單人床，左邊則有衣櫃、書櫃等其他收納櫃。單人床緊鄰窗戶，下方的小櫃子放著生活必需品，屋裡還有張不算太小的方桌，上面放著筆電，是我念書寫功課的地方。

原本打算去賣場買巧拼鋪在房間裡，大伯卻幫我買了地毯，材質一摸便知道價格不斐，他說是搬家賀禮，要我別推辭。

我很幸運，眞的。

我再一次環顧室內一圈，這裡雖然只是間租來的小套房，對我來說卻是一個家。

很不眞實，這就是我的家了嗎？

陽光從窗外透進來，我睜開眼睛，手機的鬧鐘也正巧響起。

我拉開不厚的窗簾，看著窗外的河堤伸了懶腰，河堤對面就是學校，這裡的視野很棒，空氣也不賴，環境眞的很不錯。

「第一天！我眞的在這裡過了第一天！」我忍不住對著窗外興奮地大喊：「早安！」

碰！

同時間，房間牆壁傳來一記巨大的聲響，像是隔壁的人猛力敲了牆一樣。

啊，現在才六點呢，想必是我吵到隔壁鄰居了，但這裡的隔音這麼差嗎？

聳聳肩，我打開窗戶，讓外頭的風吹進屋內，我深吸一口新鮮的空氣，然後打開手機音樂，將頭髮盤起，梳洗一番後，我站在衣櫃內側的鏡子前，看著穿上制服的自己。

從今天起，我就是高中生了！

踩著輕盈的腳步踏上往學校的路。從樓下大門出去，對面是河堤，只要走過河堤上的橋就會抵達學校，從我家到學校步行不用十分鐘。不過，難得的獨居生活第一天，我不打算直接去學校，想先到附近晃一晃。

刻意朝學校的反方向走，這裡幾乎都是住宅區，但早餐店不少，每條巷子至少都有一間，而且每間都挺多顧客上門。附近有間花店很早就開了，裡頭的人忙進忙出，正從卡車上卸貨。

我在花店外張望好一會兒，聞到很香的味道，也許改天可以買個小盆栽放在窗邊。

走到第一個公車站牌後，見到幾個跟我穿著同樣制服的學生，他們一邊背著單字卡一邊往學校方向走去，我不禁有點擔心，才開學第一天，他們怎麼就在背單字卡了？那些應該是學長姊吧！

雖然能考上這所學校的人成績都不會太差，但總是有人得當最後一名，也許每個人國中時在班上都是名列前茅，但來到這裡一下降為中後段的名次，想必會很難以接受吧。

想到這裡，我不免嚥了口口水，以前在班上成績位居中段的我，只是為了擁有自己的家，才拚命念書考上這所學校。如果要我每天依舊保持當初準備考試的衝勁，那實在太難了。

有道是，寧願當小池塘裡的大青蛙，也不要當大池塘裡的小青蛙啊。

我有點沮喪地轉身往學校方向走去，順道隨便選了間早餐店吃了蛋餅，經過河堤時看見許多早起運動或是慢跑的人，還有人在溜狗。

再往前一點，則是一座橫跨河岸兩端的橋，要去學校的話就必須先過橋。我往前走，打算從橋旁邊的樓梯上去，不過在經過橋的時候，意外瞥見橋下有一個和我穿著同校制服的男生躺在那。

原本想直接離開，但看了眼手錶，時間已經七點二十分了，那個人看起來像是在睡覺，想了想，同學愛就是該在這時候發揮才對，嘆了口氣，我往橋下走去。

走近之後，只見一個薄得像是什麼也沒裝的書包蓋在那個人的臉上，他的手枕在後腦下，修長的雙腳翹著二郎腿。

看了一下他胸前的學號，跟我一樣是新生，名字還沒繡。眞是奇怪，怎麼只繡學號沒繡名字呢？還是快點把他叫起來比較重要……

「幹什麼？」

我嚇了一跳，張開的嘴還沒來得及發出聲音，他就先說話。怪了，他眼睛不是閉上的嗎？

「那個……快要遲到了喔。」我小聲地開口，對方仍動也沒動。

覺得自己好像多管閒事了，我聳聳肩轉身離開，在爬上樓梯前，又往那個男生的方向看了眼，他依然一動也不動。

眞是奇怪，想不到好學校裡也會有蹺課的學生。

在這少子化的社會，這所高中的招生依然年年額滿，學生有四千多人，每個年級約有二十六個班，從英文字母A一直到T班，前二十個班都是普通科，後六個班則是專門班，分別是美術、音樂、日語、英語、會計，還有一個特別班，我想就是所謂的超級資優班吧。

因爲學生人數眾多，校車數量也十分驚人，每個學期開學時，會開放學生登記是否要固定搭乘校車，聽說會有一百二十三輛之多！每天還會再額外開放三到五輛校車，提供臨時需要的學生搭乘。每到打掃時間，校車就會有秩序地一輛輛停在操場上，等待學生放學。

這所學校人氣如此之高，除了因爲升學率良好，校風也很自由，雖然髮禁早已解除，但大多數學校依然維持不染不燙的規定，而這所高中對服裝儀容的規範寬鬆得很，基本上只要有穿制服、背學校的書包，其餘要怎麼搭配都隨自己開心。

然而令人意外的是，校風如此自由，學生們的自制力反而更高。

此外，最叫眾人期待的莫過於學校每年都會施放煙火，施放時間不固定，但每每總會成爲一大盛事。不過我對於煙火倒是沒什麼興趣。

最後就是每年的社團成果展，有時連外面的企業都會派人來學校看看有沒有可以培養的人才。雖然目前的社展不對外開放，但聽說只要有門路還是能進來參觀。

我看著新生導覽手冊，深深覺得這所學校根本可以榮登夢幻高中第一名了吧。

當初選擇這所高中，是因爲所有親戚都不住在這附近，自己有機會能順利一個人生活，但現在我看著簡介，再看看周遭的同班同學（果然如表姊說的素質超高）和教室內外的環境，這一刻，我忽然眞切地感受到，自己選對學校了。

「嘿，妳叫倪苗是嗎？」

下課時間，前座的女同學轉過頭對著我笑，她的發音字正腔圓，沒念成狸貓，讓我受寵若驚。我看了她胸前的名字一眼，她叫做韓千渝。

「好有趣唷，怎麼會取名叫做苗呀？是新苗的意思嗎？」她露出微笑，兩側臉頰鼓鼓的，煞是可愛，讓我聯想到麻糬之類的軟綿綿食物。

「我也不清楚呢。」我微笑帶過。

「小苗、小喵，嗯，我以後叫妳小貓好了，聽起來也比較可愛。」她又說，而我則睜大眼睛，求之不得。

剛才老師請全班輪流自我介紹，當我說出自己的名字時，班上有一半以上的人都轉過來看了我一眼，連老師都泛起微笑。

特別的名字，某方面來說，會讓人印象深刻。也許好幾年後，大家都會忘記其他同班同學的姓名或是長相，唯獨不會忘記我的。

這麼一想，我忽然感謝起爲我取這個名字的父母。畢竟被人記住，是存在的證明。

「那我叫妳千渝。」

「好哇。對了，妳想好要參加什麼社團了嗎？」韓千渝整個身體轉過來，雙腳很不淑女地跨坐在椅子上，「社團種類也太多了吧，好頭痛啊，居然連指甲彩繪這種社團都有，眞不可思議。」

幾個經過我們座位的男生都忍不住多看韓千渝的坐姿幾眼，她本人倒是用筆頭抵著下巴若有所思，不知道是沒發現還是不在意。

「那個……妳的腳……」我小聲地說：「很多男生在看。」

「這個？放心啦，我裡面有穿安全褲。」她掀起裙子露出裡頭的黑色安全褲，在那個瞬間我彷彿聽到其他男生倒抽一口氣的聲音。

「我國中是男女分班，所以習慣這樣了，也不太想改變。」

抵在下巴的筆頭現在被她咬在嘴裡，她皺著眉頭問：「妳有想參加哪個社團嗎？」

看樣子她雖然長得可愛，像是該被捧在手掌心呵護的嬌嬌女，個性卻意外的大剌剌，像個男生。

「我以爲全班都是女生會比較……」

「比較有氣質嗎？」韓千渝瞇起眼睛，理所當然地笑道：「偏見呀！都是女生的班級才叫誇張呢，哈哈哈。」

見她那樣笑，忽然間，我因爲初到新環境而繃緊的神經也放鬆不少，跟著她笑了起來。

「妳笑起來很美耶。」

「什、什麼？」我驚訝。

「美得就像這朵玫瑰一樣。」她不過手腕一轉，手中立刻多出一朵玫瑰，接著又微笑補充，「美得帶刺啊。」

我收回前言，韓千渝，是一個很奇怪的女生。

見到我呆滯的臉，她露出滿意的笑容，側身把玫瑰隨意塞回自己的抽屜後又轉過來，然後在她的社團申請單上塡了魔術社。

所以她剛剛是故意提到玫瑰，然後變出玫瑰這樣嗎？

「小貓，妳要選什麼社團？這是我第三次問妳了。」

「喔，我剛剛在發呆。等等喔，我看一下。」感覺好像跟不太上韓千渝的步調，她一點也沒有初次見面的生分，反而自來熟到令我不知所措。

「我大概會選烹飪社吧。」瀏覽著琳琅滿目的社團列表，有時候選擇過多反而不知道該選哪一個，反正自己一個人住，多學些料理也是好的，不然白白浪費了套房附設的小廚房。

「烹飪社？聽說我們學校的烹飪社挺有名的，記得到時候社展要給我招待券喔。」韓千渝問：「下一堂什麼課？」

我看了剛剛抄的課程表，「國文。」

「暈，我最討厭國文了。」韓千渝翻了個白眼，這時鐘聲響起，跨坐的長腿直接往後一旋，再次露出她的安全褲，旁邊男同學們看也不是、不看也不是。

在國文老師還沒進教室之前，利用早會時間選出的班長站在講台要大家繳交社團申請單，由班長收齊給導師，再由各班導師分別交給各個社團的指導老師，如果社團人數額滿，才會退申請單，或是經過淘汰制度選擇入社人員。

我看了下社團活動須知，其實不加入社團也可以，但都來到這所以社團多元發展爲特點的高中了，不參加怎麼行呢？

「果然是新生啊。」一個不知何時出現的男人，雙手環胸倚在前門，嘴角掛著感慨的笑容搖了搖頭。班上的同學滿臉狐疑，這個穿著便服看起來亂年輕一把的人是誰呀？

男人的目光掃過眾人，用力吸一口氣，「這種生嫩的味道，就是新生獨有的啊。」

「啊？」有幾個同學不自覺發出疑問聲，更多同學是目瞪口呆。男人瞧見眾人的反應後，竟然放聲大笑。大家你看我、我看你，搞不清楚現在是什麼狀況。

「怪咖一個！要不要去找老師來？」韓千渝轉過身小聲對我說，我瞥見那個男人手上夾著課本。

「我猜他就是老師吧。」

韓千渝挑眉，搖頭道：「教師資源太缺乏了，連這麼奇怪的人都可以當老師。」

妳也是滿奇怪的。

但我沒說出口。

「新生才會在上課前乖乖坐在位子上啊，你們知道幾年前我還很菜的時候，當然現在也很菜啦，總之，我到了班上，還有一堆小鬼……那些小鬼現在也高三了，時間過得眞快啊，啊，就是我到了班上，小鬼們還沒回座位，爲了展現威嚴我便說：『你們都沒聽見上課鐘聲嗎？』沒想到這種學生時代最常聽老師講的話，有一天也會從我口中說出來。」

倚在門前的男人絮絮叨叨地說了一大串，雖然還是不知道他到底要幹麼，但八九不離十，這個奇怪的男人就是國文老師。

「結果你們猜，那些小鬼回我什麼？」國文老師終於願意走進教室。

以他的外型來看，若說他是大學生絕對不誇張，但既然已經是老師，又至少有兩年資歷，少說也有二十五歲，他穿著普通的牛仔褲與T恤，T恤上還有奇怪的黃色方型卡通圖案，眞的很難想像他是個老師。

見沒有人要回答，國文老師站上講台，隨意翻了頁課本，「第二頁，那就二號起來回答。」

「啊？」被點到的男同學一臉莫名地站起來，踮著腳尖看了眼老師放在講台上的課本，「你翻到中間耶！怎麼可能是第二頁？」

「哎呀，現在就會頂嘴，以後當上學長還得了。」國文老師露出賊笑，雙手再次環胸，「快猜猜看，雖然猜對也沒獎品。」

全班同學一陣無言，頭上像是有烏鴉飛過，這個國文老師有點冷……

二號男同學搔搔頭，「他們回答『沒聽到』？」

「答錯，下一個。」國文老師又隨便翻了一頁，「就二十八號吧。」

「看起來明明翻到一百多頁！」坐在最前面的男同學大喊。

我心一驚，二十八號正是我，立刻跳起來。

「喔，是女生，看看女生的答案會不會有創意些？」國文老師一副等著看好戲的樣子。

怪了，這堂不是國文課嗎！爲什麼我要站起來回答不是國文的問題啊？

老師是不是完全沒聽到上課鐘響？都已經上課十分鐘了，我們連他叫什麼名字都還不知道。

「快唷快唷，快說，說說看喔！」

國文老師在講台上發出的催促聲，讓所有人瞪大眼睛，有些人甚至笑出聲，入學第一天的緊繃感，好像因爲這樣而舒緩了不少。

「反正你平常也沒在聽下課鐘聲？」於是我胡亂掰了一句，班上笑得更大聲，忽然覺得有些糗，我嘿嘿兩聲，摸摸鼻子緩緩坐下。

「妳叫什麼名字？」國文老師問。

「啊，我叫倪苗。」我又趕緊站起來，眞是的，老師沒叫我坐下我怎麼就自己坐下了。

「狸貓？」國文老師重複（而且我覺得他是故意叫錯），全班再次大笑。

可惡啊！我才想說趁著新學期要擺脫狸貓這個外號，連剛剛韓千渝都叫我小貓了，現在被國文老師這麼一叫，我想未來三年我的外號又會是狸貓。

「是倪苗。」我小聲澄清，但班上笑得太大聲，連國文老師也笑個不停，我的聲音全被笑聲給掩蓋。

算了，我放棄了，再次坐下。

「倪苗同學答對嘍，學期平均加一分。」國文老師瞇眼微笑。

全班同學連同我都瞪大眼睛發出詭異的驚嘆聲：「什麼？」

「你不是說答對沒有獎品嗎？」

「加一分剛剛要先說啊，我就會自願舉手回答。」

「哪有用這種題目加分的啦！」

班上此起彼落地發出抗議，我也不敢相信，這亂七八糟的展開是什麼啦？

「這比考試還難吧，而且還有上下對應的關係，從上課鐘對應下課鐘，其實是有關連的啊，能想到答案不簡單唷。」國文老師聳聳肩。

韓千渝轉過頭來詫異地看著我，眼神裡寫著：這國文老師是怎麼回事啊？

「啊，都忘記自我介紹了。」他終於想起這該是他第一件要做的事情。

他轉身拿起白色粉筆，在黑板上寫下他的名字——秋時緯。

「我姓秋，秋天的秋，不是丘逢甲的丘喔，你們可以叫我秋老師，但後面不能接一句『很秋喔』，這樣我就必須請你們來辦公室泡茶了。」

「秋老師……」全班念過一遍後，瞬間又一陣爆笑。

「謝謝你們的大笑捧場。」秋老師滿意地笑著。

他的眼睛瞥過我的時候，短暫停留了幾秒，我頓時明白了我們之間的小小關連性。

哈，我想他大概也是從小就被取了「很秋喔」之類的外號吧。在名字老是會被取奇怪外號的這一點上，看來我們有點同病相憐。

放學後，才剛走到家門口，我就發現門上貼著一張紙條，有點潦草卻漂亮的字跡寫著：

清晨請安靜！
妳的鄰居　留

我看了看隔壁的鐵門，看樣子早上的確是吵到鄰居了，居然記恨到特地留紙條給我。禮貌上還是過去道歉一下比較好，於是我摁下電鈴，但無人回應，我只好從書包裡掏出張便條紙。

抱歉，我以後會注意。

寫上這句話，再將便條紙貼在鄰居的鐵門上。
沒想到才搬來第一天，就和未曾蒙面的鄰居有些小摩擦。

「烹飪社每年最大的戰役就是社團成果發表會，我們會發放招待券給老師們，當然也有一些公關額度，基本上社員一個人可以拿三張招待券分送給朋友，每到那時候我們所有人就要在烹飪教室待命，能逛其他社團的時間不多，大家要有心理準備！」

二年級的烹飪社社長在教室前方大聲宣布，一旁還站著其他二年級社員，以及幾位三年級社員。

這也是我們學校的特別之處，三年級的學長姊們可以自由選擇參加社團與否，跟一般學校很不一樣，也正因爲如此，我們學校有很多學生在社團玩出名堂，進而得到不錯的大學保送機會或工作機會。

我和所有一年級的新生站在烹飪教室正中央，烹飪教室有六張大流理台，每張流理台都保持得非常乾淨，後面還有烤箱、冰箱跟桿麵台，一旁的公告欄則釘著每個月的支出開銷，旁邊掛著一本冊子，剛剛我稍微翻過，裡頭記錄著一些食譜。

「烹飪社有限定人數，我們所需要的是眞正喜歡料理，並且具有一定程度的社員，如果只是想著好玩或是好奇，就請不要浪費彼此的時間，改選別的社團吧。」社長的這番話讓幾個新生皺了皺眉頭，頗有微辭。

「因爲！」社長加重音量，「準備社展時的忙碌不是你們可以想像的，幫不上忙沒關係，最怕就是幫倒忙，也因爲如此，我們必須舉辦一場入社考試。」

「蛤？」

「還要考試？」

「我不想弄髒新制服！」

幾個新生女孩在旁邊碎嘴，聲音並不小，我瞧見學姊們紛紛皺起眉頭，表示她們應該也聽見了這些抱怨，但社長絲毫不爲所動。

「如果連這點決心都沒有，就請先離開吧。學校另一項特點就是社團可以中途加入，也可以隨時退出。」社長右手往門的方向一揮，做了個送客的動作。

幾個新生面面相覷後立即轉身離開，但留在原地的人也不少，我是其中之一。

「那麼，各位學妹，請跟學姊們拿圍裙，隨意做一道菜。剛剛雖然已經有好幾個人選擇放棄離開，但還是超過烹飪社招收人數，可能還會再淘汰五個人，請妳們有心理準備。」

怎麼加入一個社團這麼不容易，好像打仗一樣，還搞什麼淘汰賽。

我記得以前國中社團若超過人數，都是猜拳決定誰能留下，嗯……不過換個角度想，憑實力總比憑運氣好。

我接過學姊手上的圍裙，思考要做什麼菜色才比較能得到青睞。

我知道自己容易把食物弄得面目全非，所以不能選顏色太素淨的料理，會很容易暴露出我的缺點。三杯雞就很不錯，問題是桌上的食材沒有雞肉，只有提供簡單的麵條、雞蛋、綠色蔬菜，還有一些蔥薑蒜等。

當我還在思索該怎麼辦的時候嘆，居然已經有人率先完成料理了，那個人只煎了顆荷包蛋。

但越簡單的東西越不容易做好，那顆端上桌的荷包蛋，半生的蛋黃呈現金黃色的光澤，蛋白沒有氣泡也沒有燒焦，簡直是蛋中之王！

啊，我到底在想什麼！都什麼時候了，還有空對著別人的傑作發出讚嘆，得快點完成自己的料理才是！

有個女孩炒了盤青江菜，還有人煮了鍋蔬菜湯……完了，我不應該先觀察大家做些什麼，這樣一來我便會想著不要和別人重複，而讓可選擇的菜色變得更少。但材料就那幾種，根本沒辦法不重複啊。

正當我慌慌張張地東張西望時，碰巧和台上的社長對上眼，她瞇起眼睛，似乎覺得我手忙腳亂的樣子並不適合待在烹飪社。

我趕緊拿起刀子，正要準備處理食材時，時間就到了。

「好了！」社長拍了兩下手，「還沒做好的就抱歉了，時間也是測試環節之一。」

我僵在原地，不知道該怎麼辦，雖然沒有非加入烹飪社不可，但當下的心情還是很難過。

「學姊，可以再給我一次機會嗎？」於是我厚著臉皮提出要求。

社長沒料到有人會如此請求，瞪大眼睛說：「我剛剛講得不夠清楚嗎？」

頓時整間烹飪教室裡的學生都看向我，這下尷尬了，我乾笑幾聲，「嗯，有，但我只是想說……」有問有機會這樣呀。

不過社長好像很生氣，整張臉漲紅，「在我們社團裡，長幼順序很重要！妳把圍裙交給學姊，離開烹飪社。」

沒想到會被當眾洗臉，我也只能垂頭喪氣地交還圍裙，走出烹飪教室。站在走廊上，我沒有馬上離開，但烹飪社的門卻在我踏出的同時被用力關上，還眞是不客氣呀。

趴在走廊欄杆上，我看著遠處的校門發呆，心想有必要那麼凶嗎？那個社長爲什麼看起來一直很生氣？這該不會就是課業壓力太大的後遺症吧？

忽然我看見校門外有個學生雙手插在口袋，慢慢踱步進來，都已經下午了，現在才來學校，不如請假算了。

只見那個男生在校門口跟警衛說了幾句話，便慢條斯理地走進學校，我看著他一路走往這個方向的教學大樓，隨即身影隱沒在騎樓下。

我還以爲像這種好學校裡應該都是優良學生，原來也是會有遲到或是蹺課的人。不過也許他只是生病，下午病好多了，就特地來學校上課。在這所學校裡，後者好像比較有可能。

在欄杆上趴著趴著，覺得有些懶洋洋，究竟是因爲陽光太溫暖，還是因爲沒有錄取烹飪社的緣故，我也不清楚。

不經意間，餘光瞥過一旁的樓梯間，那裡有隻貓。

我大驚，學校裡面怎麼會有貓？

牠甩動著尾巴，腳踩在欄杆外緣，雖然貓從高處往下跳不會有事，但處在這樣的高度稍有不慎也很危險，驚慌之下我立刻往樓梯方向走去。

我才跨出第一步，那隻貓卻優雅地跳回樓梯內側，緩步爬上樓梯。

牠是出外溜達的家貓嗎？還是我們學校有校貓？難道是哪個學生偷養的？

放輕腳步，我跟在這隻黑白花色的貓後面，牠神態慵懶地拾梯而上，往頂樓的空中花園去。牠似乎發現我在跟蹤牠，微微側頭瞥了我一眼，忽然加快腳步往上跑。下意識地，我也跟著牠跑，三步併作兩步抵達了空中花園。

映入眼簾的是滿園花木，以及一個男孩躺在前方的長椅上，用扁平的書包蓋著臉。

喵～

黑白貓坐到男孩身邊，舔了舔貓掌，喵了一聲，輕輕捲動著尾巴。

原本是追著貓上來，卻被眼前的男孩吸引住目光，這一幕似曾相識。是了，在開學當天，我曾在河堤的橋下見過這個男孩。

我放輕腳步走到他身邊，一模一樣的臥姿，依然扁平的書包，這個時間怎麼會有學生背著書包躺在這裡呢？

制服胸前還是沒繡上名字，看來就是他沒錯了。

那個剛才從校門口走進來的男生，該不會也是他吧？

沒有答案。算了，別打擾他睡覺吧。

正當我轉身想要離開時，卻聞到一陣花香，原來長椅旁種了幾叢白花。那是一種很淡的香味，有點像是百合，卻沒有百合那麼濃郁，是一種舒服的香味。

我蹲下來端詳著那簇白花，花瓣像蝴蝶翅膀般姿態美麗，黃色花蕊直挺挺的。

這是什麼花？我對花一點也不了解。這個味道有點像是我在附近花店聞過的香味。

「穗花山奈。」

低沉卻沒有一絲雜質的聲音從後方傳出，我回頭一看，男孩依然將手枕在後腦下，書包也依然蓋在臉上。

他剛剛是在叫我嗎？還是他在說夢話？

「我、我是台灣人，不是日本人……」不管怎樣，先澄清就是了。

男孩挪動了下身體，一隻手將書包從臉上微微提起，露出眼睛看了我一眼，表情疑惑。

「我不叫穗花山奈，我叫倪苗。」

「狸貓？」這已經成爲每個聽到我名字的人固定會有的反應了。

「是倪苗。」我說，簡直是介紹名字SOP。

男孩終於將整個書包從臉上拿開，坐起身子，雙手撐在兩側，他的瀏海長度蓋住眉毛，像是有燙過般輕盈鬆軟。

他盯著我好一會兒，不發一語，起身往樓梯間走。

「你怎麼還沒繡名字？」想都沒想，我突然開口：「下禮拜朝會要全校服裝檢查。」雖然我們學校在服裝上管得很鬆，但學號、名字是一定要繡的。

「學校能拿我怎麼辦？」他側過頭，打了個哈欠。

「呃……」我怎麼會知道，「記過？」

男孩嗤之以鼻，對我的假設不屑一顧，「妳很愛管閒事，對吧。」

我聽得出他不是疑問句。

「並沒有。」

「例如開學第一天，妳也是如此。」

我瞪大眼睛，他居然記得我？明明當時他連看都沒有看我一眼啊！

他不等我接話，轉身就下了樓梯。

好像莫名被當笨蛋了，我嘴裡忍不住嘖了聲，今天也太衰了吧。

第三章

想不到小貓看起來乖乖的，依然會用爪子抓人呀。

「……他想說奇怪，從他將妻子埋到院子裡算來也有十天了，怎麼一向很黏媽媽的兒子都沒問媽媽人去了哪了？於是他顧不得肩頸痠痛，硬是將孩子丟高高十次後，不經意地問：『爸爸覺得好奇怪，怎麼這幾天你都沒有問媽媽在哪呢？』兒子眨著無辜的大眼睛，露出天眞笑容說：『爸爸，我才覺得奇怪，爲什麼這幾天你都把媽媽背在肩上？』」

秋老師用陰森森的音調講完鬼故事後，全班女生發出尖叫聲，幾個男生甚至無聊地突然發出裝神弄鬼的聲音嚇唬別人。

我全身起了雞皮疙瘩，立刻看向外面的大太陽，想緩和一下被搞得有些害怕的情緒。這是怎麼回事？爲什麼國文課上到一半會講起鬼故事來？這都要怪班上男生一直吵。開學不到一個月，大家已經越來越油條，調皮搗蛋的本事一一出籠，連韓千渝都會上課偷看漫畫，還硬是借給我，所以我也就「勉爲其難」看了。

秋老師雖然是老師，但平時笑容滿面，沒有身爲老師的威嚴感與距離感，個性也很孩子氣，見到大家無心上課，便提議如果大家對課本沒興趣，就來講鬼故事提神。於是，他就講起了剛才那則鬼故事。

不得不說我對鬼故事沒什麼免疫力，尤其現在又一個人住，但即便我搗起耳朵，秋老師獨特的音調還是傳入耳中。如果只是聽過就算了，我還會想像場景，搞得自己嚇自己，反而更可怕！

「所以說，你們上課就認眞點，別讓老師我講鬼故事呀。」說是這麼說，但嚇到我們這群兔崽子，秋老師看起來倒是挺有成就感的。

「我很喜歡鬼故事，多講一點吧，秋喔老師。」一個頑劣男同學這麼說。

「不要，你們男生乖乖上課，不要再吵了！秋喔老師我們不要聽！」另一個女同學立刻舉手抗議。

「誰管妳們啊！我們要聽鬼故事，秋喔老師繼續講！」坐在角落的男同學嘻嘻哈哈地附和。

「別吵啦，秋喔老師我想要上課，我最喜歡國文了！」幫腔的長髮女同學插話。

班上左一句秋喔老師、右一句秋喔老師，韓千渝偷偷笑了笑，用下巴指著秋老師，轉過來對我說：「妳看他的臉。」

「閉嘴喔你們！我是秋老師！不是說過不能亂叫嗎？」只見秋老師漲紅了臉，氣呼呼的模樣一點也不像是老師，反而像是班上男同學。

見狀，大家笑得更開心，越是貧嘴，「哪有，秋喔老師你之前說不可以叫你『很秋喔』，我們就沒那樣叫啊，超乖的。」

「我們只是叫你『秋喔老師』，『喔』只是語助詞，沒什麼意義的，對不對？」又有人幫腔了。

「你們這些小鬼，我錯了，你們比學長姊還要皮，裝乖的時間不到一個月，以前你們學長姊好歹會裝個兩、三個月才敢這麼放肆啊！」秋老師哭喪著臉，啜泣幾聲後打開課本，「我只能用課業制裁你們，這裡的注釋明天全都要考！」

「啊！」連同調皮的男同學們，全班發出慘叫。

「幼稚！幼稚秋喔老師！」有人忿忿不平。

「不可以這樣！這課課文你都還沒教完，你才教到注釋五就要考全部四十個注釋！」幫腔的人越來越多。

「對啊！不公平，我剛剛又沒叫你秋喔老師！」韓千渝舉手。

「有，妳現在叫了！」完全沒有商量的餘地，秋老師哼哼怪笑，「這就是老師的權力啊哇哈哈……現在應該沒人拿手機側錄吧？我回家以後應該不會在網路上看見影片吧？」

「啊！」幾個同學恍然大悟，忘記把握機會錄影存證再藉此威脅秋老師。

「學校禁止攜帶手機，大家別被騙了，小心被沒收！」班上某個機警的同學大喊。

秋老師嘖了聲，插著腰大笑三聲，「差一點就能沒收到手機了……好吧，不跟你們一般見識，我要來上課了。」

全班無語，秋老師……你已經一般見識完了……

「我的媽啊，秋得要命老師到底是不是大人啊？怎麼這麼幼稚？」韓千渝在聯絡簿寫上考試範圍，順便在旁邊加上一個「凸」字。

「欸，班導會看聯絡簿，妳不要亂寫。」我提醒她。

韓千渝不僅是很奇怪的女生，還是一個「很不女校」，又或者是說「太女校」的女生，與她外表的氣質完全沾不上邊，剝掉她的外皮，裡頭大概裝著個鐵錚錚的男子漢。

從此之後，秋老師的外號更多了，想得到的、想不到的都有，看樣子大家對於粗話都頗有研究，甚至有人開始比賽，最長的居然有十二個字，榮獲第一屆秋老師外號比賽冠軍。

「妳最後沒有參加社團？」韓千渝問。

我點點頭，除了烹飪社，我對其他社團實在興趣缺缺。

「不然來魔術社怎麼樣？反正我們學校可以中途加入社團。」

「不了。」我搖頭。

「妳眞怪，魔術很有趣啊。」她手裡又變出一朵花。

妳才怪吧！誰會講話講到一半突然變出花。

「喂，各位，等等打掃完，最後一堂課要服儀檢查。」班長在台上提醒大家。

我運氣好，負責打掃空中花園的花圃，是個爽缺，只要澆澆花就好，當然遇到下雨就不用打掃啦。

提著灑水器來到空中花園，一上來便聞到那股淡雅的清香，看著宛若白蝴蝶的美麗花瓣，還是不知道這種白花叫什麼名字。

想起上次在這裡遇見的男孩，後來就沒再看過他，等等就要服儀檢查了，不曉得他繡上名字了沒？

替所有花圃澆完水後，我坐在椅子上望著天空，感受下午的微風。

喵～

貓叫聲再一次引起我的注意，定睛一看，黑白貓就坐在前面。

「怎麼走路跟貓一樣都沒聲音啊。」說完我就笑了，也是，牠本來就是貓啊。

我朝牠伸手，但貓不隨意親近人，跟二姑姑家附近的野貓群一樣。牠也沒靠過來，只是舔著掌心的肉球再抹抹臉頰，伸了伸懶腰翹高屁股，便跳到草叢裡叼出一塊白布。仔細一看，那不是布，是衣服！天吶，那不是學校的制服襯衫嗎？是哪個同學拿了舊襯衫放在這裡讓牠當窩嗎？

那件襯衫看起來挺新的，反倒像是遺落在這裡的，但這樣也不合理，誰會把明明該穿在身上的制服丟在花園裡呢？

我小心翼翼地往前靠了幾步，蹲在黑白貓身前約五十公分處，牠甩甩耳朵，斜睨我一眼，又趴了下來，完全不視我爲威脅。

沒被當作有敵意固然開心，但好像被瞧不起了。這一點倒是跟二姑姑家那邊的野貓群完全不一樣，牠們總是不放鬆警戒。不過離別那晚，領頭的花貓對我喵了聲，代表牠還是把我當成「朋友」吧，我是這麼想的。

現在不是想那種事的時候，我再次偷偷朝黑白貓移動腳步，牠甩了甩尾巴卻沒有抬頭，看樣子我完全被無視了。襯衫胸前繡有名字的地方被黑白貓可愛的腳掌踩住，所以只能看見「秋」字。

「啊，果然在這裡。」一道熟悉的聲音從樓梯間傳來。

來人可能因爲一口氣爬了這麼多階梯，微微喘著氣，他看見我睜圓的眼睛，只說：「這邊是K班負責打掃的啊？」秋老師邊說邊走向我。

警覺心起，我立刻站起來往後退了幾步，奇怪的是，當秋老師走近時，那隻貓一點閃避的動作也沒有，反而露出肚皮，像是在對秋老師撒嬌。

「哎呀，被拿來當窩啦？小貓？」

「什麼？」最近被班上同學稱呼為小貓的我下意識地回答。

「哈哈，不是叫妳，妳是狸貓呢。」秋老師笑了幾聲，我咬緊下唇。你這個秋喔老師！在心裡狂叫他的外號，是我小小的無力抗議。

他一手撫摸著黑白貓的肚皮，一手拉出貓身下的襯衫，上頭沾滿貓毛，秋老師輕輕皺眉，說要用黏毛滾輪好好清潔一下才行。

我想起制服上的「秋」字，忍不住開口問：「秋老師，你幹麼把自己的名字繡在學生制服上？」

秋老師一臉疑惑，「妳說這件？」

我點頭，「是呀，我剛看到上面有一個『秋』字，不就是秋老師嗎？」

秋老師恍然大悟，張著嘴點了老半天的頭，看著我的眼神好像有些好笑。他抱起黑白貓，牠也乖乖地讓秋老師抱在懷裡。

「小貓，妳有點迷糊對吧？」秋老師轉身往樓梯間走去，停頓了下，回頭看我，「這一次是在叫妳。」

什麼呀，我有聽沒有懂。

空中花園只剩下我一個人，淡雅的花香撲鼻而來，那如白蝶般的美麗花朵肆意綻放，我蹲在花前，竟開始自言自語。

「什麼嘛，哪有老師會這樣當面說學生有點迷糊？光是能考上這所學校就證明我不迷糊了。而且爲什麼要把自己的名字繡在學生制服上？該不會是想角色扮演吧，也太噁心了！」

突然，貓叫聲再度響起，我嚇得回頭一看，秋老師一手抱著黑白貓，另一手在牠頭上來回撫摸，牠舒服得都發出咕嚕聲了。

秋老師的表情有些震驚又有些玩味，我驚駭得發不出聲音，天啊，剛剛那些話他有聽到嗎？

我講得那麼小聲，應該是沒有吧……可是……可是如果沒有的話，他幹麼用那種眼神看我？

因爲心虛加理虧，我不自覺地立正站好，像做錯事一樣看著秋老師。

「想不到小貓人如其名，看起來乖乖的，依然會用爪子抓人呀。」秋老師邊笑邊走近。

「我、我哪有，我的名字才沒有貓字，你是國文老師還發音不標準……」一個不小心我又吐槽老師了，我趕緊閉上嘴巴，可是已經來不及，秋老師全都聽到了。

這種時候是不是應該要道歉？道歉是不是比較好？秋老師的笑臉好可怕喔，爲什麼要露出那種清爽的笑容，就像暴風雨前的寧靜。再怎麼說他也是個老師，萬一我被記小過怎麼辦？

腦袋正胡思亂想時，秋老師已經走到我面前，忽然，他緩緩彎下腰朝我靠近，越貼近我就越後退。

終於退到無路可退，比我高了一個頭的秋老師，他的臉居然快要貼上我的臉。我頓時呼吸困難、心跳飛快，我長這麼大還沒跟男生的臉貼這麼近過，雖然他是老師，可是……可是老師也是男生啊！

感受到他的臉越來越近，我的身體不斷往下壓，忽然雙膝一軟，整個人一屁股坐到地上，但秋老師的臉還不斷靠近，我趕緊抬起雙手遮住自己的臉並閉上眼睛，「秋老師！你是老師！請你自重！自重！」

「噗！」

我聽到一陣爆笑，只好滿頭問號地張開眼睛，卻看見秋老師蹲在我前面抱著肚子，笑到臉都漲紅了。

「秋、秋老師？」我茫然不知所措。

「哈哈哈哈哈，小貓，妳眞是太逗了，是不是漫畫看太多？」秋老師抹去笑出來的眼淚，黑白貓在他腳邊磨蹭。

「什、什麼？」

「我忘記拿這件襯衫了，所以回來拿。」他晃動著手中的白襯衫，一臉笑意未減。

我面紅耳赤，瞬間理解了一切。這件襯衫剛才掉在我腳邊，秋老師靠這麼近只是爲了撿起襯衫。我卻以爲……天啊！丟臉死了啦！可是，拿就拿，幹麼這麼靠近？分明就是故意的！

我憤憤地看著他，秋老師一臉賊笑。

「……你不是老師嗎？」

「我是啊，很明顯啊。」秋老師依然掛著大男孩般的調皮笑容。

老師還這麼幼稚！不過他從上課第一天就這麼幼稚了……

不搭理、不搭理，不搭理他就沒事了。

黑白貓繞著他腳邊轉圈，秋老師溫柔地彎腰抱起牠。

「那是校貓嗎？」我還是忍不住好奇地問出口了，牠怎麼這麼黏秋老師？

「牠是野貓，只有秋天會出現。」秋老師看著我，「牠一出現，就代表秋天要來了。」

秋天才會出現的貓？這是什麼奇怪的貓？原來貓還有分季節性的啊。

我又問：「這是指牠像候鳥一樣，會隨著氣候遷徙的意思嗎？」

這時上課鐘聲響起，秋老師拿著襯衫走向樓梯，「快回教室吧，等等要服儀檢查。」

結果我的問題，秋老師還是沒回答。

全校四千人一起站在操場上，畫面果然挺壯觀的。

服儀檢查由各班老師進行象徵性的檢查，其實指甲油、染髮都算違規，但老師們多半都會默許，最重要的檢查項目只在於制服胸前的學號跟姓名。畢竟學校那麼多學生，老師們不可能全部記得，都得從學號、姓名來辨識學生，所以儘管校風自由，這點校方始終很堅持。

我忽然想到那個愛睡覺的男生，不知道他名字繡上了沒。

很快的我們班已經完成檢查，校長站到台上講幾句話後，便結束服儀檢查。

我看見秋老師掛著笑容站在講台邊，雙手放在身後。不知道那隻黑白貓跑哪去了，只在秋天出現，又黏著秋老師不放，還眞是不可思議。

隊伍解散後，大家慢步回到各自的教室，韓千渝一邊說自己另一件襯衫還沒繡上名字，一邊抱怨名字外露是侵犯隱私。

經過某個班級隊伍前時，我多看了幾眼，那個班級男女比例嚴重失調，幾乎清一色都是男生，而且每個人看起來意興闌珊，眼神中都帶有叛逆。

「別看了，快走。」韓千渝拉著我，因爲用力過猛，我第一時間來不及反應，居然絆了一跤，急得雙手亂揮，下意識有什麼就立刻抓什麼，重要的是穩住身體！

「呀！」韓千渝輕聲驚呼。

我抬起頭，映入眼簾的是制服上的名字——葉子秋。

「放開。」

這聲音怎麼這麼耳熟？我抬頭，對上一雙略顯訝異的眼睛。

「又是妳？」

「啊？」

男孩手插口袋，看了眼我抓在他襯衫袖口的手，「皺了。」

「對不起，我是不小心的。」我趕緊鬆手退後，一旁的韓千渝好像正微微顫抖著。

「子秋，誰啊？」其他男生一邊不懷好意地笑著，一邊打量我和韓千渝。

「一隻貓罷了。」那個男孩這麼回答。

我看向那個男孩，他的襯衫上竟沾著些許貓毛，又看了看他胸口的名字，猛然恍然大悟，「原來是你的襯衫？」

原來在橋下睡覺、在空中花園叫我穗花山奈的男孩，叫做葉子秋。

「我還以爲那件襯衫是秋老師的！好巧唷，你們的名字都有秋，所以我剛剛才會搞錯……」

喔，我好像說錯話了，因爲葉子秋的表情瞬間變得很可怕。他旁邊的男生們發出不屑的笑聲，用難聽的外號稱呼秋老師，抱怨他還眞愛管閒事。

從剛剛就躲在我身後的韓千渝此時用力扯了我的衣角，小聲道：「快閃了啦，他們是特別班的，別瞎攪和。」

每個年級有二十六班，前二十班是普通班，後面則是專科班加上特別班。這所高中的特別班一定特別厲害，說不定閉著眼睛都會考一百分，但是眼前這些人還眞看不出來是特別班的學生。

「特別班，所以你很厲害嘍！」我沒多想便脫口而出。

難怪葉子秋會遲到或是在空中花園睡覺，因爲成績太好了，上不上課根本無所謂。漫畫裡面不是都有那種劇情嗎？成績很好的人，學校通常會對他們的行爲睜一隻眼閉一隻眼。

我話一說出來，韓千渝抓我的手勁明顯變大，男生們也全部瞪大眼睛，倒是葉子秋露出不懷好意的笑容，看著我說：「妳不只愛多管閒事，也挺傻的。」

「跟特別班的人比起來，大概沒有誰是聰明的吧。」我沒好氣地說，一想到他們閉著眼睛就能考一百分，還眞沒來由地讓人生氣！

「子秋，這妹到底是損我們還是眞犯傻？」一個男生要笑不笑，一手搭在葉子秋肩上，再次打量著我。

「快閃啦！小貓！」韓千渝低聲催促。

「她只是傻呆。」葉子秋微笑的表情看來是眞把我當傻瓜了。「妳幾班的？」

「K班。」

葉子秋往我們班所在的位置看了眼，正要開口說些什麼，秋老師卻走過來了。

「都聚在這邊，怎麼了？」秋老師掛著不像老師的微笑，親切卻有些假假的。是啊，秋老師的笑容，一直都假假的。

「我們要回去了！」韓千渝這次大概使出七、八成力氣，用力拽著我離開現場。

當我被韓千渝拉上樓梯時，有隻貓從花叢中跳出，朝秋老師他們的方向跑去，我以爲牠會跑向秋老師，但那隻黑白貓卻在葉子秋的腳邊磨蹭。

看著葉子秋和秋老師站在一起的畫面，我忽然有種奇怪的聯想——葉子秋、秋時緯，他們的名字都有「秋」這個字。

「小貓，快走啦！」韓千渝拉了拉我的手腕。

「好啦。」我說，卻忍不住再一次回頭。

那隻秋天才會出現的貓，是屬於哪個「秋」的貓？

坐在空中花園的長椅上，聞到從烹飪教室傳來的甜甜香味，看樣子應該是在烤蛋糕吧。

十月，照理說是秋天，但天氣依然炎熱。我看著小秋貓（我決定這麼叫牠，雖然聽起來有點不文雅，但叫久了還挺順口的）意興闌珊地趴在長椅上，動了動耳朵，看起來睡得正香甜。

「現在不是秋天嗎？怎麼還這麼熱呀？」伸手想摸摸牠，小秋貓卻警覺地抬起頭，露出「別想偷襲朕」的表情。

「好、好，不碰可以了吧？」雙手高舉作投降狀，小秋貓又瞅了我一會，才緩緩趴下。

微風輕拂，蛋糕的香味在風裡越來越濃郁，我輕咬下唇，有些不甘心，當時不該緊張的，應該要盡力表現才是。

除了烹飪社，其他社團我都沒興趣，每天放學後便直接回到小套房，寫完作業就趴在床上發呆。

一個人的生活，比想像中還要無聊。儘管如此，每當我打開門，對著空無一人的套房說「我回來了」時，眞的有種回到歸屬之地的感覺。

「小秋貓，對你來說，這裡是你的家嗎？」幾乎是無意識的，我對著牠問。

小秋貓抬頭看我，我才注意到牠的眼睛是如同楓葉般美麗的紅褐色。

「這裡是牠秋天的家。」聲音從身後傳來，居然是秋老師。

「秋老師，你怎麼會常常來這裡？」

「這裡是公共場所，我什麼時候都能來吧。」秋老師好笑地看著我，小秋貓一見到他，立刻跑到他腳邊討抱，貓這麼黏人眞稀奇，雖然只黏他。

喔，還有葉子秋。

「空中花園不是學生的地盤嗎？」學校老師除了上課，幾乎不太會出現在走廊或校園其他地方，大多都待在辦公室或教職員休息室。

聽韓千渝說，學校某處有間很大的教職員休息室，裡面有電視、沙發、咖啡機、撞球臺和Wi-Fi無線網路，不過沒人證實過，據說因爲那是老師們專有的福利，老師們都很有共識地絕口不提，所以這就成了我們高中的七大不可思議之一。

「我來看看貓。」秋老師抱著貓坐到長椅上，手勢輕柔地撫摸著貓。

他的表情忽然變得有些奇怪，打趣地看著我，「妳剛剛叫牠什麼？小秋貓？」

「不然要叫牠什麼？」我靠近一些，想找機會偷摸牠。

「小貓呀。」

我一驚，才意會過來秋老師不是在叫我。

「我不要叫牠小貓，這樣會跟我的名字一樣。」

「妳不是狸貓嗎？」秋老師故意這麼說，這個老師眞的很沒有老師的樣子，而且這段對話的既視感也太重了吧。

「秋老師，你看起來很年輕，你幾歲啊？」

「年齡是男人的祕密。」秋老師故作玄虛。

「二十五？」

他眼睛微微睜大，「挺厲害的嘛。」

「二十五歲就可以當老師了嗎？」

「再往上加個一年差不多。」

「二十六？」那也還是挺年輕的，以一般老師的年紀來說。

秋老師點頭，「雖然比你們這些青春孩子大了十歲，但我的心還是很年輕喔，如果老師叫不慣，也可以叫我秋哥哥。」

我差點就要用他在學生間流傳的外號來問候他了，好在我有忍住，不然那些話可粗鄙得很。

蛋糕的香味再次傳來，接著便聽見一陣輕盈的腳步聲，滿臉笑容的烹飪社社長手裡捧著小蛋糕，從樓梯間探出頭來。

「秋老師！」她見到我先是一愣，看樣子是記得我。出於禮貌我點頭微笑，但她完全不理不睬，直接走到秋老師面前遞上手中的杯子蛋糕，「剛烤好的喔。」

「難怪從剛才就一直聞到很香的味道。」秋老師接過蛋糕，卻沒馬上吃。

「秋老師，你爲什麼不吃呢？」社長問。

「我剛剛摸了貓，等等洗了手再吃。」秋老師微笑，社長也就不再多問。她蹲下來也想摸摸小秋貓，手才伸出去，小秋貓便迅速跳開，往旁邊跑。

「還是一樣不親近人。」社長悻悻然地說。

看到這畫面我欣慰不少，至少小秋貓還願意讓我靠近。

不過話說回來，社長和秋老師講話時，看起來就像一般女生一樣，絲毫沒有擺出社團招生時那種氣燄高漲的姿態。

我想並不是因爲她正在和老師說話，而是因爲對象是秋老師，從她看著秋老師的眼神，就知道她對秋老師懷有一定的憧憬。看樣子秋老師的魅力還眞不小，雖然我不解像他這樣不像老師的老師有什麼好憧憬的。

……奇怪了，最近我怎麼越來越會在自己內心吐槽或是自我對話了？這就是一個人住的後遺症嗎？因爲沒有說話的對象，所以只能自我解嘲，看樣子過不了多久，我的內心就足以成就一個小劇場了。

話說回來，眼前這一幕還眞是說不上來的怪異，爲什麼社長會滿面春風地拿著杯子蛋糕給秋老師？我一驚，不會是什麼禁斷之戀吧？

稍稍往後退一步，這種禁忌的事情還是少知道爲妙，離得越遠越好。

「老師，你偶爾也要來烹飪教室露個臉，大家都很想你啊。」社長笑得像花一樣燦爛，這讓我腦補得更過分了。看來秋老師不只和社長有染，更和整個烹飪社的社員都有染！

打量了一下秋老師的外型，也是，他會受歡迎一點也不意外。

所以整個烹飪社都是秋老師的後宮嘍？

社長看了我幾眼，又和秋老師閒聊兩句，便離開了空中花園。

她一離開，小秋貓又從一旁跳回秋老師的膝蓋上，秋老師撫摸小秋貓的額頭，牠瞇起了眼，感覺很舒服似的。

「在學校這樣，不太好吧？」

「收下學生送的蛋糕嗎？」秋老師也瞇起眼睛，「還是我應該分妳一點？」

我搖頭，「比起分給我，你應該分小秋貓一些才是。」

「不能什麼都餵給動物吃。」他依然輕柔地撫摸著小秋貓。

「爲什麼社長會送秋老師蛋糕？」我小心翼翼打探消息，沒辦法，八卦是女人的天性！

「禮貌啊，畢竟我是社團老師。」秋老師說得理所當然，我卻瞪大眼睛。

「秋老師是烹飪社的顧問老師？」

「是啊。妳叫她社長，難道妳也是社員？那這個時間怎麼沒在烹飪教室裡待著？」

我連忙搖頭，走到秋老師旁邊，「我是想加入烹飪社，但沒被選上。」

「烹飪社的社員選拔的確比較嚴格，這一屆的社長又正巧一板一眼……這不能說出去啊，要是讓學生知道老師在背後碎嘴，這可不行。」秋老師臉上似笑非笑。

此時我腦中有個糟糕的想法，對於浮現這種念頭的自己感到吃驚，但也顧不了這麼多，因爲我已經受夠了回家無事可做。

「我想加入烹飪社！」

秋老師皺眉，「但妳被刷掉了不是嗎？」

「嚴格說起來不算，社長根本還沒吃過我煮的東西。我只是一時慌了手腳，沒有在規定的時間內完成料理。」我說明當天的狀況，「所以，老師可以再給我一次機會嗎？」

「這個嘛……」他露出爲難的神情，「妳去問問看余甄吧，余甄就是烹飪社社長。」

我故意露出哀怨的眼神，秋老師接收到眼神攻勢，眉頭皺得更緊，「畢竟烹飪社的事情，還是要由烹飪社社長來處理。」

「但你是顧問老師啊。」

「是沒錯，也就是掛名而已呀，妳沒聽到剛剛余甄說我很久沒去烹飪教室了？很早以前社團大小事就都是余甄在處理，連偶爾外聘烹飪老師來學校指導，也都是烹飪社自行去邀約，我只要簽名就好。」

那你到底做了些什麼啊？顧問老師。

不行，現在不是在內心吐槽的時候。我繼續露出哀怨的眼神，這次還加了些楚楚可憐，表現出一副迫於無奈的樣子，「好吧，既然這樣，那我只好去問余甄社長……」

「嗯嗯，沒錯沒錯。」

「我會跟她說，秋老師說不插手，要讓余甄社長自行決定。」

「嗯嗯，沒錯沒錯。」他點頭，繼續撫摸小秋貓。

「然後再順便說，剛剛秋老師說余甄社長一板一眼，不知變通……」

「嗯嗯，沒錯沒……」秋老師漂亮的眼睛瞠得老大，我依舊用無辜的眼神看著他，好像有多委屈一般。

「小貓，我剛剛可沒說社長不知變通這一項。」

「喔喔，對，余甄社長，我記錯了，秋老師只有說妳一板一眼。」看著秋老師不可置信的表情，我忍著不要笑出來。

「小貓，妳在威脅我嗎？」秋老師的眼神閃過一絲絲不同的情緒，像是玩味。一閃而過，讓我忽略了。

「哪有，是老師要我去找社長的，我只是模擬一下要跟社長講的話。」我故意這麼說，盡量裝得天眞無辜。

如果今天烹飪社的老師不是秋老師，我不會這麼做，就因爲是秋老師，他看起來親切又開得起玩笑。

更重要的是，好像還有點好欺負。明大我十歲，卻被我認爲好欺負，這樣的大人好像有點弱。

奇怪的是，秋老師看起來好像拿我沒辦法，又有點像是在看好戲，那捉摸不透的神情頓時讓我有些慌張。不過我沒有表現出來，因爲秋老師和好欺負畫上等號這件事，已經根深蒂固地深植在我心中，應該是說在所有學生心中。

「我的確有權限可以讓妳中途加入，但不可能無條件。」秋老師開口。

我用力點頭，「當然當然，我願意接受考試！」

「那就放學後吧，等烹飪社的人都走了，我會找余甄一起過來，由她來鑑定。」

我忽然想到上次考試的時候，我請社長再給我一次機會，她卻擺臉色給我看……

「秋老師，能不能由你決定就好？」

秋老師挑眉，我在心中預想著，若他問我爲什麼，我該如何回答，畢竟這已經是一種走後門的行爲。

「也行，那就放學後烹飪教室見。」意外的是，秋老師沒有多問，反而爽快答應。

「謝謝秋老師！」見達到目的，我連忙鞠躬，然後小跑步離開空中花園。

走下樓梯前，不知怎地，我突然想再看小秋貓一眼，回過頭，見秋老師正低頭撫摸著小秋貓，下一秒，他竟然將完全沒動過的杯子蛋糕丟進垃圾桶。

在那個瞬間，我忽然覺得，秋老師的親切都是假的。

第四章

他的雙眼有時候就跟貓一樣，看不見真心。

放學後，我在烹飪教室外的走廊東張西望，直到余甄走出烹飪教室並鎖上門離開後，我才走到教室門口等。

沒想到，我也會使這種小手段，這是我還輾轉寄住在親戚家時，絕對料想不到的自己。也許這才是我本來的個性？

之前住在親戚家，我會不自覺地想要當個「好孩子」，不奢望不屬於自己的東西，只是乖乖聽話，大人說什麼就做什麼。

自從一個人搬出來住以後，我才發現，原來我從來沒有眞正了解過自己。

這也不是壞事，對吧？有些事情不試試看就沒有機會，只要能達到目的，使出一點小小的、無傷大雅的手段也沒關係吧？我在心中安慰自己。

一聲貓叫聲從走廊末端傳來，小秋貓在那裡伸懶腰，小爪子在地上磨啊磨。

我將書包夾在大腿和肚子中間，蹲在地上對小秋貓招手，想要招呼牠過來。和牠相遇有好一段時間了，我連摸都沒摸過牠呢。

小秋貓的雙眼透露出相當明顯的不屑神情，我幾乎看見牠用鼻子哼氣，接著轉身扭著屁股，尾巴翹得老高地離開。

「啊啊……為什麼都不理我？嚴格說起來我也是貓啊，以前二姑姑家附近的野貓也是這樣，我餵了好久都不給摸。」

「妳在幹麼？」秋老師的聲音從後方傳來，帶著隱隱笑意。

一回頭，看見秋老師掛著打趣的笑容，雙手環胸盯著我看。

「沒有！」我連忙站起來。我剛剛的自言自語不會又被聽到了吧？糗斃了。

秋老師饒富興味地看著我，用那種嘲笑的方式嘆了口氣。我也不多問，要不是超想加入烹飪社，我一定立刻落跑。

「來吧。」秋老師從口袋拿出烹飪教室的鑰匙，轉動門把，逕自進到烹飪教室。

基於走後門的心虛，我在走廊上張望了幾眼，確定沒人後才踏入烹飪教室。

秋老師坐在講台邊的椅子上，指了指冰箱，「就看妳要做什麼吧。」

「沒有指定菜色？」

他聳聳肩，「妳隨意吧。」

我穿上圍裙，打開冰箱看了下，發現居然有白飯，想了想，決定弄個蛋包飯。

於是我取出白飯和兩顆蛋放到桌上，從另一邊的櫃子找到番茄醬，再將倒掛在一旁的平底鍋放到爐子上，熱鍋後倒油，待鍋中一陣劈里啪啦作響後，立刻倒入白飯，均勻炒鬆。

正在滑手機的秋老師往這邊看了一眼，香味沒能引起他多大興趣，目光仍然停留在手機上，遊戲音樂大得可以蓋過抽油煙機的聲響。

擠入番茄醬再灑一點點鹽巴，我皺起眉頭。怪了，照理來說會變成紅色的飯呀，怎麼我做的卻像是加了醬油的黑色？沒有聞到燒焦味，番茄醬在倒下去之前也的確是紅色的，剛開始炒也是紅的，怎麼攪拌幾下就變成這樣？

偷偷瞄了眼秋老師，好在他沒注意，反正就算炒飯賣相不佳，到時候包裹在蛋皮裡也沒差吧。

炒到米飯粒粒分明後盛盤，我小心翼翼地將盤子放在左手邊，這樣秋老師就不會看見飯粒恐怖的顏色了。

接著在碗裡打蛋，加入一點點太白粉，將蛋液倒入平底鍋，再迅速把火關小，以防燒焦。我自認為處理得很好，火候、時間都完美掌握，蛋也沒有燒焦，可離奇的是，蛋卻醜得像是燒焦一樣，呈現一種奇怪的顏色。

到底怎麼回事？算了，應該沒關係吧。

我輕手輕腳地將平底鍋上的蛋皮夾起，包裹在剛剛盛好盤的炒飯上。

蛋包飯完成了，可是，看起來一點也不好吃……

正常的蛋包飯外表應該要有金黃色的蛋皮，番茄炒飯也要是美麗的橘紅色，但我的蛋包飯不僅番茄炒飯呈現詭異的黑色，連蛋皮看起來也像是在冰箱裡冰了一個禮拜……算了，好吃就好，外表不重要，反正還不是要吃下肚。

對，沒錯。

我端起盤子，走到玩手機遊戲玩得正入迷的秋老師面前。

「秋老師，這是我做的蛋包飯。」

秋老師原本帶著笑容抬起頭來，卻在看見我手中這盤不明物體後，倏然睜大眼睛，疑惑地問：「這啥？」

「蛋包飯啊。」我將盤子遞到他眼前，秋老師卻失禮地往後縮。

「欸，開玩笑的吧，這能吃嗎？妳做壞了？」秋老師幾乎是下意識地回應，他很快皺起眉，想了想又說：「我的意思是，再做一次也沒關係，又沒有時間限制。」

「我做的東西就是這樣。」我咬了咬下唇。

他欲言又止，我想他無疑就是認定我沒有進烹飪社的才能。

「秋老師，你吃吃看吧。」我堅持將盤子舉在他眼前，這盤蛋包飯確實賣相難看到連我自己都不會想吃。但外表不該是重點，味道才是，不是嗎？

他勉爲其難地接過我手上的湯匙，猶豫再三才挖了一口，當他看見包裹在裡頭的炒飯居然是黑色的，又抬頭問：「妳用醬油炒？」

我搖頭，「是番茄醬。」

聞言他大吃一驚，想把湯匙放回盤邊。我瞪了他一眼，這其實是出於反射動作，畢竟料理被當成噁心的東西看待，難免不太爽快，所以那瞬間我忘記我是面對一個「老師」。

好在對象是秋老師，他的反應像一般男生一樣身體縮了下，乾笑幾聲，才把湯匙送到嘴邊，有點無辜地看著我。

我努力裝出既天真又期待的神情，還用眼神無聲提醒他剛剛說過社長余甄的壞話這件事，只見秋老師臉上彷彿浮現出壯士斷腕般的決心，閉著眼睛張嘴吃下第一口。

咀嚼兩下，他猛地睜開眼睛，滿臉不可思議地看著那盤賣相慘烈的蛋包飯，又望了望我，表情充滿疑惑，再次挖了口送進嘴裡，又是咀嚼兩下，下一秒他就將盤子從我手上搶走，狼吞虎嚥地吃了起來。

看他這樣，我著實鬆一口氣，坐到一旁的椅子上看著秋老師把蛋包飯全部吃光。

我不知不覺便盯著秋老師出神，雖然他已經二十六歲，外表與言行舉止卻不像個老師，反而很像大學生。我以為老師都該是一板一眼，開不得玩笑、求不得情，但秋老師把我對老師的所有刻板印象都打破了。

「看不出來耶。」秋老師拿著盤子走到水槽邊。

「我來洗就好了，秋老師。」

「我來就好，煮飯的人不用洗碗。」他伸出手拒絕，接著露出笑容，看得我有些發愣。

「秋老師，你真的……不太像老師。」

他挑眉，沖掉盤子上的洗碗精泡沫，甩了甩盤子後放到一旁，「不然妳覺得老師應該是怎樣？」

「嗯，至少不會像你這樣。」我歪著頭。

「有說跟沒說一樣啊。」秋老師大笑。

「秋老師的外表也不太像老師啊，反而像個大學生。」

「這樣的外表並不吃香，尤其在這個社會，每個人都是先看外表。就拿妳做的那盤蛋包飯來說吧，不就是最好的證明？」秋老師依舊微笑著。

「賣相真的很糟，我也不懂，為什麼明明按照步驟，最後成品的顏色總是很奇怪，可是味道我還是有自信的。」

「的確是意想不到的美味，不過，就算當初妳在入社考試做出這盤蛋包飯，余甄也不會選擇妳，我敢打賭，余甄連吃都不會吃，她就是那種典型只看表面的人。」

「……秋老師，你又默默說了社長的閒話了。」

秋老師一驚，隨即皺起眉頭，苦笑道：「其實我並不是愛說人閒話的人啊。」

我露出懷疑的眼神，秋老師感覺有些裝模作樣，但跟老師何須計較這麼多，所以我跳過這個話題，直接問：「秋老師，我這樣及格了嗎？」

「妳覺得呢？」怎麼反問我啊，真是的。

「秋老師覺得很好吃，所以我想應該是可以？」

「應該是？妳對自己這麼沒有自信？」他挑眉。

雖然我對味道很有自信，但是蛋包飯的賣相確實很糟，就如同剛剛秋老師所言，大多數人光看外表就會先打上分數，根本不會願意吃吃看。

想到這一點，還真有些感慨。

「感慨什麼？」秋老師提問。

「咦？」我瞪大眼睛。

「妳都說出來了啊，感慨什麼？」他雙手好整以暇地放在後腦杓看著我。

「只看外表。」我簡單用四個字帶過。

秋老師點頭，「這很自然不是嗎？」

「所以才感慨。」咬著下唇，心裡有點不舒服，「所以老師，我及格了是吧？」

「當然。」秋老師雙手從後腦移下來拍了拍大腿，「把這邊收一收，明天就直接來烹飪社吧，我會先跟余甄說。哎呀，真是麻煩，不知道她會擺什麼臉色給我看，這年頭學生越來越不尊重老師了。」

看他發著牢騷，我不加思索便說：「那是因爲秋老師看起來太好欺負了。」

原本要走出烹飪教室的秋老師轉過頭，那瞬間的眼神流露出些許異樣的情緒。

「妳也一樣吧。」

「啊？」反應不過來，我像個白痴似的啊了聲。

「妳是不是也因爲是我，才會提出再考試一次的要求呢？」

我噤聲不語，並沒有否認。

「看外表是人的天性，也是下意識的反應，我們討厭別人這樣，自己卻做出一樣的事情，這世界就是如此。」秋老師扯了扯嘴角，對著我說：「收一收就趕緊回家吧。」

那你又爲什麼把余甄做的漂亮蛋糕丟掉呢？我想這麼問，卻說不出口。

再也聽不見秋老師的腳步聲，我的雙腳像是失去力氣般微微顫抖，嘆了口氣，是啊，我又何嘗不是一樣？

因爲是好說話的秋老師、因爲是親切的秋老師，我才敢開口「威脅」，結果搞了半天，我和其他人都一樣。

看著流理台邊放著秋老師剛洗好的盤子，不一樣的人是秋老師，他看著蛋包飯慘不忍睹的外表，還依然願意吃看看，才能發現到我的手藝。

仔細一想，秋老師對待任何學生，似乎都是一視同仁，不管成績好壞、不管高矮胖瘦、不管對方是不是有什麼特殊背景。秋老師才是眞正做到不在乎外在，直視對方內心的人。

但我忽然覺得，像秋老師這樣的人，是不是也隱藏了部分的自己，他的親切與微笑，是不是只是選擇把所有人都能接受的「外在」表露出來？

喵～

小秋貓站在烹飪教室前門盯著我看，突然間，牠的眼神讓我想起秋老師。秋老師的雙眼有時候，就跟貓一樣，看不見眞心。

寫完功課後，我將明天的課本和筆記本整理好，放進書包。向親戚們報告我今天仍一如往常是平凡的一天。搬出來獨自生活滿三個月了，大家漸漸習慣，已經不需要我每日報備，很多時候我都只是傳訊息給表、堂兄弟姊妹，由他們轉告長輩我過得很好。

躺在地毯上，看著窗外的天空，住宅區的光害並不大，依稀可以看見夜空繁星點點。

「啊！」

隔壁傳來男人的喊叫聲，接著是東西打翻的聲響。之前嫌我太大聲，自己的聲音也不小啊！

這裡的隔音還眞不是普通的差。隔壁鄰居再次打翻東西的聲音從敞開的窗外傳進來，他似乎還罵了句粗話，從聲音聽起來男人的年紀不大。

前幾天借的漫畫裡，主角搬新家會主動向隔壁鄰居打招呼、致贈見面禮，但二姑姑說我一個女孩子獨居，最好不要讓別人知道比較安全。

雖然現實社會中大家都是這樣，但如此冷漠，未免讓人有些感傷。

不過，這裡本來就不以學生爲主要租屋客層，我在樓下布告欄看過租金價目，絕對不是一個月五、六千元就能打發的費用。

隔壁房間安靜了下來，我閉上眼睛，想起五官已經不甚清晰的父母，彷彿又聽到了貓叫聲，提醒我自己：這裡雖然是家，但還不算是個家。

因爲我沒有家人。

「我過得很好。」男人的聲音突然將我從恍惚的意識中拉回，我睜開眼睛，聲音再次從窗外傳來。

「雖然我很想這樣說……」

我躡手躡腳走近窗邊，側耳聆聽，看樣子隔壁鄰居應該是開著窗戶講電話，接著我聞到一股菸味。

「我沒有辦法當成過去。」男人的聲音聽著好像有些耳熟。

我持續偷聽著，而男人沉默了好一陣子，隱約聽見細碎的女人聲音從話筒另一端傳來。

「夠了！」男人大吼一聲，窗戶被用力關上，緊接著是門被打開又用力甩上的聲響，男人踩著重重的步伐離去。

晚上十點半，他要去哪裡？

等到再也聽不見男人的腳步聲，我才呼出一大口不自覺憋住的長氣，也許下次我該找機會跟樓下的警衛伯伯打聽隔壁住著什麼樣的人，他脾氣似乎很暴躁。

一如往常，去學校前，我先在家裡附近閒晃，意外發現一間人超多的豆漿店。我抱著好奇的心態也跟著排隊，買了無糖豆漿和飯糰。店內已經沒有空位，加上其他顧客都是結伴邊吃邊聊，穿著校服孤伶伶地一個人和別人併桌好像有點可憐，所以我提著早餐往河堤走。

我莫名地喜歡這個河堤，看著河水靜靜地流動，就覺得心裡很平靜。偶爾看見早起運動、蹓狗的人經過身邊，讓我覺得，平凡的幸福不過如此。

我吃完大半顆飯糰，突然聽見了爭吵聲，眼睛追尋著聲音來源，發現橋下有其他學校的學生群聚。

我趕緊將沒吃完的早餐丟進垃圾桶，想著要快點離開比較好，以免被波及。卻因爲好奇又回頭看了一眼，發現那群他校生似乎正在挑釁某個人，仔細一看，被針對的人穿著我們學校的制服。

我大驚，是我們學校的人被欺負了嗎？該怎麼辦？要找教官來？但是我沒有教官的電話，還是現在趕快去學校找老師？這樣來得及嗎？大叫呢？

這時一陣激烈叫囂聲響起，那群人打了起來。說是打了起來，也不過就是那五個他校生對我們學校的某個人拳打腳踢，完全就是以多欺少。

「住、住手！」我不自覺大喊。喊歸喊，有沒有人聽見又是另一回事，打得正激烈的他校生並沒有注意到我，但同校的人看見我了。因爲有些距離，加上橋下光線不良，我看不清楚那個同校男生的長相，只覺得身形有些眼熟。

「靠，怎麼自己先開始了？」

「喂！有沒有搞錯啊，時間還沒到吧！」

這時，忽然有兩名穿著我們學校制服的男生從我身邊跑過，順勢將書包丟在我的腳邊朝橋下狂奔，原本一直捱打的同校男生開始大動作反擊，出拳動作流暢，瞬間把兩個對手打倒在地，前去幫忙的兩個同校男生則和其他三個人扭打成一團。

場面混亂，我應該要趁現在跑去學校跟老師說才是，我卻僵在原地，完全無法動彈。

最後我們學校的三個人勝出，五個他校生全躺在地上喘氣，後面才趕來加入戰局的兩個男生蹲在一旁大笑，掏出手機像是在拍照。

一開始就在現場的那個同校男生，一腳踩在一個看起來像是領頭的他校生胸膛上，不知道說了些什麼。他校生從口袋掏出手機，那個同校男生一把搶過，按了幾下又丟還給對方。

「下次敢再這樣威脅我試試看。」隱約聽見那個同校男生這麼說。

不一會兒，他校生狼狽地逃離現場，而後來才加入戰局的兩個男生放聲大笑，勾肩搭背地走出橋下，那個同校男生也跟在後面，用手背隨意擦拭臉上的血跡。當他們逐漸走近，我才發現，那個從一開始就在現場的同校男生正是葉子秋！

「K班的女生。」兩個男生經過我身邊時吹了聲口哨，我認出他們就是服儀檢查時站在葉子秋身邊的朋友。

「你們沒事吧？」看他們襯衫都髒了，手腳上也處處是擦傷。

「問問看對方有沒有事吧，哈哈哈。」兩個人嘻嘻哈哈好不正經。

葉子秋站在我面前，個子比我高很多的他，君臨天下似地俯視著我，露出玩味的表情。

那兩個男生一個聳肩一個擺手，撿起書包後便大聲笑著往河堤上走去。

葉子秋手插口袋，面無表情地繼續盯著我看，被他看得我亂不自在的。

「妳在這幹麼？」他瞇起眼睛。

「吃早餐啊……」

「幹麼不去教室吃？」他又問。

「因爲太早了，想說晃一晃……」怪了，我幹麼非要回答他。

他看著我的眼神充滿懷疑，「妳看見了吧？」

是指打架嗎？一定看見了啊。

「妳有跟教官說了嗎？」

我搖頭，看不出他的表情是鬆了口氣還是沒差。

「特別班，這樣不好吧？」

他挑眉，「妳以爲特別班是什麼？」

「不就是功課特別好、特別資優的班級嗎？」畢竟是這樣一所明星高中啊。

葉子秋冷哼一聲，「妳是眞呆，還是裝傻？以爲傻傻的人家就會覺得妳可愛？」

「什麼？」

「特別班可不是褒獎的意思。」他相當不屑地從我身邊走過，往學校的方向去。

我在原地傻愣幾秒後，才回過神地也往河堤上爬去。

葉子秋一群人打架的事情很快就傳到學校。朝會時，不僅當著全校面前被學務主任狠狠洗臉，三個人還被叫上司令台當眾訓斥。但葉子秋維持一貫的面無表情，看起來不痛不癢，另外兩個男生也滿不在乎地笑著。

「那就是特別班的素質，小貓，別再跟他們搭話了，上次快把我嚇死了。」韓千渝一面寫著筆記一面叮嚀我，我都不敢說他們打群架時我也在場了。

「特別班難道不是特別優秀的班級嗎？」

韓千渝露出滿臉不可置信的神情，「天呀，小貓，我知道妳有點天然呆，但沒想到呆到這種程度，妳覺得特別班就是資優班嗎？」

「因爲是這一所高中啊……」

「啊啊，也是啦，因爲是在我們高中，的確可能會讓人有這樣的錯覺。」韓千渝點頭同意，「不過我們學校的特別班，其實就是放牛班啦。」

我並沒有多訝異，看葉子秋他們的表現就隱約能猜到了，只是……「這樣一所優秀的高中，爲什麼還會有放牛班？」

「又不是功課好就代表人品好。」韓千渝露出訕笑，「有些家裡有錢有勢、小孩成績又不錯的父母，也想要讓孩子來念這所高中啊，但老師控制不了的學生如果待在一般班級，會造成其他學生的不安。與其這樣，不如把無法掌控又不太能得罪的學生集中在所謂的特別班裡，名字聽起來還很氣派呢。」

所以葉子秋就是問題學生嘍，他看起來的確很像是帶頭作亂的。

「這就是明星高中光鮮亮麗表面下的黑暗吧。」韓千渝聳聳肩，「總之，一般人都會跟特別班保持距離，不是說特別班的人都很壞，但傳出來的消息總是負面居多，也不能怪我們會這麼想啊。」

我點點頭，其實這也沒什麼，每所學校總是會有一些比較頑劣的學生，況且我也不認爲葉子秋他們是「壞學生」，雖然打架什麼的的確很可怕，可是我們又不知道打架原因是什麼，老師們甚至連問都沒問，就直接記他們小過。

不過，我和葉子秋也不算認識吧，現在就下定論還太早。

上國文課時，秋老師看起來跟平常無異，偶爾會冒出幾則笑話，或是突然出題點同學起來回答，但他昨天怪異的模樣讓我有些介意，所以特地多觀察了秋老師幾眼。

趁著下課，我在走廊追上秋老師，「今天就要去烹飪教室報到了，秋老師，你有先跟余甄社長說過了嗎？」

秋老師挑起右眉，沉思了下，露出陽光般燦爛的笑容，「當然，我已經說過了，妳直接過去就可以。」

我鬆了一口氣，「那她有沒有擺臉色？」

「擺臉色？」

「昨天秋老師不是說，社長一定會擺臉色給你看嗎？」

「喔喔，對，還好啦，我是老師，她怎麼會給我臉色看呢？」秋老師又笑了幾聲。

怎麼跟昨天說的不一樣？

「這張給妳。」秋老師從國文課本裡抽出一張單子，是入社申請單，有秋老師的蓋章。

「等會交給余甄就行了。」

「爲什麼秋老師沒有順便交給社長呢？」我總覺得哪裡怪怪的。

「不說這些了，妳跟我過來辦公室。」明顯被跳過話題。

一路上我跟在秋老師身後，每經過一個班級，必定有學生從窗戶探出頭跟他打招呼。經過操場時，籃球場上的男生們會停下來，揮手吆喝要秋老師也加入。走過社團教室，熱音社學生竟抱著樂器衝出來，熱舞社更誇張，還即興在走廊上跳了一段舞，再追問他的評語。

每一位帶著笑容靠近的學生，秋老師都熱情回應，看著這樣深受學生歡迎與信賴的秋老師，我卻覺得呼吸有些不順暢。

秋老師的眼睛沒有笑，就像我猜想的那樣，戴著一張大眾都可以接受的面具，隱藏眞心。

到了老師辦公室後，秋老師拉開他辦公桌旁邊的小板凳，示意我坐下。

「知道我爲什麼叫妳來嗎？」秋老師依舊面帶微笑，而我只是搖搖頭。

「嗯，妳認識葉子秋吧。」

「我不知道算不算是認識。」

「今天一早他們又在校外打了一架，這妳知道吧。」

「在朝會時學務主任說過。」這全校都知道。

「妳在現場吧？」秋老師瞇起眼睛，有些意外地看著我。

「嗯，對呀，全校都在啊。」畢竟是朝會，一定要在的啊。

秋老師卻做了個類似翻白眼的舉動，下一秒他立刻意會自己這樣做不好，輕咳了聲，

「我是說，當時妳也在河堤對吧？」

原來是這個「現場」喔。「呃……我是在河堤沒錯。」

「那妳知道他們爲什麼打架嗎？」

我搖頭，「我只是在那邊吃早餐，什麼都不知道。」

「吃早餐?在河堤?」秋老師重複，看起來難以置信。

「對、對呀。在河堤吃早餐很奇怪嗎?」害我忽然感覺有些難爲情。

秋老師再次打量我，「妳和葉子秋很要好嗎?」

我連忙搖頭，「只見過幾次，老師，我眞的只是湊巧在那，我不知道他們爲什麼打架。」

他雖然瞇著眼睛，但我想，秋老師其實是相信我的。

「葉子秋不是壞學生，但……」秋老師欲言又止，最後他沒再多說什麼，看著我的眼神像是一個「好老師」的模樣，「好了，回去上課吧。」

我點頭起身，將椅子放到一旁，還對秋老師敬禮。

「秋老師，你和葉子秋有什麼關係嗎?」

「不就老師和學生嗎?」

「那秋老師，你怎麼會知道當時我也在河堤呢?」離開辦公室前，我回頭問。

秋老師瞇眼微笑，手朝天花板指了指，「上課鐘響了。」

此時，鐘聲的確響起，我還想問些什麼，秋老師卻擺擺手打發我離開。

走在走廊上，我往外看去，意外瞥見站在對面教學大樓空中花園的葉子秋，他抱著小秋貓像是在眺望遠方。

我想起一件事，在河堤時，葉子秋從被他踩在腳下的他校生手中搶過手機，在手機上按了幾下，還說敢再威脅他試試看。

看樣子這就是打架的理由了。

原本想轉身回去告訴秋老師，但又想，他也沒告訴我怎麼知道我當時也在河堤，況且，這一切都不干我的事，何必自蹚渾水。

「秋老師找妳做什麼？」

回到教室，班上同學大多還沒回到座位上，韓千渝和幾個女生圍成一圈在聊天。

「老師還沒來？」

「老師臨時請假。」韓千渝指了黑板上的「自習」二字。

「喔。」有種賺到的感覺，我湊到她們身邊，「妳們在做什麼？」

「眞心話大冒險，玩過沒？」其中一個女孩說。

「沒有，很困難嗎？不然我先見習一下。」我拉過椅子。

「一點也不困難，簡單得很。」韓千渝拿起桌上的原子筆，放在正中央，「等一下筆尖轉到誰，那個人就要選擇眞心話或是大冒險。」

「眞心話就是不管我們問什麼都要回答，大冒險就是不管我們說什麼就要去做。」另一個女孩補充。

這遊戲也太霸道了吧，我後悔加入了。

「很刺激啊，聽好，沒說或沒做的人，下次考試必須交白卷。」韓千渝鬥志高昂。

「這也玩太大了吧！」其中幾個女生抗議。

「嘿，以防有人賴皮啊！做到就不會懲罰啦。先說好，沒做到又不接受懲罰者，全部女生一個星期都不可以跟她說話，明白嗎？」看來韓千渝是屬於非常嚴苛的人。

「好啊，誰怕誰！」好強的女孩們一一附和。噢，我好想舉手說不玩。

「那，開始轉嘍！」

原子筆在桌子中央快速旋轉，所有人盯著筆尖，旋轉速度越來越慢、越來越慢，大家屏息以待最後的結果。

這的確是個很刺激的遊戲，因爲筆尖停在我面前。

第五章

這就是青春，青春就是要不斷掙扎，越是掙扎，就越是有趣。

「恭喜呀！」不知道大家在恭喜什麼，韓千渝笑嘻嘻地看著我：「眞心話？大冒險？」

「眞心話吧。」

大家發出一陣「喔」的聲響，轉筆的人負責提問，於是韓千渝開口：「有沒有喜歡的人？老實說是誰。」

女孩都喜歡戀愛八卦問題，這題似乎是很大的懲罰，我甚至聽見幾個女孩倒抽一口氣。

「沒有。」我的回答卻讓所有人失望。

「不可以說謊啊！」有人說。

「我沒有說謊，眞的沒有。」

「連一點點在意的對象也沒有？」韓千渝不死心。

「嗯……沒有。」

韓千渝眼睛發亮，「妳剛剛停頓了下，說！剛剛腦袋裡浮現了誰？」

「快說！」其他女生鼓譟。

「我想到秋老師。」

「蛤？秋老師？」韓千渝滿臉訝異，「那是老師欸。」

「但秋老師的確滿迷人的。」玩遊戲的女孩之一，小梅說。

「是呀，乾淨舒爽，身上還有好聞的味道，不像其他臭男生。」小蘭也附議，順勢瞪了班上無辜的男同學一眼。

「而且秋老師感覺很成熟，男人就該要像個紳士。」小竹兩手交疊在臉頰邊，只差眼睛沒有冒出愛心。

「不過大了我們十歲。」小菊聳聳肩，表示歲數相差太多。

她們四個人的名字裡恰好各自有梅蘭竹菊四個字，也因此這四個人老是黏在一起，活像長得完全不像的四胞胎。

「重點是他是老師，根本不能當作戀愛對象。」韓千渝惋惜。

所有女孩都點頭同意。

「下一個！換妳轉吧。」韓千渝把筆給我，秋老師的話題就草草結束。

玩了半節課，大家開始覺得無聊，邊玩邊聊起天來，全班鬧哄哄，連班長也在聊天。

「對了，特別班裡有一個很高的男生，妳們知道嗎？」小梅的話引起一陣騷動。

「我知道，很愛打架的那一個。」

「是一年級特別班的頭頭耶。」

「今天早上不是還在朝會被罵嗎？」

梅蘭竹菊七嘴八舌討論著，聽她們所描述的外型，我只想到葉子秋。

「但是他很可怕欸，面無表情，好像稍有不如意就會打人。」韓千渝對壞學生向來敬而遠之，不管長得再帥，只要會打架、抽菸她就敬謝不敏。

「說到這個，我看過小貓跟葉子秋說話，對吧？」

「拜託，那次我差點嚇死了。」韓千渝心有餘悸地回，可是葉子秋那時什麼也沒做啊。

「妳太誇張了吧，就外表他眞的不差啊！」小竹轉動桌上的原子筆。

「外表又不能當飯吃。」一整段聽下來，韓千渝還眞是理智，既沒跟隨秋老師的話題起舞，也對葉子秋興致缺缺。不過也有可能是因爲兩個「秋男」都不是她喜歡的類型吧。

「啊哈！又是妳唷，小貓。」

什麼時候又開始玩了啊！我無奈地說：「那我選……」

「不行，妳的眞心話都很無聊，妳要玩大冒險。」小竹對我搖頭。

哪有用指定的！

「是啊，怪了，小貓，妳的生活是太平淡嗎？一點八卦也沒有。」小梅說。

「沒錯，我第一次聽到這麼不有趣的眞心話。」小蘭說。

「所以我贊同妳應該玩大冒險。」小菊說。

她們眞不愧是梅蘭竹菊，同一個鼻孔出氣。

「也可以。」

「她連答應都好平淡。」小蘭洩氣。

「哈哈哈，我覺得很有趣呀。」韓千渝倒是很捧場。

「聽好了，我的大冒險是這樣——」小竹站起來咳了兩聲，伸出食指指向我，「妳，要去拍葉子秋的照片回來！」

我啊了一聲，梅蘭菊三人拍手叫好，大表贊同。

「等、等一下，為什麼要拍葉子秋的照片？」

「大冒險啊，我指定的啊。」小竹的態度非常理所當然。

「我的意思是，為什麼要指定這樣的大冒險？」

「因為我們想要葉子秋的照片呀。」她們倒是完全不隱藏自己的私心。

我轉頭看韓千渝向她求救，她這麼正經，一定會阻止這種事，沒想到連她也表示同意。

「這樣才叫大冒險，果然很冒險，小貓，妳要小心耶，偷拍就好了。」韓千渝拍拍我的肩膀，眼神堅定。

「不不不，怎麼可以偷拍呢，你們算認識吧。」小梅問。

「算認識啦，都講過話了。」小蘭說。

不是講過話就算認識啊，這樣路上跟人說借過也算認識嗎？

「所以說，不能用偷拍的。」小竹說。

等等，不是只要照片就好嗎？

「葉子秋的眼睛要看著鏡頭才可以喔。」小菊說。

這難度是不是太高了啊？

「妳加油。」韓千渝也不幫我說話，再一次拍拍我的肩膀。

「願賭服輸。」最後我也只能說出這句超有風度的結論。

我想了一整天要怎麼跟葉子秋要求拍照，特意去他們班找他很奇怪，所以我每節下課都到空中花園碰運氣，可惜屢次撲空，倒是一直聞到初次在這裡見到他時，飄散在空氣裡的清雅花香。

想起他那時喊我「穗花山奈」，不知道這個日本女生跟他是什麼關係。

算了，那不重要，重要的是梅蘭竹菊她們還設下時間限制，一個禮拜內要繳交照片。

不過還好還有一個禮拜，事情總有先來後到，我應該先處理的難題，是放學後就要面對的烹飪社。

🍁

「妳來幹麼？」

放學後，當我走進烹飪教室，全部社員的臉上寫滿疑問，不知道我來做什麼。

站在講台上的余甄還記得我，她毫不掩飾對我的嫌惡，不客氣地大聲質問我。

從余甄的表情，我明白了一件殘酷的事實——秋老師根本沒有事先跟她打過招呼。我早上還特地問過秋老師，他爲什麼要騙我？

「烹飪教室嚴禁非社員進入，請妳出去。」余甄鄙視地對我說。

拉緊書包背帶，我仍站在原地不動，心想是否要直接離開去找秋老師，請他帶我過來？不對，一開始選擇走後門的我就已經先站不住腳了，如果這時候再找秋老師幫忙，以後在烹飪社的日子還要不要過啊？

「我、我是烹飪社的社員。」

余甄大翻白眼，「我記得妳，考試時根本來不及動作，出去吧。」

她不再理會我，繼續跟其他社員討論下學期社團展覽的注意事項。被刻意忽視和眾人有意無意投來的嘲笑眼神，讓我感到無地自容。

可是，如果我這次退縮了，往後遇到類似的情況，是不是也會退縮？其實沒那麼複雜，既然我都可以獨自生活了，這種小事情就應該也有辦法自己解決才是。況且就算是走後門，我還是通過了考試，我只是請求秋老師網開一面再給我一次機會。所以我沒有聽從余甄的話離開，反而將書包放在後方的架子上，順手拿起一旁的圍裙，找了張還有空位的流理台站定，抬頭挺胸看著講台上的余甄。

余甄的臉一陣青一陣白，其他的社員也滿臉驚訝地望著我。

「我是烹飪社的社員，我通過秋老師的考試了。」

後來我曾經想過，爲什麼當初我會那麼堅持要加入烹飪社？眞的是因爲一個人住所「很無聊」？還是其實我眞的很喜歡做菜？

那時的我沒想那麼多，只是一心想加入烹飪社。然而，多年後回想起，最大的原因可能是——那裡最有家的味道。

從廚房散發的食物香氣，最能代表一個家庭，所以我喜歡烹飪。雖然當時的我還不知道。

我懷著期待又怕受傷害的心情勇敢迎向余甄的眼睛，她表情難看，厲聲指著我問：「騙人，秋老師怎麼可能讓妳加入！」

「我沒有說謊，我拜託秋老師給我考試機會，老師答應了。」只是隱瞞掉威脅的部分，「那天在空中花園，妳不是也看見我跟秋老師在一起嗎？秋老師就是那時答應我的。」

余甄瞪大眼睛，顯然她回想起當時了，「我去問秋老師！」說完她還眞的就要離開。

「社長，我有入社申請單，上面有秋老師的蓋章，這樣可以證明我沒有說謊吧？」難怪那時候秋老師要給我這張單子，原來是這個用意。可惡，身爲老師還這麼怕事！

余甄半信半疑地走來接過單子，最後面色鐵青地將入社申請單往一旁的櫃子塞，她瞪著我的眼神很不友善，站回台上後她才說：「烹飪社多了新成員，叫什麼名字？」

「一年K班，倪苗。」

「狸貓？」意料之中，我聽見有人這麼說，接著一些笑語聲響起。

「那依照以往的方式開始練習吧，我們要爲下學期的社展做準備，每個人手上都有各自要負責的工作，知道吧。」余甄一聲令下，所有人開始動作。

我所站的這組流理台上放著一籃青菜，沒有社員跟我說應該做些什麼，像是被所有人無視了。但我可不能在這裡退縮，既然都來了，就必須厚著臉皮融入大家才行。

於是我拿起青菜往一旁的水槽走去。

「妳幹什麼？」余甄走到我旁邊。

「洗青菜。」

「不用。張奕欣，妳來洗。」余甄叫了一個跟我同組的馬尾女孩，她跑過來搶走我手上的菜籃，瞪了我一眼像是在罵我沒事找事做。

我對這個女生有點印象，她就是在烹飪社入社甄選時，煎了顆蛋中之王的荷包蛋女生。

「那我要做些什麼呢？」

「妳過來前面，再測試一次，我要親自鑑定妳的能力。」余甄走到前方的小流理台，而我猶豫不前。

「快啊，愣在那裡幹什麼？」見我躊躇，她又回頭喚了聲。

我的料理有缺點，很大的缺點，我知道，所以即便味道沒有問題，我也不敢貿然「展現廚藝」。

「我……今天不能只先見習嗎？」

「什麼？」我講得小聲，余甄卻回得超大聲，其他烹飪社員手上切菜、熱鍋，耳朵倒是張得很大。

「我是說……應該有個什麼制度吧？例如一年級不能下廚，只能幫忙擺盤、切菜、洗菜之類的。」我是這樣打算的，先在烹飪社做這些事情蒙混一陣子，利用其他時間勤加練習，等到料理外觀不再那麼失敗後，再開始在烹飪社動手下廚。

余甄勾起嘴角輕蔑地笑了，「妳還會在意長幼有序這種事情？」

我低頭不語。

「過來！」余甄很不客氣，但我可以理解，要是我是社長，也會很不爽吧。

我乖乖走向前方的小流理台，余甄從櫃子拿來麵粉、奶油、雞蛋和大鍋子等，這些材料該不會是要我……

「做全部社員的杯子蛋糕。」余甄此話一出，不只我，其他社員也驚訝得抬起頭。

雖然烹飪社有限制人數，但也有五十多人，要我做五十個杯子蛋糕不是不可能，只是我連炒個番茄炒飯都能變成黑色，烤蛋糕還能看嗎？

「妳不是說通過秋老師的測驗了？那幹麼不做？就當作是給全社的見面禮呀。」余甄酸言酸語著。從其他社員臉上的表情，可以得知，余甄在故意刁難我，也的確是我該承受的。

我能選擇的路很明顯只有一條。

「我做。」

余甄抬起下巴看著我。

沒問題的，我知道所有步驟，以前在二姑姑家也做過，雖然蛋糕最後凹了下去，但我知道做法，表姊和表弟也都說很好吃。

我打了至少三十顆蛋到打蛋盆，放在水槽裡隔著溫水打泡並分次加入砂糖。好在烹飪社設備不錯，有電動打蛋器，只要每隔一段時間切換機器段速，就能打得更均勻。

第一次準備這麼多人份，我在腦中吃力地計算所需材料的分量，正在製作其他菜色的組別還有食譜跟筆記可以參照，但余甄擺明要我憑本事，根本不打算給我任何參考資料。

費了一番工夫，好不容易將蛋液打至發泡，蛋液顏色從原本的鵝黃變成接近白色的淡黃，體積也膨脹爲原來的兩倍大，看起來很蓬鬆，眞是奇妙，雞蛋也能發泡得像是已經加入麵粉那樣濃稠。

這個時候要加入麵粉。麵粉過篩後慢慢加入蛋糊中，整個過程裡，余甄都用著審視的目光盯著我，壓力頗大。

我用刮刀從上往下慢慢將麵粉拌入蛋糊裡，細心地攪散麵粉塊。到目前爲止，一切都順利得不可思議。

最後再把麵糊倒入擠花袋中，剪開小洞擠入杯子蛋糕紙杯，大約至八分滿左右，再統一送進大烤箱裡。過程完美無缺。

余甄還在一旁緊盯著我，目光凶狠，不發一語。

我將烤箱溫度調至一百八十度，接著只要等十五分鐘就可以出爐了。社員們竊竊私語，不乏有誇獎我的聲音，原本打算要刁難我的余甄低頭翻著筆記，似乎是想要確認我剛剛的步驟是否正確。

我也在心中將剛剛的步驟默念一遍，很好，都很完美，這一次也許真的能成功。

時間很快過去，叮的一聲烤箱跳起，伴隨各種香氣傳出，其他社員紛紛端出自己組負責準備的菜色，看著大家色香味俱全的成品，我不禁有些自卑。

戰戰兢兢走到烤箱邊，味道很香，戴上手套祈禱蛋糕能完美膨脹，當我拉開烤爐時，悲劇了，我的臉都垮了。

見我愣住不動的背影，余甄倒開心了，她的語氣有藏不住的幸災樂禍，「拿過來啊，幹什麼呢？」

我咬著下唇，只能硬著頭皮轉身，端著杯子蛋糕往前方走去。

當我將表面一片焦黑、完全看不出是杯子蛋糕的詭異物體放到桌上，所有人都震驚地瞪大眼睛，就連余甄都沒料到情況會這麼糟糕，嚇得她連要損我的話一時都哽在嘴裡，教室陷入一片沉默。

「那個……外觀是有點糟，可是我保證味道很好吃。」我一邊說一邊將杯子蛋糕放到每個社員面前，大家皺起眉頭，碰也不想碰。

最後一個杯子蛋糕放到余甄面前，她先是看了看焦黑的杯子蛋糕，接著惡狠狠地瞪向我，「妳手藝這麼糟糕，秋老師怎麼可能讓妳進烹飪社？」

我被她突如其來的大吼嚇到來不及反應，只能傻愣愣地看著余甄。她站起來，彷彿杯子蛋糕是什麼髒東西，只用食指和拇指嫌惡地抓起蛋糕，丟往一旁的廚餘桶。

「這什麼東西？能吃嗎？」

「社、社長！」我不敢相信地大叫。下一秒，其他社員也跟余甄一樣，將杯子蛋糕丟進廚餘桶。

「在我的社團裡面不准浪費食材，今天妳用掉的這些材料，等我們統計好費用後，請妳照價賠償！」

「什、什麼！」我大喊，其他社員眼中浮現疑惑，但大家都沒有出聲，也許是跟余甄同仇敵愾，也許是事不關己，不過大多數的人應該是既覺得事不關己，且和余甄同仇敵愾吧。

「這種手藝還敢加入烹飪社？妳到底哪來的自信？我要去跟秋老師抗議！」余甄氣呼呼地指派完接下來的工作後，便踩著重重的腳步走出烹飪教室。

我呆站在原地，看著廚餘桶裡滿滿的杯子蛋糕。

「快點把廚餘桶整理乾淨拿去倒，還有，妳用了烤箱，所以也要清理。」張奕欣吩咐我的時候一臉不情願，好像完全不想和我沾上任何關係。

「那個很好吃。」

「妳說什麼？」

我近乎呢喃似地低語：「那個很好吃，也許外觀很糟糕，但是……」

「別囉嗦了，社長怎麼說就怎麼做，這是烹飪社的規矩。」張奕欣皺起眉頭，丟了塊抹布給我便轉身回到她的組別，吃著剛剛出爐的巧克力餅乾。

等到所有社員都離開後，張奕欣叮囑我，收拾完畢後要記得鎖上教室門，我聽見有人笑著打趣，「她明天就不會來了吧。」

你們錯了，我還是會來。我並沒有浪費食物，浪費食物的是只看重表、不願意用舌頭實際品嘗的你們！味道才是料理之魂，我同意食物的賣相也很重要，但味道才是最該被重視的靈魂啊。

腦袋清楚明白這個道理，但眼淚還是不爭氣地流了下來。我擦掉眼淚，吸吸鼻涕，跟自己說：這又沒什麼，這不算什麼。

「哭了？」這個聲音說不上是安慰，也不是不友善的刺探，就只是單純的提問。

我沒有回頭，依然用抹布擦拭烤箱內部。

秋老師走了進來，他的皮鞋在地板上發出叩叩聲響，最終停在我身後。

「老師，你說謊了。」我的鼻音很重，回過頭用有些發紅的雙眼看著秋老師。他只是聳聳肩，看起來一點也不在乎。

「這就是走後門的代價。」

我忍不住睜大眼，「雖然我的確犯規了，不該私下跑去求你，但我也有經過考試啊！」

他彈了一記手指，對我露出微笑，「這就是重點，聽出來了嗎？」

「什麼？」

「妳剛剛遇到的事情，早該在妳參加入社甄選時就會遭遇到，如果妳在那時候遇到，就絕對加入不了烹飪社，某方面來說，妳還要感謝我，不是嗎？」

我不敢置信，秋老師怎麼像是變了一個人？

不對，或許這才是他真正的樣子。那個和善、親切，對任何人都很溫柔的秋老師，才是假的。

「如果妳連這點覺悟都沒有，遇到這些事情便想退縮，那麼烹飪社也不是妳眞正想待的地方，不是嗎？」秋老師的眼神帶著戲謔，他在看好戲，如同事不關己的路人甲一樣。

「我沒有說要退出。」

他挑了挑眉，看起來很訝異，最後吹了聲口哨，「是啊，這就是青春，青春就是要不斷掙扎，越是掙扎，就越是有趣。」

我打了個冷顫，因爲他的眼神如此認眞。

「秋、秋老師……」

瞬間他又掛回「秋老師」的親切面具，對我瞇著眼微笑，語氣很是溫柔，「好了，整理完畢以後就快點回家吧。」

他手插口袋，哼著歌走出烹飪教室，看起來很開心，只因爲看見我在哭嗎？

一連串的事情發生得太突然，我只能愣愣地將廚餘桶裡的杯子蛋糕整袋打包，提到學校後面的垃圾區。我還是留下兩個杯子蛋糕，一個給自己，另一個原本要給秋老師。

我小心翼翼地拉開蛋糕外層的模紙，咬下一口。

「雖然外表不好看，可是很好吃啊。」我繼續吃著，甜甜的蛋糕慢慢地變鹹了，混合著眼淚，杯子蛋糕一點也不甜。

回到家裡已經八點多，雖然沒吃什麼東西卻不覺得餓，看樣子心情不好胃口也會不好，這句話是眞的。

而且我剛剛忘了問秋老師，余甄去跟他抱怨了沒？他又是怎麼回答的？明天我還能去烹飪社嗎？

換好衣服打開電腦，看見訊息裡塞滿親戚的留言，因爲今天比平常晚了一點報備，所以他們有些擔心，但哭過的臉太難看，不能視訊，只好又花了一個小時回覆大家的訊息。他們這麼關心我，我很高興，只是有時候我也想要獨處，例如現在。

直接仰躺在地板上，我看著窗外的星星，第一次覺得待在房間裡讓我很悶，所以我起身走出家門，走著走著，竟不自覺地開始奔跑，一路來到河堤。

我深吸一大口氣，對著河堤大聲喊叫，像是要把從放學累積到現在的那股鬱悶，毫無顧忌地放聲一吐爲快。

「可惡！你們這些只看外表的笨蛋！浪費食物的是你們！金玉其外、敗絮其中！外表有什麼了不起？笨蛋烹飪社！」

吼完後，心情舒暢多了，下一秒立刻大笑起來，越笑越誇張。也許就是太得意忘形，才會一個踩空，整個人往前方的斜坡滑下去。

「哇！哇哇哇！」我驚慌失措地大喊，卻抵抗不了心引力地往下滑去，好在穿著長褲，這幾天也沒下雨，草皮和泥土都是乾的。

一路滑到下方河堤邊，才終於停下。

「還、還好這邊沒有狗大便……」這是我穩住身體仰躺在草地的第一個想法。

「噗！」

一片黑暗的河堤邊居然傳來男人的笑聲，我嚇了一大跳，東張西望卻沒看見任何人。不對，這麼黑，就算有人，也要距離很近才會發現。

對方笑了一聲便沒下文，我小心翼翼地從草地上爬起來，戒慎恐懼地問：「誰？」

只見不遠處有團黑影，正想瞇眼看清楚時，那團黑影忽然跳起來，嚇得我又尖叫一聲。

「一整晚叫不停，妳有病啊？」男人說話了，這聲音好熟，不是男人，是少年。

「葉子秋？」雖然看不清楚對方的五官，但隱約看得見輪廓，再加上聲音，應該八九不離十。「這麼晚了，你怎麼在這裡？」

他朝我走近，皺起眉頭，彷彿也在反問我同樣的問題。

「我住這附近。」我說。

「所以半夜來這邊鬼叫？」

還好天色昏暗加上河堤邊照明的燈光有限，我漲紅的臉才沒被他發現。

「哪有半夜，現在才九點多，而且我也沒有鬼叫，我只是講話比較大聲。」

「強辭奪理。」他說，好像還帶著笑意。

「你、你剛剛都聽到了？」彆扭半晌，我還是問了。

他點頭，我又問他從什麼時候開始聽的，葉子秋看看手錶，「我從八點就在這裡了。」

也就是說，全部聽見了。

「剛剛那些話不可以跟別人說。」

他聳肩，似乎在表示一點興趣也沒有。也是，男生本來就不太會八卦。

「尤其是烹飪社的人。」

「我又沒有認識烹飪社的。」他停頓一下，「不過剛剛有了。」

「誰？」

葉子秋看著我，「妳不是烹飪社的？」

「暫時是。」但不知道明天會怎麼樣，等等，「你是說我？我們算認識？」

「妳腦袋眞的傻了？」

「哪有。」沒想到葉子秋居然會認爲我們兩個「認識」，我還以爲他根本不關心任何事。

「那你是什麼社團？」

「沒有。」

我們學校的確沒有硬性規定學生都要參加社團，但幾乎所有人都會參加。

「籃球、足球、網球、田徑什麼的，你全都沒興趣？」運動社團可是很受男生歡迎的。

「運動？平常打架不就是在運動了。」他居然會開玩笑。

「打架不好吧，而且白天爲什麼會在河堤打架？」忽然想起早上的事情。

「妳好奇？還是幫老師問？」葉子秋坐著往草皮躺去。這草乾淨嗎？沒想到眞的會有人躺在草皮上。

伸手摸摸乾燥的草皮，反正剛剛我已經在草地上打滾過，全身的衣服早就髒了，索性也拍拍屁股坐下。

晚風吹過，頭髮被吹拂得亂七八糟，隨手用手腕上的髮圈纏起，「我是自己好奇才會問你打架的理由，不過白天秋老師的確問過我是不是在河堤看見你們打架。」

葉子秋挑眉，「那個多管閒事的人。」

「這又讓我想到另一件事，爲什麼你的制服襯衫會在秋老師那裡？」

床，後來是秋老師把襯衫拿給你的吧？」
「就是服儀檢查那天，你的襯衫不是繡上名字了嗎，可是卻在空中花園變成小秋貓的床，後來是秋老師把襯衫拿給你的吧？」
「小秋貓又是誰？」
「就是那隻秋天才會出現的貓啊，黑白花紋那隻，你還抱牠抱很久。」
「喔。」葉子秋終於想起來，「妳都叫牠小秋貓？」
「嗯，秋老師說，牠是秋天才會出現的貓。」
「是嗎？牠挺纏人的，所以我才把衣服留在那裡。」
可惡，多令人羨慕的一番話，要知道小秋貓連摸都不給我摸！
「我看秋老師好像很關心你們，我是說，他是不是一個……」很熱心？很親切？很有熱忱？不管怎樣的形容詞都不太對，尤其是明明才親眼目睹過秋老師冰冷的一面。我覺得秋老師「關心」葉子秋他們的原因，好像沒那麼單純。
「他是我們班的導師。」葉子秋冷哼。
我瞪大眼睛，「難怪他會這麼關心你們。」
「妳要說他爲學生著想嗎？」
「差不多就是那個意思吧。」
「我不相信。」
「是不信任所有老師嗎？」
「不，是我不信任他。」葉子秋看著夜空。

想起秋老師沒有笑意的雙眼，「噢，我可以理解。」

「難得有女生不喜歡他。」葉子秋說。

回想起梅蘭竹菊說過的話，我點點頭，「是啊，秋老師確實很吸引人，可是畢竟是老師啊，說起來你還比秋老師受歡迎。」

「啊？」葉子秋的反應好像我說了什麼蠢話。

「我是說，你比秋老師還要受歡迎，你知道今天我玩了一個遊戲……」我發現葉子秋的表情僵硬，耳根子都紅了起來，我用手肘推推他，「喂，你沒事吧？」

「……」

「喂，你怪怪的。」我又推了他一下。

「別弄我啦！」他忽然吼了聲，嚇我一大跳。

「幹麼啦！」結果我反射性地大聲回他，換他被我嚇一跳。

「妳講話不能小聲一點啊？」葉子秋遮住一邊耳朵，表情看起來有些……害羞？

「你……害羞了？」

「吵死了，笨蛋！」

像是發現新大陸一樣，我頓時雙眼發光，抓著他的肩膀問：「眞的假的？你在害羞？你眞的在害羞？平常踐得要命，打起架來一臉不在乎的人，居然會害羞？」

得意忘形的下場就是換來頭上一記鐵拳，「好痛！你一點也不留情！」

「我都叫妳閉嘴了！」葉子秋哼了聲。

我摀著頭，恨恨地看著他。

葉子秋仰望著夜空，雖然耳根還有些泛紅，不過看著天空的表情卻很專注，所以我也跟著他將視線往上移，望見了滿天星斗。

「哇！這裡的星星好多、好漂亮啊！」我情不自禁地喊了出來，比從我房間看出去的還要多，還要漂亮。

葉子秋沒有接話，他躺在草皮上靜靜看著星空。

「所以你是在這邊看星星嘍？沒想到你這麼浪漫耶，看星……」

他又瞪了我一眼，雖然表情很凶惡，我覺得他其實是不好意思，不過我還是閉上嘴巴。覺得有些開心，葉子秋不爲人知的一面，意外被我發現了。

「說到這個，你們爲什麼打架？你還沒回答我呢。」

「我幹麼跟妳說？」葉子秋語氣很凶，可是不知道爲什麼，我已經沒那麼怕他了。

我決定套他的話。喔，自從一個人搬出來住以後，我好像越來越會搞這種勾當了。

「你不說沒關係呀，反正我早就知道了。」

「少來。」葉子秋不吃這一套。

「是眞的，就是手機裡面的東西對吧？」我故意這樣說。

其實我什麼也沒看見，只是猜測。

既然他校生被打趴在地後，被葉子秋索要手機，那一定是手機裡有葉子秋要的東西，例如照片或影片之類的。抱著姑且一試的想法，我繼續說：「就那張照片……」

「閉嘴！」迅雷不及掩耳，他摀住我的嘴，我整個人差點往後仰，葉子秋就壓在我身上。

「啊……嗚……」被摀住嘴巴的我只能發出嗯嗯嗚嗚的怪聲，瞪大眼睛看著距離我的臉不過幾公分的葉子秋。

我的媽呀！這所學校的男生怎麼都這麼喜歡靠近女生的臉？

我急忙兩手使勁要推開他，葉子秋卻比我更快彈開。不誇張，眞的是彈開，往後退了好大一步。

我馬上坐起身，覺得臉都紅了起來，偷偷斜眼看他，發現他的臉比我還紅上十倍。

「喂！我才應該害羞吧！」我忍不住出聲抗議。

「囉嗦，我又沒害羞。」他簡直睜眼說瞎話，天色暗成這樣我都還看得見他臉紅耶！

「哼哼，最好是這樣！所以說，打架的理由就是那張照片對吧！」別以爲我這樣就會跳過話題。這次我很小心，身體先往後挪了一大段距離後才說。

「閉嘴，如果妳敢說出去，妳就死定了！」他凶狠的表情看起來眞的挺可怕的，但是他忘了現在他正在臉紅，他的威脅聽在我耳裡毫無說服力。

「我不會說，照片是用來看的！」所以我還敢繼續耍嘴皮子。

「妳！」他看起來還想說什麼，而且居然握緊拳頭了。我的天呀，是想揍我嗎？

不過他馬上又冷靜下來，瞇眼看著我，臉上的潮紅退去不少，「哼，念在妳是女生。」

感謝我身爲女生，要不然剛剛那麼白目，我應該早就被揍了。

這麼一鬧，我的心情倒是好多了。

「妳從哪裡拿到那張照片的？」他突地一問，這下換我頭大了。

「就……就傳來傳去，某天收到的啊。」

「傳來傳去？過程呢？」問得還眞仔細，看樣子那照片眞的很重要。

我轉動眼珠，隨口一掰，「就地下網站啊，學校的祕密八卦網站，我在上面看到的。」

此話一出，葉子秋的反應更大，整個人站起來對我伸出手，「網頁弄出來給我看。」

「你……你要幹麼？」我護住手機。

「拿出來！」他朝我逼近，我立刻跳起來想跑，但他速度更快，一把抓住我。

「我……我會叫的喔！你不可以靠暴力逼迫我！」

「我只是要妳弄出網頁，哪有那麼嚴重？」

當然嚴重啊！因爲網頁是我瞎掰的，哪生得出來啊！

「那……那張照片已經不見了啦！」情急之下我只好又撒了一個謊，果然謊言會像雪球般越滾越大，嗚嗚，我後悔說謊了。但現在也不能承認啊！如果葉子秋一個克制不住，氣到揍我怎麼辦？

「不見了？」他表情不是很相信。

「眞的啦，我看到的時候，對方才剛發表沒幾秒，一下載完，我就發現那張照片立刻被移除了，所以我想應該沒多少人看到。」嗯，我又說謊了。

「誰發表的？」

「你要幹麼？」他的問題還眞多。

「妳管我要幹麼。」他的表情帶有殺氣，我立刻用力搖頭。

「那個版都是匿名的啦！而且我保證除了我，一定沒有其他人看到。」就連我自己都不知道那是什麼照片。

幸好葉子秋比我想像中還要好打發，他眞的相信了，爲此我鬆了一口氣，在心裡默默感謝神明，並偷偷發誓以後絕對不再說謊，所以請原諒此刻的我吧。

「那妳手機給我。」

「幹麼又跟我要手機啦！」

「我要把那張照片刪掉。」

「不要啦！」我手機根本沒那張照片啊！

「拿來！」他又朝我逼近。

「不要啦，那張照片很可愛啊！」情急之下我隨便亂說，結果葉子秋的臉像是秋天的楓葉一樣，迅速漲紅。

「不准說可愛！」

噢，看樣子，他被人用一張「可愛的照片」威脅了，所以才會爲了那張照片跟人打架。

忽然間我對葉子秋這個人有了些了解，他是一個很酷、很帥的特別班頭頭，卻容易害羞臉紅，然後又亟欲想隱藏這一面。等等……這種個性，我好像常常在電視上看到，而且大多都是動漫影片。

沒錯，這就叫……「傲嬌。」

「妳再說一次試試看！」葉子秋耳根泛紅但眼帶殺氣。

我的媽啊哈哈哈哈，他眞的是！韓千渝啊，妳這麼害怕的特別班，其實一點也不可怕！

「我不會說的！相信我。」

「……妳的臉在笑妳知道嗎？」

我立刻打了自己兩頰一巴掌，「你看錯了！總之我照片下載回來後也沒有存檔，所以別擔心，那張照片不會流出去的。」

葉子秋滿意地點點頭，看樣子他眞的很容易相信人。

他坐回草地上繼續凝望星空，我也坐回原本的位置。

「你喜歡看星星呀？」

「誰有那種娘娘腔的興趣。」他低吼，不過專注的眼神已經出賣了他。

酷酷帥帥的模樣讓他受到女孩們的注意，但因爲凶狠的名聲又讓女孩們敬而遠之。如果某天被大家知道，葉子秋其實是傲嬌男，那一定會引起什麼旋風吧。

想了想，嗯，他還是聲名狼藉好了。

「對了，說到這個！」我從口袋拿出手機，葉子秋斜眼看我。

「喂，你讓我拍一張照片好嗎？」

「爲什麼？」

「因爲我跟朋友玩眞心話大冒險輸了，所以必須拍一張你的照片交差。」神明大人，我這次可是說實話了喔！

「關我屁事。」葉子秋不愧是傲嬌男，講話眞的很難聽。

不過我也不是省油的燈，都敢威脅秋老師了，不差一個傲嬌老大。我只好委屈地皺起眉頭，手指在草皮上畫著圈圈說：「可是啊，我原本是有你那張『可愛的照片』，不過我刪掉了，不然我也可以直接拿那張照片給她們呀。」

葉子秋眉毛挑起，「可惜妳刪掉了。」

「是啊，眞的是好可惜。」我還故意嘆了一口氣，然後假裝滑著手機照片，「不過吶，不知道你有沒有聽過一個功能，叫做雲端備份？」

我感受到葉子秋的視線變得扎人。

「就是照片會自動傳到網路雲端上頭唷！」我微笑著。神明大人再原諒我一次吧，我保證這是最後一次說謊了。

葉子秋坐直身體，殺氣騰騰！

「所以說，讓我拍一張，那雲端備份什麼的就會消失喔。」

「……妳是在威脅我嗎？」

秋老師也說過一模一樣的話。

「我只是提出解決的方法呀！」我說。

他猶豫再三，不忘瞪我一眼，「妳該慶幸自己是個女生。」

「我從來沒這麼感謝過這一點。」我超眞心的。

「手機拿來。」他對我伸手。

「幹麼又要手機了啊！」

「妳不是要拍照？」

「喔，對。」沒想到他要自拍啊。

我把手機交給他，他開啟相機，選了前置鏡頭，忽然一把拉過我，將我也帶到鏡頭前，迅速按下快門。

「好了。」他把手機丟回來給我，站起身準備離開。

「我沒有說要一起拍啊！」我看著螢幕裡貼得老近的合照，對他大叫：「我只要你的獨照就好了，這種合照我怎麼拿給朋友看啊！」

他露出不懷好意的笑容。他是故意的！

「我只拍一次，不要拉倒。」

「你怎麼這樣啊！」我繼續大叫，但他只是聳聳肩轉身離去。

我看著螢幕上的合照，兩個人靠得那麼近，要說不熟也沒人會信，而且這樣的照片如果流傳出去，一定會引起有的沒的謠言。

不過沒關係，葉子秋太小看現代科技了，我不會用APP把照片裡的自己裁剪掉嗎？

當我處理完照片，居然已經十一點了，抬頭只見漆黑一片，連天上的星空都不足以照亮道路，嚇得我趕緊離開河堤。

回到家後，說了聲「我回來了」，沒人回應，這種感覺眞的很寂寞。

我的家有了形式，卻還是空殼。

嘆了口氣，我到底想怎樣呢？我擁有的其實已經夠多了，不是嗎？

隔壁突然傳來打開窗戶的聲音，不知道究竟是隔音不好，還是隔壁鄰居動作太粗魯。

「抬頭看星星。」我又聽見那個男人的聲音，跟之前比起來溫柔不少。我知道他在講電話，因爲我聽見從話筒傳來模糊不清的聲音。

「就抬頭看吧，當作我在。」男人說著。

是情話嗎？難怪他特別溫柔，但隱約覺得聲調似乎有些悲傷。

「妳那邊的星星應該一樣美吧？」他又說，隨後輕輕哼起一首緩慢的曲調，而我閉上眼睛，像是被他哄著般，聽著那旋律在地毯上睡去。

第六章

你們高中女生，有一種與生俱來的天真浪漫。

隔天起床腰痠背痛，居然沒洗澡就趴在地上睡著，這實在是太糟糕了。好在昨晚爲了看星星沒拉上窗簾，一早就被外頭陽光刺得扎眼提早醒來，才趕得及在上學前洗澡。

今天比平常還要晚出門，當我在玄關穿鞋時，聽見隔壁鄰居鎖門的聲音，忽然一個念頭閃過我的腦中——我想瞧瞧那個感覺脾氣不是很好，昨晚又莫名溫柔到讓人想哭的鄰居眞面目。

我輕手輕腳地來到門邊，眼睛湊上貓眼，卻只捕捉到一閃而過的黑影。身形看上去好像有點眼熟，是個年輕人，可惜看不到臉。於是我打開門，正巧看見對方走進電梯的背影。

「哈囉，親愛的小貓咪。」

「早安呀。」

「美好的一天啊，妳說是不是？」

「所以說，想必今天有美好的禮物嘍？」

當我來到教室，梅蘭竹菊帶著像花一樣的笑容圍在我桌邊，伸手跟我索要東西。

「欸欸欸，妳們也太誇張了，昨天才大冒險，今天就要小貓交出照片，也太強人所難了。」韓千渝過來幫我說話，今天的她綁著丸子頭，我才發現她穿了好幾個耳洞。

「哎唷，問問而已啊。」小梅手指捲著頭髮，眨著眼睛裝無辜。

「是啊，說不定人家小貓動作快，已經偷拍到葉子秋了。」小蘭咬著下唇，也裝無辜。

「不是偷拍，是要眼睛看鏡頭。」小竹提醒，標準有夠嚴厲的。

「所以說，想必今天有美好的禮物嘍？」小菊還是重複一樣的台詞。

我嘴裡發出嘖嘖聲，秀出手機裡那張被我裁剪過的葉子秋「獨照」。

一看到照片，不得了了，梅蘭竹菊好像遇見大三元一樣，瞪大眼睛搶過我的手機，滿臉不可思議地尖叫：「眞的假的！天啊！妳動作也太快了吧！」

梅蘭竹菊的大動作引來其他人的圍觀，韓千渝也不敢置信地看著我，大家七嘴八舌地問我，怎麼有辦法拍到葉子秋的獨照，而且他還看著鏡頭。

「等一下，這張照片好像怪怪的。」小梅的聲音再次引發熱烈討論。

「是啊，好像有點奇怪，像是有什麼被切掉了。」

「哪有什麼奇怪啊！」我心一驚，這些人不會連照片裁剪過都看得出來吧？

「你們看這邊，右邊原本好像有人，對不對？」小蘭用手指在手機螢幕上放大照片。

「還眞的有耶，也就是說原本這是兩個人的合照？」小竹瞇起眼睛，「這樣不行，小貓妳是去葉子秋的臉書下載照片嗎？那樣不算喔！」

「他有臉書嗎？不是，這不是重點！重點是這張照片眞的是他拿著我的手機自拍的啦！」我趕緊解釋。

「葉子秋沒有臉書啦，我找過。」小菊說她曾經瘋狂搜尋過葉子秋的臉書，可惜未果，看樣子葉子秋還眞的沒有臉書。我也覺得葉子秋不像是會使用社群平台的人。

「這張照片裡的背景，很像是河堤對不對？」小梅又語出驚人。

我的媽啊，她爲什麼眼睛這麼利？以後不去開私家偵探社太可惜了。

「大姊，那個背景黑漆漆的，妳也看得出來是河堤？」我忍不住發問。

小梅一臉驕傲地又把照片放大，指著左上角一個小點說：「這是河堤的垃圾桶啊！」

「哇！小梅妳好厲害呀！」蘭竹菊齊聲讚嘆。

「快說，照片妳從哪裡抓的！就說要妳自己拍的才行！」小蘭說。

「但這張照片還是要傳給我們。」小竹說。

「我自己發送嘍。」小菊邊說邊點開LINE的群組，韓千渝卻搶回我的手機。

「這畢竟是小貓的手機，讓她自己發送吧。」

「說的也是。」梅蘭竹菊倒是挺聽韓千渝的話。

我對韓千渝說了聲謝謝，卻見她笑臉盈盈。好像不太對勁喔！

「小貓，妳是用哪一個軟體裁剪照片的？」

「喔，就這個啊。」我自然地叫出相片編輯APP，完全沒發現自己被套話。

韓千渝微笑點頭，然後自顧自地操作起來。

「這個APP我也有，它有一個很特別的功能，就是可以還原剪裁過的照片。」我還來不及阻止，韓千渝就按下了還原鍵。

一切就像是慢動作，原本被我刪去右邊的照片在螢幕中慢慢恢復原圖，出現那個表情呆滯的我。

這下子我才明白什麼叫做越美的東西越有毒，韓千渝，眞的是人不可貌相！

「天啊！妳居然大半夜的跟葉子秋在河堤約會？」

然後就變成這樣的傳聞了！

神明大人，這是祢懲罰我說謊的下場嗎？

「就是她，葉子秋的女朋友。」

短短不到半天，這句話我已經聽了N遍，不論我在走廊或在教室，總有些人特意跑過來看我。我只能扭扭捏捏地假裝看不見、聽不見，躲在座位上心不在焉地盯著課本看。

梅蘭竹菊在旁邊一面上下打量我，一面評論著，「沒想到他們居然在交往。」不是不友善的打量，而是不敢相信，就好像是突然看見兔子在飛，兔子還反問一句「看什麼」的那種不敢相信。韓千渝不一樣，她的眼神帶著哀怨並且充滿憐憫，一邊搖頭嘆氣。

這些已經讓我連吐槽都懶得吐槽了。

忽然走廊一陣騷動，幾個女孩子的尖叫聲傳來，大家紛紛好奇地探頭，韓千渝等人也站起身。

「一年K班對吧？」一個男生的聲音在窗台邊響起，我先是看見韓千渝臉色慘白，接下來是梅蘭竹菊臉上泛起紅暈。

轉頭一看，葉子秋手插口袋，上身倚在前門。剛剛說話的男生則一手撐在窗台，旁邊站著另一個明顯來看熱鬧的男生，他們就是常跟在葉子秋身邊的那兩個，也是在河堤打架的那兩個（我私下在心裡決定叫他們兩個「阿狐和阿狗」，因爲狐群狗黨啊）！

「呀！小貓，他來找妳了！」

「還說你們沒有關係，都找到教室來了！」梅蘭兩人附在我耳邊說話。

倒是韓千渝緊緊抓著我的手，一臉慌張地說：「小貓，如果他打妳，妳就尖叫，我會盡快去找老師過來的！」

她到底把葉子秋想成怎樣的凶神惡煞啦？他明明就只是個傲嬌男啊！

葉子秋眞不愧是耍帥大師，連出聲都不用，只是對我勾勾手指就能換來現場女孩的一片尖叫。

「唉。」我嘆了口氣，只能跟著他出去。

葉子秋一點也不在意周遭此起彼落的尖叫聲，阿狐和阿狗好像他的小弟一樣，還幫我們開道。這畫面也太奇怪了吧！

「在做什麼啊？這麼大陣仗？」手拿課本的秋老師從樓梯轉角冒出來，看見走廊兩側站滿學生，狐疑地問道。

當他看見葉子秋和阿狐阿狗，以及跟在後頭的我，眼裡瞬間閃過一絲笑意。

對，是笑意，等著看好戲的那種笑意。那絲笑意若不仔細看，會以爲或許是錯覺。

下一秒他又掛上「親切的秋老師」面具，走過來問道：「我們班的孩子爲什麼帶著K班的小貓呢？」

葉子秋雙手插在口袋，沒有任何反應。

「秋——老師，啊就聊聊天，和同學增進感情呀。」阿狐在喊秋老師的時候，似乎刻意拉長了「秋」這個字。

「您不是說要多和別班交流嗎？」阿狗也接著補上一句，這兩個人搭配得還眞好。

「阿狐阿狗，我不是問你們。」秋老師瞇眼微笑，而我卻心驚了下，阿狐阿狗眞的叫阿狐阿狗喔？

「就說別這樣叫我們！你根本就是故意的！」阿狐阿狗嚴重抗議，表情非常不爽，但再怎樣不爽，他們也知道不能隨意動手，畢竟對方是老師，可不是河堤那群他校生。

這下子換我內心充滿驚喜了，我居然和秋老師一樣在心中都叫他們阿狐阿狗，不知道為什麼，這一點小小的默契，竟讓我有些開心。

啊！我趕緊甩掉這奇怪的念頭，別忘了昨天秋老師才對我露出可怕的模樣，我可沒有原諒他說謊欺騙我。

想到這裡，又想起放學後要去烹飪教室，忍不住一陣頭痛。

「我和小貓是朋友，有點話要聊。」葉子秋終於開口了，他一說話，圍觀的眾多女孩發出更是曖昧的聲音。

「明明就是女朋友。」這八卦的傳言源自梅蘭竹菊其中一人嘴裡，清脆的嗓音在此時顯得分外清楚，連秋老師都聽見了。

「女朋友？」秋老師狐疑地看向眾人，梅蘭竹菊用力點頭。

「女朋友？」秋老師轉而看向葉子秋。

耍酷大王葉子秋既沒承認也沒否認。在秋老師做出其他反應之前，我立刻跳到眾人面前猛力搖頭。

「才不是！不是！絕對不是！」都是韓千渝硬要把照片還原，才會鬧出這種烏龍，雖然沒即時解釋清楚我也有錯，可是……可是當初如果不要還原照片不就沒事了嘛！不對，追根究柢，是葉子秋本來就不應該擅自跟我合照！所以……

「都是葉子秋啦！」情急之下，我指著葉子秋的鼻子，就這樣大喊。

葉子秋依然面無表情，只是瞇起眼睛，露出跟昨晚一樣想揍我的表情。

嚇得我趕快跳到秋老師旁邊，葉子秋雖然很高大，但是秋老師比他還高又是老師，待在這邊比較有安全感。

「是妳的錯吧？」葉子秋說完便轉身離開。

「等等啦，現在是怎樣？」阿狐阿狗搞不清楚狀況，追上葉子秋，三個人走上樓梯。

「喂，下堂課的教室不是在樓上吧！不准蹺課啊。」秋老師把課本捲起放在嘴邊對他們大喊，阿狐阿狗回了句很難聽的話，我看見秋老師微微皺眉。

老師如果在學生面前被其他學生辱罵的話，不免有損威嚴。圍觀的學生們偷笑了幾聲，似乎等著看被罵的秋老師會有什麼反應。

秋老師卻只是掛起一如往常的微笑，催促著學生快回教室。

「秋老師真沒老師的架勢，說難聽點就是沒種。」韓千渝輕聲碎嘴。

我可不這麼想。大家都看不出來秋老師的臉雖然在笑，卻不太一樣嗎？

秋老師的「親切老師面具」戴得可真好，我知道，阿狐阿狗這下糟糕了，秋老師可能會用另一種方式把他們整得很慘吧。

「小貓，跟我來一下。」下課鐘聲一響，秋老師立刻叫住要往外跑的我，喔，他的笑容好像有點可怕。

「隨便打發秋喔老師就快點回來，我們還要拷問妳跟葉子秋的事情呢！」梅蘭竹菊說話並不小聲，我敢打賭秋老師都聽見了。

妳們這些小天眞，秋老師一點也不好打發。

跟在秋老師後頭，看著他寬大的背影，他要前往的方向不是教室或辦公室，而是空中花園。

一上來，我又聞到那清新淡雅的味道，也見到那白花綻放。

「穗花山奈。」

「什麼？」我並不是沒聽清楚，而是訝異秋老師和葉子秋怎麼不約而同地提起這個名字。

「你們都認識她？」

「妳在說什麼？」秋老師坐到長椅上，教科書隨意放在旁邊，翹起二郎腿。

「穗花山奈呀！葉子秋也提過這個名字，你們都認識這個日本女孩？」

秋老師微微張大眼，接著露出難以解讀的微笑，打量我的表情饒富興味。

「妳認眞的嗎？」

「什麼認眞？」

「穗花山奈呀！」

「當然是認眞的！你和葉子秋名字都有秋，小秋貓又只黏你們，現在又提到同一個日本女生……說到小秋貓，怎麼沒看到牠……」

話還沒說完，就看見小秋貓慵懶地走來。我立刻蹲下來招呼牠，但小秋貓還是不甩我，直接朝秋老師的方向走去。

「眞好，爲什麼只黏秋老師和葉子秋呢？難道就因爲牠是秋天的貓，所以只黏名字有秋的人嗎？」我一邊嘀咕一邊看著蹲臥在秋老師大腿上撒嬌的小秋貓。

秋老師一臉驚訝，「喂，小貓，妳認眞的？」

「認眞的呀，我也想摸摸小秋貓。」

秋老忽然放聲大笑，笑得連他膝蓋上的小秋貓都被嚇到，跳到一旁對他歪頭賣萌。

「秋老師，你怪怪的。」我往後退一步。

「小貓，妳有點天然呆，對不對？」

「我才沒有在裝可愛！」我想起葉子秋對我說過的話。

「我沒有說妳裝可愛啊。」秋老師拍拍大腿，小秋貓又自動跳回去。「你們高中女生，有一種與生俱來的天眞浪漫，那是出社會的女人怎樣也學不來的。」

話題超過我理解的範圍了，「秋老師，如果沒事，我要先下去了。」

「穗花山奈是野薑花的別名。」秋老師好笑地看著我，「我想子秋一定懶得跟妳解釋吧。」

我注意到秋老師喊葉子秋的名字少了姓氏，我關注的重點全放在這裡，所以只是下意識地重複了一句，「野薑花？」

秋老師用下巴指向一旁的白花，四片花瓣像是蝴蝶翅膀般輕盈美麗。

「原來那叫野薑花。」我喜歡這個味道……等一下，剛剛秋老師是不是說，野薑花的別名是穗花山奈？那也就是說……天呀！我眞是大白痴！

「別找洞鑽了，妳這個年紀要白痴還能叫做可愛，好好珍惜這段時間吧。」秋老師戲謔地笑著。

「……秋老師，你其實是很壞心的老師吧？」我咬著下唇。

秋老師先是一呆，接著聳聳肩，「我應該掩飾得很好吧？」

「並沒有好嗎！」我瞪他，「哪有老師看到學生哭，會說青春就是要多多掙扎？」

「我說得並沒有錯啊，只有青春時期，不論跌倒幾次都有體力爬起來。」忽然間，秋老師的眼神變得很遙遠，不知怎地，讓我想起了昨晚隔壁鄰居悲傷的聲音。

「秋老師……」

他的眼神像是從很遙遠的地方猛地被拉回來，與我四目相接的瞬間，他彷彿置身在另一個世界，看不清這裡才是現實。

「什麼？」他微笑著，卻不是「親切的面具」，反而像是快哭出來的模樣。

「就算是青春，跌倒也是會痛的！」出於恐懼，我立刻別開眼睛，側頭以鼻子哼氣。

「哈哈。」他笑了兩聲，便沒有再說話。

就這樣僵持了好幾秒，最後還是我忍不住，偷偷扭過頭看他。

秋老師嘴角勾著淺淺的笑意，眼底的溫柔像是午後陽光般灑落在小秋貓背上，手指輕柔地理著那黑白夾雜的毛。

微風捎來了野薑花的味道，香氣不濃，存在感卻很強烈。就像秋老師一樣。

「秋老師，你沒事吧？」

他一愣，抬起頭的眼神很困惑，「爲什麼這樣問？」

被他這樣反問，反倒換我愣住。

「就、就是……」支支吾吾地說不出話來，我只是覺得，秋老師在撫摸小秋貓的時候好像很哀傷。

掛著笑容的秋老師，看起來反而讓人感覺有些悲傷。

爲了掩飾我內心的動搖與不安，我故意嘟起嘴氣呼呼地說：「秋老師，你找我上來到底有什麼事情啦？」

「怎麼回事，妳那種居高臨下的語氣是怎樣？」秋老師站起來，一手抱著小秋貓走向我。

「我說……」我沒好氣地轉過頭，看見秋老師的臉。不好！他雖然掛著笑容，卻可怕得很，我幾乎可以看見從他背後飄散而出的恐怖黑氣，正朝我步步逼近。

「秋老師！我還沒找你算帳！烹飪社的事情！你……你騙我！」結果情急之下我又講出更惹惱秋老師的話。

秋老師臉上的笑容更明顯了，「走後門的可是妳啊，余甄來我這裡嚴重抗議妳的料理一塌糊塗，現在該怎麼辦？我該依照她提出的要求，拒絕妳的入社申請嗎？」

我全身一僵，「不要！」

「喔？既然妳遭受到那樣的對待，還很不滿意身爲顧問老師的我沒有好好安慰妳，又爲什麼非得執意要加入烹飪社呢？」不知不覺間，秋老師已經來到我的面前，他身上彷彿傳來野薑花的味道，包覆住我的全身。

「秋、秋老師，你靠太近了！」我用力推開他，卻被秋老師閃過，還姿態優雅地抱著懷中的小秋貓轉了一圈。

他看著我發笑，「小貓，妳眞的很有趣。」

「女生被說有趣，一點也不會高興！」我瞪他，秋老師擺明在耍我。

上課鐘聲響起，秋老師又摸了小秋貓幾下，再輕柔地將牠放到地上，小秋貓在秋老師腳邊磨蹭了一會兒，便腳步輕盈地離開空中花園。

「上課了，快回教室吧。」他擺擺手，坐回長椅。

「秋老師，那你找我上來，到底是爲了什麼事情呀？」

秋老師先是看著野薑花，又看向我。

那瞬間，我覺得他的眼神悠遠，不是看著我，而是透過我，看著我不知道的地方。

「妳跟葉……」

「什麼？」

秋老師扯出一個笑容，「去上課吧。」

眞是奇怪的老師。

我皺眉看著他，不發一語，最後還是轉身往樓下教室走去。

離開前我又望了秋老師一眼，他點起香菸，臉上的神情在那吞雲吐霧間逐漸模糊。

身爲一個老師卻在學校抽菸，而且還在空中花園，香菸的味道一定會飄散出去呀。

「怎麼有菸味啊。」

看吧！班上的同學陸續回到教室後，小竹好奇地問我。我們教室離空中花園很近，就在底下兩層，味道很容易就飄散過來。

「一定是特別班那些人。」韓千瑜鄙夷地說。

「如果是葉子秋在抽菸的話，那我們現在不就聞著從他嘴裡吐出的菸味嗎？」

「哎呀！想到就好害羞！」梅蘭竹菊在一旁瞎起鬨，台上的老師叫大家安靜。

這菸味可不是來自妳們心中那個冷酷帥哥（事實上是傲嬌）葉子秋，而是妳們覺得親切好欺負（事實上是腹黑）的秋老師。

我看著窗外，想像著待在空中花園的秋老師，現在會是什麼樣的表情。

「妳怎麼還有臉來？」

不用懷疑，如此自然不做作地直接表示自己眞實情感的只有一個人——余甄。

「我、我還是烹飪社的成員啊……」抓緊書包背帶，我小聲說著。

昨天杯子蛋糕被扔到廚餘桶的事情仍然記憶猶新，低垂的頭怎樣也不敢看向烹飪教室裡的其他成員。

「秋老師還沒退給妳入社申請單？」余甄老大不高興。

我靈機一動，「秋老師沒有退給我，所以我還是社員沒錯！」

我也不認爲，秋老師會把申請單退給我，所以我踩著輕快的腳步自動過去跟張奕欣同組。

「妳幹麼啦！」張奕欣一樣明顯表現出不歡迎我的態度。

「我們都是一年級的，所以我們同組！」我決定臉皮厚一些。雖然現在大家不喜歡我，我很難過，但換個角度想，如果今天有人走後門，料理還做得慘不忍睹，大家當然會跟社長同一鼻孔出氣。

我現在唯一能做的，不是跟烹飪社社員針鋒相對，也不是尋求秋老師的幫助，更不是怨天尤人，而是努力讓她們認同我。

余甄在講台上依舊憤憤地瞪著我看，一向掌握大權的她，卻被從不管事的秋老師「擺了一道」，當然會很不爽。

「今天做杯子蛋糕。」忽然余甄像是想到了什麼，露出笑容，立刻對台下宣布。

又是杯子蛋糕，我不由得回想起昨天的慘況。

「社長，杯子蛋糕我們兩個禮拜前做過了。」張奕欣舉手發言。

「這次不一樣，每個人做三到五個，並且把杯子蛋糕分送給朋友吃。」余甄故意把眼睛盯在我臉上，「錄影爲證，還必須請對方說出品嘗後的感想。」

「啊？錄影？」不只我，全部社員都有些目瞪口呆。

「現在手機錄影方便得很，學校雖然禁止帶手機，但也算默許，總之這項要求很簡單。明天每個人都要繳交影片，沒做到的人勒令退社。」

「啊？」再次發出驚叫，但收到大家投來的目光後，我立刻摀住嘴巴。

我的反應似乎一如余甄所料，她露出滿意的笑容，插著腰挺起胸說：「我相信憑我們烹飪社社員們的手藝，一定都會達成的！」

「她有那樣的權力嗎？」我問張奕欣。

也許是還處於震驚當中，所以她很自然地回答：「當然，她是社長欸！」接下來她發現說話對象是我，不但皺起眉頭還嘖了聲，轉過身不再理會我。

嗯，算了，反正我也很常被小秋貓忽略，就當作他們都是小秋貓，只是比較大隻。

手上拿著三個看起來像是烤焦的杯子蛋糕，我沮喪地嘆一口氣。

明明步驟都對，這次我甚至站在烤箱旁邊全程盯著看，照理來說，應該是不會有問題才對，沒想到還是失敗了。

余甄一看見我的杯子蛋糕，表情簡直是喜不自勝，大聲宣布要大家趕緊把杯子蛋糕分送給朋友吃。

其他人的成品都烤得很漂亮，我想絕對不會有問題……

我的杯子蛋糕不過就是外表糟糕了點而已，沒事的。不管怎樣，梅蘭竹菊加韓千渝就有五個人了，我只做了三個，所以一定找得到人吃的。

悲劇的是，隔天我拿著三個杯子蛋糕到學校，梅蘭竹菊很有默契地拒絕了，理由百百種。

「哎呀，我不吃蛋糕類的東西啦。」說謊！我上次看見妳帶蜂蜜蛋糕當早餐。

「我今天生理期，不能吃蛋糕。」生理期是不能吃冰吧！

「我對起司過敏。」這是杯子蛋糕，哪來起司了！

「我對杯子外型的東西有恐懼症。」先把妳手上的馬克杯放下來才比較有說服力吧！

「妳們還真是誇張，藉口也找像樣一點的。」韓千渝一邊練習如何能一口氣漂亮地滑開撲克牌，一邊瞥著一臉心虛的梅蘭竹菊。

「是啊，就老實跟我說不想吃不就好了。」

梅蘭竹菊四人面面相覷，指著蛋糕，裝可愛道：「就……看起來很可怕呀，對吧？」

「嗯，上面好像浮現黑色的鬼影一樣，吃了就會被拉入地獄，是吧？」

「我沒看過這麼慘的蛋糕，在小貓說以前，我根本不知道這是杯子蛋糕。」

「我是怕說實話會傷妳的心，所以才會……」

我後悔了。我寧願聽梅蘭竹菊那種一聽就知道是藉口的謊言，也好過說眞話。

「其實味道很不錯，妳們吃吃看。」我擠出笑容，將杯子蛋糕遞到她們眼前。

我以爲剛剛那些拒絕的話語就夠傷人了，沒想到現在她們的反應才是最傷人的——梅蘭竹菊避之惟恐不及地往後退，揮著手說不用了，連忙逃出教室。

我能明白她們的心情，可是，也稍微站在我的角度想一下呀。明明只要試吃一小口就可以了。

「逃掉了。」韓千渝順利把撲克牌洗出漂亮的一條龍，然後將撲克牌收好放回盒子裡。

「千渝，妳願意吃吃看我的杯子蛋糕嗎？」我將目標轉向她。

韓千渝對我露出漂亮的微笑，紅潤唇瓣吐出來的話完全不怕我傷心，「抱歉，我是外貌主義者，也許妳可以趁這機會退掉烹飪社，來參加我的魔術社。」

沒想到她更毒。

坐在空中花園，我看著手中三個黑漆漆的杯子蛋糕，上頭已經有些凹陷。本來就不好看的外觀這下子看起來更是難看。

喵～

小秋貓不知何時來到我身邊，眼巴巴地望向我手中裝著杯子蛋糕的保鮮盒。

「你、你想吃嗎？」

喵～牠用頭頂磨蹭我的小腿。

天呀！小秋貓是在向我撒嬌嗎？太可愛了！我小心翼翼地彎腰，將手伸向小秋貓，牠顏色如楓紅般的雙眼盯著我的手瞧。牠應該沒有想要咬我吧，想著，我立刻趁機摸上牠。

哇……就是這樣的觸感，好柔、好軟，原來貓咪摸起來是這種感覺呀。

喵喵喵～

忽然小秋貓用牠的肉掌撲拍著我的腿，看起來有些生氣。

「好好好，我馬上把蛋糕給你吃。」我剝掉杯子蛋糕外層顏色看起來很怪的地方，捏了一小塊放到手心上。

小秋貓聞了聞，立刻一口氣吃掉蛋糕。

牠的舌頭在我手心上細細舔著，像還吃不夠似地喵喵叫。

「哈哈，好癢喔！等等，我再剝幾塊給你……」

「妳在幹什麼？」秋老師的聲音從樓梯間傳來。

我還來不及跟他說小秋貓終於願意親近我了，秋老師便一臉怒容地衝到我旁邊，用力拍掉我手上的蛋糕碎塊。

「呀！」我嚇了一跳，小秋貓也嚇得跳開，躲到一旁豎起毛。

「妳在幹什麼啊！」秋老師看起來很生氣。

「我、我只是餵小秋貓吃蛋糕。」我不明所以，對秋老師的態度感到有些畏懼。

秋老師看見我放在一旁長椅上的保鮮盒，嘆了口氣，搔搔後腦，「啊，因爲烹飪社……」

他蹲在我面前，而我則看向剛剛被秋老師拍掉在地上的蛋糕碎塊，不自覺地握住剛才被他揮打到的手，微微顫抖。

「我說妳啊……」秋老師停頓了下，伸手摸了摸我的頭，「剛才抱歉了。」

我依然看著自己略略發紅的手背，搖頭說：「沒關係。」

聽見他的嘆息聲，我還是不敢抬頭。

「小貓是不能吃蛋糕的。」

「我哪有不能吃，我吃過好幾次……」

「不是說妳，我是說牠。」

小秋貓已經回到秋老師的腳邊撒嬌。

「蛋糕是用生蛋去攪拌的對吧？貓不能吃生蛋。」

「咦？」我終於抬頭，「可是……可是經過烤箱高溫烘烤，也算煮熟了不是嗎？」

秋老師瞇眼微笑，手依然有一下沒一下地拍著我的頭說：「裡頭還有添加許多東西吧？像是奶油、麵粉等等？」

「是沒錯……」

「上次我不就說過，不能什麼都拿給貓吃嗎？」秋老師站起來，看了眼放在椅子上的蛋糕，「看起來就像是妳做的。」

我沒好氣地瞪著秋老師。

「對！我做的蛋糕就是很醜，醜到大家都不敢吃，醜到余甄知道要用這一點來逼我退社，反正大家光看到食物難看的外表，就不願意嘗嘗看。我知道這是我料理的缺點，也努力想要改，可是我連哪裡出問題都不知道，明明都按照步驟做了，怎麼到最後關頭還是出錯！」我忍不住哭了出來，一邊擦著眼淚。

爲什麼我要在秋老師面前展現脆弱的一面？我已經在秋老師面前哭過兩次了。

我從來沒有像現在一樣覺得自己那麼一無是處，明明只是一件小事情，卻讓我難受得無法呼吸。

秋老師隨手拿起一塊保鮮盒中的蛋糕，看了看，一口吃下，我還在擤鼻涕的時候，秋老師已經吃完那塊個頭不小的杯子蛋糕。

「果然是妳做的呀，很好吃。」

我吸了吸鼻子，「那當然。」

「哈哈，這不就很有自信了？」

「但是……」

「好吃的東西就是好吃，那是不會改變的，妳唯一該做的，就是讓烹飪社其他社員吃下妳的蛋糕。」秋老師蹲在我面前，雙眼直盯著我。

「我試過了，結果你也看見了不是？」下場就是全部被丟到廚餘桶。

「妳用的方法不對，對付余甄這種一板一眼的人，硬碰硬是行不通的。」秋老師的眼神忽然變得有些狡詐，「就算她討厭妳，只要讓她發現妳的料理迷人之處，她一定會把妳留在烹飪社，因為她就是那樣一板一眼的人。」

一板一眼，明明是一模一樣的用語，此刻聽起來卻像是在褒揚余甄。

我看著秋老師的笑容，不是腹黑算計的壞笑，也不是戴著親切面具的假笑，而是另一種更真誠的微笑，好像我們是對等關係，好像他不是正在安慰學生的老師。

就只是以秋時緯這個男人的身分，對我微笑著。

第七章

我覺得他肩膀上承載了全世界的寂寞。

這次我只做了三個杯子蛋糕，小秋貓吃了一小口，秋老師吃掉了小秋貓吃剩的那一個。

余甄說的話我可沒忘記，要錄影。

當時離開烹飪教室的時候，余甄煞有其事地站在教室門前，計算每一個人帶走多少個杯子蛋糕。她看我只做了三個，而且每一個長得都慘不忍睹，她還用鼻子哼氣地說：「我看妳只做三個也好，因爲根本沒有人會吃吧。」

我也只能擠出微笑說一定會完成作業之類的話，明明當時我還信心滿滿，沒想到好朋友們連嘗一口都不願意。

所以當小秋貓吃下杯子蛋糕時，我甚至有想要錄影的衝動，不過這樣反而會讓余甄有做文章的空間，例如說出沒有人願意吃，只好給貓吃之類的風涼話。於是作罷。

但秋老師就不一樣了，理所當然的，我提出了錄影的要求。

「妳傻啦？眞這麼白痴？」沒想到秋老師一臉嫌惡不說，還損了我幾句。

「只要看著鏡頭微笑說好吃就好啦！烹飪社顧問老師說的不是更有說服力嗎？」

秋老師的白眼大概翻到眼球後面找不回來了。

「蠢貓，妳也知道我是烹飪社的顧問老師，讓妳走後門已經是破例，這一次如果再幫妳完成作業，大家會怎麼想？」

「爲人親切的秋老師特別疼愛倪苗這位需要幫助的學生？」我歪著頭，秋老師的眼白差點翻不回來。

「妳可眞樂觀。好聽點也許會是那樣，但難聽點就會是『他們之間一定有一腿』。」

我呆住了，「這種不要臉的想法是爲人師表該有的嗎？」

「那一直想走後門的心態，是一個十六歲高中生該有的嗎？」秋老師也反駁我。

「這不是走後門！誰叫你吃了杯子蛋糕，三個蛋糕就要有三段影片！」我氣呼呼。

「又變我的錯了？」秋老師兩手一攤。

我立刻拿出手機，「不管，秋老師你就抱著小秋貓說杯子蛋糕很好吃，讓我錄影。」

「抱著小貓可以，但錄影不可以。」

「誰要給你抱了啦！」我紅著臉。

「誰又說妳了！」秋老師好氣又好笑地抓起小秋貓，抱在懷中輕輕撫摸。

爲什麼我要和一個大我十歲的男人在空中花園鬥嘴啊！而且還是老師！

我咬著下唇，他死不讓我錄影我也沒辦法，只能蓋上保鮮盒的蓋子，踩著重重的腳步往樓梯間走去。

秋老師坐到長椅上，露出玩味的笑容目送我離開。我越想越生氣，扭頭說：「到時候余甄問起來，我會說是秋老師吃掉的！」

「現在連學姊或是社長二字都不加了？」然而他還是故意找我的碴！

「哼！」我用力對他哼了聲。

「都幾歲了，還哼勒。」秋老師笑得更開心。

不理他，我來到樓下，心想一定要逼韓千渝吃掉一個，就算是一口也好，反正重點是要錄影交差。唉，我怎麼會有這種想法呢？我的料理不該是用這種方式得到肯定吧。

望著保鮮盒，我沉思了好一會兒，我是不是本末倒置？是不是搞錯了些什麼呢？

啊，我想起來了，裝保鮮盒的袋子還放在空中花園的長椅上，剛剛太過生氣所以直接拿著保鮮盒衝下來，眞是頭大，只好再回去拿，希望秋老師已經離開空中花園了，不然這樣眞的有點糗。

我踩著極輕巧的腳步，從樓梯間偷偷探出頭，秋老師還坐在長椅上發呆，手上有一搭沒一搭地撫摸著小秋貓，而我的保鮮盒袋子就放在秋老師的屁股邊。

沒辦法，還是只能過去拿。我嘆口氣準備走出去，卻看見秋老師站起身，下意識地我又縮回樓梯間。

秋老師將小秋貓放回地面，蹲在野薑花前面，他靜靜凝視著姿態宛如蝴蝶般美麗的白色花瓣，下一秒他的舉動讓我驀地眼睛瞠大。

他吻了那花瓣。

很詭異的一幕，當秋老師的唇離開花瓣時，眼神哀傷得像是快要掉下淚。

「……山奈。」

他又喚了穗花山奈這個別名嗎？他的聲音太小，我只能模模糊糊捕捉到後面兩個字。

上課鐘聲響起，我卻始終沒有移動腳步，秋老師繼續蹲在野薑花前，凝視半晌後，起身往另一個方向走。

看著他離去的背影，直到腳步聲消失後，我才走上前拿起袋子。

小秋貓抬頭看著我，意興闌珊地打了個哈欠，便甩著尾巴離開了空中花園。

我走到剛剛秋老師親吻過的野薑花前。

秋老師眞的好奇怪，一開始以爲他很幼稚，相處起來沒有距離，是親切的老師。他卻對我露出看好戲般的笑容，說什麼青春就該多多掙扎。

我以爲他個性腹黑，以爲他戴上親切的面具只是爲了在社會如魚得水。

可是……我忽然覺得，秋老師之所以會戴上親切的面具，不是爲了那些膚淺的事，而是爲了掩飾剛才的悲傷模樣。

在不經意中，我已經看過秋老師流露出那樣的悲傷幾次了呢？

穗花山奈對秋老師有什麼意義嗎？對葉子秋又有什麼意義呢？爲什麼他們嘴裡都會喚著野薑花的別名？

我又想起隔壁的鄰居了，在夜晚的窗邊，他所傳遞的悲傷，和剛才的秋老師好像。

中午，兩個杯子蛋糕依然完好地待在保鮮盒裡。

梅蘭竹菊大概是爲了要逃避不吃蛋糕的愧疚感，所以難得不和我一起吃午飯，而韓千渝不知道是故意的還是眞有這麼湊巧，說魔術社要緊急召開社團會議。

「那個，妳也知道啊，下學期有社團展覽，差不多現在就要開始準備了，所以緊急召開會議也是合情合理。」

「那我就忽略妳閃爍不定的眼神吧。」

「幹麼這樣啦！」韓千渝裝可愛地笑了笑。

於是中午落單的我，決定到空中花園，心想也許可以再遇到秋老師，也許他又會戴回親切的面具，將我心中關於他那些悲傷的記憶一掃而空。

日正當中，我從樓梯間望出去，空中花園看起來熱得要命，我忍不住皺眉，不是秋天了嗎？這太陽是怎麼回事？

喵～

小秋貓居然躺在樓梯間納涼。

「小秋貓，如果你是秋天的使者，那趕快出去晃一晃，給我一點涼爽的天氣吧。」

小秋貓只是斜眼看我，甩了甩耳朵後又繼續打盹。

「妳在跟貓說話？」

「哇！」我嚇了一跳，不小心踩空，好在快速伸手抓住欄杆，但裝有杯子蛋糕的保鮮盒和便當袋卻掉了下去。

葉子秋眼明手快地接住便當袋，而小秋貓因爲這一陣騷動不知道逃到哪裡去了。

「妳白痴喔？」

我爲什麼總被這兩個名字裡都有「秋」的男人罵白痴。

「誰叫你突然出聲，神出鬼沒！」我站直身體，轉轉腳踝，還好沒扭到。

「白痴。」他又說，逕自往空中花園去。

「喂！你又罵我！還有那是我的東西，然後外面現在很熱！」嘴裡叨念著一連串不完整的句子，我追上去，發現此時天上的太陽恰巧被一片很大的雲遮住，頓時涼爽不少。

葉子秋坐在上午秋老師坐過的位置，一樣盯著野薑花看。

「你跟秋老師眞的沒有關係嗎？」我自然而然就這麼脫口而出。兩人實在是太多巧合了。

葉子秋沒什麼反應，視線仍落在野薑花上，好一會兒才搖搖頭。

騙人。我知道他說謊。

「這什麼東西？」葉子秋晃動手上的袋子。

「我的便當。」我走過去拿回便當袋，坐在他旁邊。

「妳要在這裡吃？」

「不行嗎？」打開便當，因爲剛剛在空中轉了幾圈，裡頭的菜色全都攪成一團，本來賣相就不好，現在看起來更像是……

「什麼廚餘啊？」

「什麼廚餘啊！」我瞪他。

「這不是廚餘嗎？」葉子秋看起來甚爲眞心誠意的模樣，更是令我火大。

「這是便當！」我拿起筷子吃了一口，葉子秋表情訝異，瞇著眼睛等著看我是不是下一秒就會吐出來。很可惜他的期待落空，我做的食物好吃得很。

「那這又是什麼？」他搖晃著保鮮盒，原本賣相很慘的杯子蛋糕此時看起來更糟了。

「杯子蛋糕。」

「妳做的？」他挑起一邊眉毛。

「對，你要不要吃吃看？」我隨口問問。

「妳不是烹飪社的嗎？」

「這就是我在烹飪社做的，吃吃看吧，頂多肚子痛。」我自嘲地笑著。

然而葉子秋的行爲出乎我的意料，他竟打開保鮮蓋，拿起一塊杯子蛋糕端詳一會後便咬下一口。

「還滿好吃的。」葉子秋說完又吃了一口。

令我瞠目結舌的不是他誇獎我的蛋糕好吃，而是他明明見到蛋糕淒慘無比的外表還願意嘗試。

「你怎麼吃了？」

「不是妳要我吃的嗎？」

「是沒錯，但你……欸，讓我錄影好不好？」我當然不能忘記最重要的事情。

「又是拍照又要錄影，妳到底跟多少人玩遊戲？」葉子秋又瞪我。

「不是啦，這個是要交烹飪社作業的，你吃了我的蛋糕就要錄影說好吃，順便幫我比個讚。」我微笑拿出手機。

葉子秋也回我微笑，張大口將剩下的杯子蛋糕全部塞進嘴裡。

「對對對，然後比讚！」我開心極了，按下錄影鍵，葉子秋的臉出現在我手機螢幕上。

螢幕上的他緩緩舉起右手，然後對我比出中指。

「喂！」我大叫，中斷錄影，「你幹麼啦！」

「就拿那個去用。」

「用個頭啦！那怎麼能用，看起來像是在抱怨我的蛋糕難吃得要命。」我尖叫著重播影片給他看，葉子秋難得笑了起來。

「拍得還不錯啊。」

「不錯個頭！」氣死我了，我刪掉影片，「認眞一點啦！」

「省省吧。」葉子秋擺擺手。

怎麼這兩個名字裡有秋的人都一樣！吃我的蛋糕又不肯錄影！偏偏他們都是在學校很有影響力的人，如果葉子秋肯在影片裡稱讚我的料理，憑他在學校的名氣，余甄還不對我刮目相看？

「妳那點心思我會不知道？」葉子秋瞇著眼看我。

「可惡，我要跟別人說你其實很容易害羞，是個一害羞就臉紅的傲嬌男！」我氣得口不擇言，葉子秋立刻衝過來摀住我的嘴巴。

「妳再說一次試試看！」他的臉又漲紅了，毫無威脅性。

「窩揪哉縮一次，泥這鍋……」被他摀住嘴的我依然奮力復述，不過一幕超級可愛的畫面卻在我的眼前上演。

小秋貓不知道什麼時候也來到空中花園，正躺在花圃中，翻著肚皮搖擺著貓掌，露出粉紅色的肉球。

「呀！」我推開葉子秋，趕緊拿起手機調到拍照模式，小心翼翼地靠近小秋貓。

「妳幹什……」

「噓！小聲點！你看小秋貓。」我用氣音回答他，眼睛還是盯著小秋貓不放，把手機鏡頭盡可能靠近牠的肉球拍照。天呀，眞的是好可愛，我要拿來當我的手機桌布！

平常只會對秋老師露出肚皮的小秋貓現在睡得舒服，我一定要好好抓緊這個機會。

大概連拍了五十張後我終於心滿意足，轉過身看見葉子秋居然也趴在地上用手機拍小秋貓。

「葉……」我正想開口，卻覺得此景十分有趣，不由得拿起手機偷偷拍了張照片。

「喂！」葉子秋發現，立刻從地上跳起來，「拿來！」

「什麼東西？」我把手機藏到背後。

「別裝了，把手機給我。」葉子秋氣得臉又紅了。

「幹麼啊，我拍小秋貓的照片你也要？不然我等等傳給你啊。」我故意顧左右而言他。

「少裝蒜，剛才妳偷拍我對吧？快刪掉！」他再次殺氣騰騰。

不得不佩服我的勇氣以及腦筋轉得快，「可以啊！交換條件。」

他一臉詫異，不敢相信我居然有種跟他談條件。

「錄影、說好吃、比讚。」我對他露出類似秋老師的狡詐笑容，反正他說過不打女人，我不用怕他打我，而且知道他是個名副其實的傲嬌男後，我更不怕他。

葉子秋這氣得要命又不能動手的模樣實在經典，我有點想拍下來，但還是忍住了。

「……這樣妳跟那群他校生有什麼不一樣？」

忽然間我融會貫通，「所以他們是用你跟小秋貓玩的照片來威脅你喔？」

聞言葉子秋表情更難看，臉也更紅了，「妳不是早就知道了？」

「噢！對，我早就知道了。」好險，差點說溜嘴，要是被他知道之前都是我胡亂掰的，那可不得了。

「妳這隻蠢貓……」

「只要能讓你答應錄影，就算你說我是豬我也接受。」我故意微笑著。

「子秋，你在這裡啊！」阿狐滿頭大汗地從樓梯間衝上來。

「跑遍整個學校，沒想到你居然會在這麼詩情畫意的地方。」隨後阿狗也冒出來。

他們兩個一看見我，吹了記口哨，「約會？」

葉子秋回了他們一句髒話，「什麼事？」

「那幾個不守信用的又來了啦。」

「看樣子上次的事情讓他們懷恨在心，這次帶更多人在河堤那裡等著。」

葉子秋露出不可一世的神情，二話不說就要往下走。

「你們要去哪裡？」我問。

顯然三人都沒打算回答我。

「是不是要去打架？」

「不關妳的事情，蠢貓。」葉子秋說。

「不能打架，而且現在還沒放學。」

我的話讓阿狐阿狗哈哈大笑。

「我們的世界，不是妳這種乖乖學生能懂的啦。」阿狐阿狗說。

「什麼你們的世界、我們的世界，不都是在地球上嗎？」

「喔！我不行，和這種天然呆我無法溝通。」

「太過正直了，不是十六歲嗎？我怎麼覺得像在跟國中生說話？」阿狐和阿狗一人攤手一人扶額。

「現在國中生哪有她那樣？她是小學生吧。」葉子秋損我，阿狐阿狗愣了愣，隨即大笑。

「難得看見你當女人啊，子秋。」

「她是女人嗎？」葉子秋又說。

可惡！如果我再不說些什麼，可就被他們看扁了。

「是喔？想看看這個不是女人的女人手機裡有什麼照片嗎？」

此話一出，葉子秋立刻變臉，哎唷嚇死人了，但我是不會退縮的。

「有啥清涼照嗎？」阿狐阿狗沒發現葉子秋的臉色驟變，很開心地向我湊近。

我也裝模作樣地操作手機，看著葉子秋有苦說不出的模樣眞是愉快極了。

「喂，還拖拖拉拉什麼？走了。」葉子秋一聲令下，阿狐阿狗還是乖乖跟著走了。

結果我的杯子蛋糕明明三個「秋男」都吃了（包括小秋貓），也都公認味道好吃，卻沒半個人願意讓我錄影存證。

葉子秋蹺課出去打架這件事，我原本打算偷偷報告秋老師，誰叫他不肯讓我錄影，轉念想了想，打小報告似乎不太好，打架的事情不用我多嘴，學校遲早也會知道，何必做這種惹人厭的事。

果不其然，快放學的時候，這件事就傳回學校了。葉子秋等人當然是被教官們拎了回來，我站在烹飪教室外頭的走廊往校門口看去，發現秋老師氣得臉都變形了。

但是當他走到葉子秋面前時，葉子秋抬頭瞪著他的眼神，那不單單是對一個老師的叛逆情緒，還有另一層更深、更複雜的東西。

秋老師也是，他看著葉子秋的眼神很憤怒、失望，同時也有深切的……歉意？

秋老師伸出手似乎想碰葉子秋的肩膀，葉子秋卻用力拍掉他的手，不理會教官的斥責，不發一語地轉身離開。

站在原地的秋老師只是看著葉子秋逐漸遠去的背影，一動也不動。

也許是我站在樓上居高臨下的緣故，才會覺得秋老師的身影是那樣渺小、那樣孤寂。

明明平時秋老師那麼沒有老師的樣子，總是捉弄我、欺負我，又爲什麼總是會讓我覺得他很悲傷？

「妳還不進來？」張奕欣站在烹飪教室前門狐疑地問我，她的態度依舊不甚友善，但至少願意跟我說話了。

「要進去了。」我話還沒說完，張奕欣已經哼了一聲走進教室裡。

我再次回頭望了望秋老師，覺得他肩膀上承載了全世界的寂寞。

「果然如我預料，社上只有一個人沒能完成目標。」余甄滿意地抬起下巴在講台上宣布這個天大的好消息。

所有社員齊齊將視線落在我身上，我扭著手指，看著保鮮盒裡還有一塊摔爛的杯子蛋糕。

「我的蛋糕有人吃的……」我解釋。

「證據呢？」余甄毫不客氣。

咬著下唇，最後還是只能搖頭。都是那三個秋得要命的人跟貓害的啦！

「看！說不定根本就是妳自己吃掉的，結果難吃到吃不完三個，只好留下一個來騙我們。」余甄越講越過分，這已經是言語上的霸凌了！

我氣呼呼地又想跟她爭辯，忽然想起秋老師說過的話，於是我忍了下來。

不能直接對余甄硬碰硬，我該想想其他方法。

靈光一現，是啊，既然秋老師和葉子秋很有影響力，那我說實話不就行了。不過先隱瞞秋老師不說好了，畢竟他是老師，光講葉子秋一個人就夠了吧。

「蛋糕是葉子秋吃的。」此話一出，全烹飪社先是一愣，隨即哄堂大笑。

「笑死我了，說謊也先打草稿好嗎？」

「妳說的葉子秋是特別班的頭頭嗎？連三年級都怕他的那個葉子秋？」

「那個葉子秋怎麼可能會吃妳的東西？」

所有人都笑得好開心，余甄更是笑到上氣不接下氣，只差沒流出眼淚。

「我沒說謊，只是他不願意讓我錄影。」我盡量裝得輕鬆自在，還無奈地聳聳肩。

有些人笑得更大聲，有些人卻止住了笑，驚疑不定地望著我，張奕欣便是其中之一。

「那個……她說的很有可能是眞的……」張奕欣開口，四周的笑聲明顯減弱了不少。

「怎麼說？」余甄問。

「也不知道從哪傳出來的謠言，說葉子秋和倪苗在交往。」張奕欣爆料的八卦讓社團所有成員都倒抽一口氣。

開始有人說起好像確實耳聞過這件事情，他們的眼神從完全不相信變成懷疑，而我從來沒有像這時候這麼感謝韓千渝。

我慢條斯理拿出手機，找出那張被韓千渝還原的合照，展示給所有人看。

「我們沒有交往，但我們眞的認識，葉子秋也眞的吃過杯子蛋糕，他說超級好吃還比了讚。」後面是我胡謅的，反正葉子秋不在這裡。

全部人一片安靜，余甄更是瞪大眼睛，大家看我的眼神開始變得不一樣。

喔，葉子秋，沒想到一個愛打架的壞學生也有這麼大的影響力，眞是太感謝你了。

打鐵趁熱，我遞過我的杯子蛋糕給余甄，「社長，請妳吃吃看吧，我保證一定很好吃。」

處於驚愕中的余甄一看到那外型淒慘的杯子蛋糕，瞬間恢復神智，「我不要，拿走！」

「拜託，一小口就好，如果社長覺得難吃，那我就主動退社。」我提出這個協議。

余甄看起來是動搖了，但她忽然瞇著眼睛看我，「少誆我，不管葉子秋吃了以後說過什麼，沒錄影是事實，本來就該退社。」

我在心裡嘖了聲。

「那另一個蛋糕是誰吃的？」張奕欣插嘴。

「是秋老師。」我老實回答，但這句話竟引來更多人側目。

「秋老師更不可能了！他從來不吃我們做的東西！」余甄看起來很驚訝，我也被這句話給嚇到了。

「但妳不是拿過蛋糕給他？」

「他沒吃啊！」余甄說。

我想起來了，當時秋老師的確轉身就把蛋糕丟進垃圾桶。

社團裡掀起一陣騷動，張奕欣走過來，伸手捏起一小塊我做的杯子蛋糕。

「奕欣？」余甄睜大眼。

張奕欣看著她捏在指間的蛋糕，「我算是相信倪苗說的話，所以我先來吃吃看。」

我有些感激地望著她，張奕欣不自在地哼了聲，便將那一小口蛋糕塞入嘴裡。

所有人屏息等待她的反應，下一秒她立刻看向余甄。

「社長，妳吃吃看。」

「啊？」余甄沒料到張奕欣會是這樣的反應，「沒問題嗎？」

「問題可大了！」張奕欣臉上的神情有些莫測高深，而我聽了不禁慌張起來。

難不成是放了一整天，杯子蛋糕變質了嗎？應該不可能啊！

雖然余甄還是百般不情願，不過看樣子她很信任張奕欣，她伸手撕了塊我的蛋糕。

當余甄咬下第一口，表情瞬間變了，她先是看了張奕欣一眼，然後視線落在我身上。

「問題大了，對吧？」張奕欣的笑容充滿期待。

「你們，都過來吃吃看。」余甄嚥下嘴裡的蛋糕後，招呼其他社員過來試吃，蛋糕當然不夠分給所有人，所以只有前面幾位吃到。

大家的表情全都一樣訝異。

「世界無奇不有，看起來這麼難吃，口感卻是一流。」余甄第一次稱讚我，這讓我受寵若驚地張大了嘴。

「哼，妳留下來吧。」余甄扭過頭不看我，「不過，外觀方面妳要多下工夫。」

我的耳邊再一次響起秋老師的話。

「就算她討厭妳，只要讓她發現妳的料理迷人之處，她一定會把妳留在烹飪社，因爲她就是那樣一板一眼的人。」

就這樣，我終於「正式」成爲了烹飪社的社員。

第八章

我依然忽視不了他眼裡似有若無的悲傷。

我張開眼睛，發現自己又是躺在地毯上睡著。

每天晚上，我先是會聽見隔壁鄰居把鍋子掉到地上的乒乓聲響，接著是男人氣憤的粗話，我猜他應該是不太會做飯，或是容易被鍋子燙到。但他每天依然努力不懈地烹煮晚餐。有點像是被他激勵到了吧，所以我也很努力地想要改善我總是慘不忍睹的料理賣相。

可惜我和鄰居都沒能成功，他依舊每晚摔鍋子，而我的料理賣相依舊奇慘無比。

每到深夜，鄰居往往會打開窗戶跟一個女人通電話，話題大多圍繞著星星打轉。

「還記得怎麼從秋季四大角找到妳的星座嗎？就在那邊，妳看見了嗎？摩羯。」他的聲音很溫柔，「這麼笨？老是找不到？」接著他會輕輕笑著調侃她。

我覺得電話那頭的女人好幸福，身邊能有一個會對她溫柔說話的男生。

「好啦，我不說妳笨了。那要不要睡了？我唱歌給妳聽。」最後，一定會以哼唱一首曲調有些悲傷的搖籃曲作爲結尾

我總是一面聽著他哼唱的歌曲，一面看著窗外的星空，不知不覺間闔上了雙眼。

通常再睜開眼就已經是隔天早上了，當我從地上爬起來準備梳洗的時候，我偶爾會對著窗外的河堤大喊早安，隔壁的鄰居依然會用力敲打牆壁以示抗議，等我當天放學回家，就會

看見他貼在我門上的紙條。

小姐，七早八早請安靜，要我提醒妳幾次？

妳的鄰居　留

收到紙條後，接下來一個禮拜我都會提醒自己要記得安靜一些，但過沒多久又會故態復萌，再次忘情地對著窗外大聲道早安，然後再收到紙條。

記得第一次收到這樣不甚友善的紙條時，我很害怕，但也許是聽久了他的睡前搖籃曲，我漸漸發自內心覺得，鄰居是個溫柔的人。

也因爲這樣，我才會老是不把他的紙條當成威脅吧。

這些日子以來，還有一件事情讓我有些困擾。

也許是因爲在烹飪社告訴大家葉子秋吃過我做的蛋糕，還讓所有社員看到我和他的合照，這幾天葉子秋和我正在交往的謠言更是傳得滿天飛。

沒有人敢當面去問葉子秋或出言調侃他，理所當然地，矛頭全轉向我這個手無縛雞之力的弱女子。

很多人會圍在教室外面對著我指指點點，「這女的還眞是平凡。」或是說：「她名字很怪，叫狸貓。」

通常這種時候，朋友都會跳出來幫我解圍，其中就屬韓千渝最常爲我出頭了。

「好了啦，去去去！別擋在我們班教室門口，課還要不要上啊？再說小貓的閒話，小心葉子秋找你們麻煩！」

喔，親愛的韓千渝，最後那一句話簡直多餘又火上加油。

國文課時，秋老師好幾次將眼神停在我身上，我刻意忽略他的眼神。

但是避得了上課，躲不了下課，尤其對方還是老師。

「小貓，來一下。」

原本我打算一溜煙逃到廁所，但秋老師動作更快，直接叫住我，讓我硬生生停下腳步。

「什麼事情呀？秋老師？」我端起微笑。

「跟我來辦公室一趟。」他也回我微笑。

「喔……那個，我正要去洗手間呢。」

秋老師皺眉，「那去完來辦公室找我。」

「好。」然後我去完就直接回教室了。

這樣的事情接下來好幾天不斷重複，我一直避開秋老師，因爲想也知道他要問我什麼，不外乎就是葉子秋的事。

不知道爲什麼，秋老師特別在意葉子秋。

上下學期各有學年大事，上學期是球技大賽，下學期則是社團展覽。

比起球技大賽，我更期待下學期的社展，所以在球技大賽的參賽表格中草草選塡了羽球，然後故意打得很爛，這樣就能提早結束個人比賽，把握時間去烹飪教室練習。

不過在我前往烹飪教室途中，幾個女孩子快步和我擦肩而過，其中一人竟是張奕欣，我忍不住出聲叫住她。

「妳要去烹飪教室了？」張奕欣看起來急匆匆的。

「對，大家不是說好要提早結束球技大賽，到烹飪教室練習嗎？」這是余甄提議的。

「是沒錯，但現在籃球比賽是妳男友那一班，妳不去看？」

我一臉錯愕，我男友？誰啊？

「反正我們要去看，待會見。」張奕欣隨便揮了幾下手，就往體育館方向跑去。

自從大家吃過我做的杯子蛋糕後，對我的態度產生一百八十度大轉變，連余甄偶爾都會過來跟我討論食材，不過每當大家看見我的料理成品，總是會蹙緊眉頭，直到吃進嘴裡，再轉爲眉開眼笑。

「妳就不能中庸一點嗎？」余甄連連嘆氣。

「她是極端的代表。」張奕欣則會補上這一句。

回到球技大賽的話題，我想到張奕欣口中那個「我男友」是誰了，我眞不懂，葉子秋比賽有什麼好看的，但仔細一瞧，周遭往體育館方向走去的女學生數量著實不少。

我還是往烹飪教室去，但一走到烹飪教室門口，發現裡頭根本沒亮燈，應該沒有半個人在裡面吧，靠近走廊邊往下一看，居然連余甄都往體育館的方向去。

算了，反正我也想先練習一下，順便檢視自己到底是哪個環節出了錯，才會導致料理賣相老是不佳。

當我走進烹飪教室，卻看見葉子秋在裡面。

「哇！」我嚇了一跳，「你在這邊幹麼？」

他搖晃了下手中的鮮奶，「渴。」

「所以偷喝我們的鮮奶？」我立刻衝過去打開冰箱，發現最後一瓶鮮奶就在他手上。

「天啊！」我大叫。

「不過是一罐鮮奶，我不是偷，今天球技大賽，你們也不會來社團教室吧，這瓶今天到期，我不喝掉也是浪費。」葉子秋在我面前搖晃著空瓶，「我明天會買一瓶新的補上。」

「你以爲我們社團教室爲什麼今天門會打開？」我瞪他，「就是因爲我們今天預定要練習下學期的社展菜單，你這個笨蛋！」

好吧，不管我多生氣，也不該罵葉子秋笨蛋，他的臉從原本還有點歉意變得好像很生氣。

「很會說嘛，那又是哪個人把合照到處秀給別人看？」

慘了，我忘記這件事情了，被韓千渝等人看見合照是個意外，但讓烹飪社的成員看到就是蓄意了，我趕緊後退一步，離他越遠越好。

「是你自己要跟我合照的！而且……我是女生，你不能打我！我又沒錯！」強辭奪理也不過如此吧。葉子秋好像要朝我逼近，事實上我覺得他根本要把手裡的空瓶往我身上丟了。

「一年級參加籃球比賽的班級，請立刻到體育館集合。」好在秋老師的聲音倏地出現在廣播裡，打亂了葉子秋的步調。聽見秋老師的聲音，他表情明顯抽動了下，看起來更生氣了。

「對了！你不是要比賽？爲什麼還在這裡？」我連忙轉移話題。

「你們幾點要練習？」

「我們？我已經打完羽球啦！」

「我說烹飪社，白痴！」我又被他罵了。

「其他人幾點來我不知道，但我現在就要開始練習。倒是你，快去球場吧。」我推著他往外走。

他走下樓梯前，回頭看了我好幾眼。

好吧，少了鮮奶，那就先做別的。我拿起食譜，翻到蛋糕那頁，決定這一次要完完全全按照上面的步驟進行，徹底檢視自己到底是哪個環節出了問題。

不過當蛋糕一從烤箱取出來，外觀依然一塌糊塗。

「我根本就沒有做料理的天賦吧……」癱坐在椅子上，我的額頭抵著桌面，沮喪至極。

「妳有呀，只是賣相很差。」秋老師的聲音忽然在前門響起，我驚訝地抬起頭，秋老師卻笑出來。

「妳在幹麼？額頭怎麼了。」秋老師一手抵在門邊，一手握成拳頭抵在嘴前低笑。

「額頭？」我摸了摸，「是麵粉。」

他又笑了幾聲，走了進來，我才發現秋老師另一隻手上拿著一瓶鮮奶。

「這是剛剛子秋要我去買來給妳的。」他逕自將鮮奶放進冰箱。

「他不是去比賽了嗎？」

「我是籃球比賽的裁判之一，在體育館遇到他，結果就這樣了。」秋老師看了一眼流理台上我那個面目全非的蛋糕，取過叉子吃了一口，「好吃。」

「那都給老師吃吧。」我推到秋老師面前。

秋老師的雙眼定在我臉上，看得我有些不自在。「所以是眞的嗎？妳跟子秋？」

「這流言還有人在講呀！」我一愣，搖搖頭。

「多多少少，老師辦公室也在傳。」

「老師也這麼八卦？」

「老師也是人啊。」秋老師不以爲意。「我很久以前就想問了，但妳一直閃避。」

我乾笑兩聲，「我有嗎？」

秋老師瞇著眼睛，露出可怕的微笑，「沒有嗎？」

「反正，我和葉子秋什麼都沒有。」

「眞的沒有？」他又問。

怪了，就算老師也是人、也喜歡八卦好了，也未免太八卦了吧，對於這件事關心到已經不能用「八卦」兩個字來搪塞。

「秋老師，你跟葉子秋到底……到底有什麼關係？我總覺得只要牽扯上他，你就特別關心，還是他其實是你同母異父的弟弟？」

「妳是白痴嗎？」一個老師居然罵學生白痴！

「說人白痴的人自己才是白痴！」

「那不就是妳嗎？」他嘴角勾起笑容，雖然很機車，卻很好看。

我依然忽視不了他眼裡似有若無的悲傷。

「秋老師，你有沒有想過，也許你該跟我說實話？」

他聳聳肩。

「我的意思是說，如果你眞的這麼想打聽葉子秋的事情，你就該跟我說清楚你們之間的關係，我可不覺得你們只是老師與學生這麼單純，因爲葉子秋對待你的態度，有很多時候都很像你不是一個老師。」

秋老師挑起一邊的眉毛，「不然像什麼？」

「我不知道，但你好像有什麼事情對不起他，他好像爲了什麼事情討厭你。」想起那天在校門口看見的畫面，我這樣推論。

從秋老師略微瞪大眼睛的樣子看來，我猜得八九不離十。

「妳跟子秋到底熟到什麼地步？」秋老師像是在喃喃自語。

「也沒有很熟，只是冤家路窄。」

我們安靜了好一會兒，秋老師才看著我說：「妳參加什麼比賽？羽球？」

「啊？」這是什麼八竿子打不著的話題？

他露出笑容，「勸君莫惜金縷衣，勸君惜取少年時。花開堪折直須折，莫待無花空折枝。」

「啥？」

秋老師拍了我後腦一掌，完全不客氣，「我之前課堂上上過的內容，妳沒在聽？」

「我有！但誰知道你冒出這首詩要幹麼！」我氣得跺腳。

秋老師伸出手，停在我的後腦杓，輕聲說：「子秋就像是我的弟弟一樣。」

我眼睛閃亮，「同母……」

「但不是妳想的那樣。」他瞪了我一眼。

那是怎樣？

「如果你們真的在一起，就請不要隱瞞我。」秋老師頓了頓，「或者如果他交了女朋友、跟任何人打架，他的一舉一動，只要妳知道，我都希望妳能告訴我。」

「秋老師，你是在乎我和他在一起這件事，還是在乎葉子秋和女生交往這件事？」

「有差嗎？」

「這兩者差很多呀！」秋老師的臉龐近在眼前，他的手還貼在我的後腦杓，讓我覺得臉頰熱熱的，還有點害羞。

「怎樣的差別？」他又露出那種不懷好意的笑容。

可惡，他是國文老師，怎麼可能不懂我的意思！

「如果你在乎的只是葉子秋和別人的人際關係，那就是在乎一個弟弟呀，但是如果是……如果是在乎……」我忽然間結結巴巴，覺得接下來要說出口的話很奇怪。

「在乎什麼？」他又故意靠我更近。等一下，這是一個老師該有的行爲嗎？

「就是……就是老師如果你喜歡我，我會很困擾啦，這是不行的！」我閉起眼睛摀住耳朵，大叫起來。

秋老師的笑聲大到我摀住耳朵都聽得見。

「小貓，妳腦袋裡到底裝些什麼？妳小我十歲，換個角度想，我二十歲的時候妳才十歲，我又不是戀童癖。」他笑得眼角都流出眼淚，而我則是整張臉漲紅。

這好像不是我第一次誤會，上次在空中花園也有類似的事發生。

「那爲什麼要靠這麼近說話，還老是說一些話讓人誤會！」我惱羞成怒。

「我得承認我是有點在鬧妳，就像是看見一隻貓露出害怕又期待的表情，就會忍不住想捉弄牠一樣。」

「並不會好嗎！」我就從來沒想過要捉弄小秋貓，「而且你還是沒有回答我的問題。」

秋老師凝視著我，「我只是想知道子秋身邊發生的事情。」

「意思是要我當你的眼線？」

「說難聽一點，就是這樣沒錯。」

「我不要，這很顧人怨。」要是讓葉子秋知道，他說不定就不管我是不是女生了。

「妳別無選擇。」再一次地，秋老師又露出那種危險的笑容。我下意識地往後退，卻撞上後頭擺放鍋具的櫃子，退無可退。

「哪有什麼別無選擇，人生處處都是選擇。」我抬起下巴。

「所以說啦，花開堪折直須折，莫待無花空折枝。」

「有聽沒有懂啦。」我有些不耐煩，我的國文成績一直都不太好。

「我讓妳走後門進入烹飪社，妳還利用我和子秋來幫妳完成余甄刁難妳的題目。」

我一驚，眞是一波未平一波又起，接連兩個「秋」先後指控我利用他們。

「你就眞的有吃啊，我又沒說謊……」覺得好哀怨。

「所以妳是不是該報答我？」

「那同理我也該報答葉子秋，所以不能出賣他，扯平了。」我兩手一攤。

「相較之下，妳欠我的更多，妳知道嗎？」秋老師雙手環胸，「我一向不吃別人做的東西。」

我疑惑地歪著頭，「但你有吃啊，你吃過我做的東西好幾次。」

秋老師彈了彈手指，「這就是重點，發現了嗎？」

「不明白。」

「妳真的是個笨蛋。」秋老師搖頭嘆氣。「身爲烹飪社顧問老師卻不吃任何烹飪社社員做的食物，也從來沒過問烹飪社任何事情，忽然插手讓一個新生進入烹飪社，而且還吃了她做的食物，搞得接下來余甄每天照三餐拿食物跑來要這位老師好好品嘗，妳說說，那位新生是不是欠老師很多？」

我汗顏，傻笑地抓抓頭，弄得頭髮上都是麵粉。

秋老師又靠向我，伸手拍去我頭髮上的麵粉，「挑妳覺得非報告不可的事情，只挑會危害到子秋的名譽或是身體的事情跟我報告就行。」

或許是秋老師靠得太近，他身上的氣息，不同於葉子秋或任何與我同齡的男孩，那股氣息像看不見的蠶絲，緩緩纏繞上我的身體。

「嗯。」導致我最後只能答應秋老師的要求。

他淺笑，拍拍我的頭，好像我是個小孩一樣，讚賞我做了對的決定。

「秋老師，」當他轉身離開烹飪教室時，我叫住他，「爲什麼你會吃我做的東西呢？」

我的問題沒得到答案，只換來秋老師一抹溫柔似水的微笑。

特別班得到籃球比賽冠軍，大家熱烈歡呼著葉子秋的名字，當他代表上台領獎的時候，表情依舊凶狠得像是要打架似的。

只有我知道，葉子秋被頭髮蓋住，那若隱若現的耳朵此刻肯定紅得都要燒起來了。我看得出來他現在非常高興、非常害羞，雖然他臉上的表情仍然讓韓千渝說了好幾次「可怕」。

我也注意到站在台下的秋老師看著葉子秋的表情，那不僅僅是身為一個老師，更像是一個堅定不移的守護者。

不是同父異母的弟弟，卻把他當成弟弟一般愛護，我想大概只有兩個可能，也許是父母朋友的小孩，而朋友一家人過世了之類的。第二種可能大概就是跟我一樣，也許葉子秋是秋老師親戚的孩子，父母雙亡，所以秋老師對他關愛有加，只是葉子秋正值叛逆期不願領情。

大概就是這樣吧，我猜。

我的猜測還沒得到證實，高一上學期就匆匆結束，短短半年卻好像發生了很多事情。

「哇！好久沒吃到狸貓的手藝。」表姊拍著手，看起來很高興。

「只是賣相一樣驚人。」表弟胖了一些，說完這句話馬上被二姑丈巴頭，「幹麼啦！你把我剛背進去的英文單字都打出來了！」

「閉嘴，你安靜點！」二姑丈斥責表弟，他們對我依舊是小心翼翼。

我抬起頭微笑，經歷過余甄對我的公然羞辱後，我覺得能被這樣小心對待，也是長輩的一種溫柔。

「嗯嗯，這個好好吃！怎麼回事，狸貓妳的手藝又進步了！」表姊吃了口糖醋魚後驚嘆連連，興奮地揮動筷子。

「只是賣相一樣驚人……嘿！打不到！」表弟沾沾自喜地閃過了二姑丈的拳頭，但螳螂捕蟬，黃雀在後，躲得過二姑丈，躲不了二姑姑。「好痛！」

二姑姑一點也不留情，一巴掌狠狠地拍在表弟後腦杓上。

「說話注意點！」二姑姑瞪了表弟一眼，轉向我時又瞬間變得和靄可親，「狸貓，一個人住還習慣嗎？最近視訊的時間好像越來越晚了呢。」

「因爲下學期有社團展覽，我們常常會留在學校準備，所以比較晚回家。」稍微與大家分享了學校生活趣談，也提到了一個人住的開心與不開心之處。

我省略了葉子秋、省略了余甄，也省略了秋老師，話題重點集中在烹飪社、梅蘭竹菊和韓千渝。

表姊、表弟聽得開心，非常羨慕我們學校的球技大賽，還吵著說想參觀社展。但很可惜社展不開放外界參觀，雖然會提供公關票給一些特定人士，但一般只有在校生可以參與。

寒假期間，我接連在不同親戚家寄住，像是在趕場，每次接到親戚殷切的電話邀約，如「什麼時候來我們家住」，都會讓我有些害羞，雖然這樣的比喻有點奇怪，但我的確眞切體驗到「小別勝新婚」這句話的道理。

我住在大伯家的那晚，看著窗外的星星，明明是同一片夜空，感覺卻跟我家望出去的星空不一樣。

閉上眼睛，沒能聽見那熟悉的搖籃曲，我忽然想念起隔壁的鄰居，他應該不是學生，所以寒假他會留在那裡嗎？還是會回家過年？

他依然會哼著那悲傷的曲調嗎？他會和電話那頭的女人見面嗎？

我猛地睜開眼睛，發現自己竟習慣了那片星空、那張地毯，還有那哼著搖籃曲的嗓音。

十六歲半，我第一次體會到，什麼叫做想家。

第九章

秋天已經過去了，屬於秋天的花與貓，都不在這邊。

寒假結束前一個禮拜，我提早回家，一進屋內便覺得輕鬆不少，簡單清理過家裡積累的灰塵後，已經來到了晚餐時間。

我豎起耳朵傾聽隔壁鄰居的動靜，卻沒有如預期般傳來鍋子掉落的碰撞聲響。有些納悶，所以我打開窗戶，企圖探頭看看隔壁鄰居是不是不在家，但這樣太過危險，而且舉動很奇怪。

回到家的第一個夜晚，沒有從窗外傳來講解星星的低沉嗓音，也沒有那曲調悲傷的搖籃曲，於是我失眠了。

隔天一早，幾乎是天剛亮的時候，我就來到河堤邊晨跑，回家時順道去豆漿店買早餐。我才剛關上門，就聽見電梯門打開的聲音，直覺是鄰居回來了，湊近貓眼偷看，穿著藍色外套的身影一晃而過，接著是隔壁門鎖打開的聲音。

不知怎地，我心中開心的情緒滿漲。

到了中午，果然聽見隔壁鍋子碰撞的聲響傳來，當然還有他問候祖宗的話語。

我有些疑惑，今天不是平日嗎？鄰居不用上班？還是請假？

算了，這都不重要，好像直到聽見鄰居的聲音，才有眞正回到家的感覺。

晚上，我興奮地關掉電燈，這一次記得要先躺在床上。

「昨天去見妳了。」鄰居又走到敞開的窗邊講電話了，依稀能聽見話筒那端的女聲。

「妳一點也沒變。」鄰居的笑聲淡淡，卻很悲傷。

女人在電話那頭繼續說著，鄰居沉默好久，要不是還能聽見女人的聲音，我會以爲早已經掛上了電話。

「抱歉，今天無法唱搖籃曲了。」鄰居彷彿在努力壓抑著什麼似的哽咽嗓音，讓我一陣心揪，倏地從床上爬起來走到窗邊。

「晚安。」鄰居說。

在我向窗外探出頭的瞬間，他正巧關上了窗。

「吵架了嗎？」我低聲自言自語。

整個寒假，我一直期待著他哼唱搖籃曲伴我入睡，可是今天鄰居感覺好像很難過？有個男人也老是讓我有這種感覺。

他好像很悲傷、很痛苦，好像壓抑了一切無從發洩，只能藉由戴著面具的笑容讓世界接納自己。

秋時緯。

鄰居讓我想到秋老師。

「有這麼巧嗎？」我感到疑惑，一直覺得鄰居的聲音很耳熟，如果他就是秋老師，那白天沒去上班這件事就說得通了，因爲現在還在放寒假，還沒開學。

我打開燈，從收納櫃裡翻出之前鄰居貼在我門上的警告字條，越看越覺得這種口氣很像秋老師，但是字跡太凌亂了，跟秋老師上課寫在黑板上的工整板書相差了十萬八千里。

啊，我想起之前葉子秋在河堤打架，秋老師竟然知道我也在現場，嗯，從我家窗戶看出去的確能看見河堤，這樣就搭得上了！

可是有這麼巧嗎？

不知道是小學數學課還是自然課時，老師教過這麼一句話：「大膽假設，小心求證。」假設鄰居就是秋老師，那求證的方式很簡單，直接去摁電鈴。

心動不如馬上行動，隔天我在家裡烤了小餅乾（當然外觀依舊不怎麼樣），把餅乾裝進保鮮盒裡，來到鄰居家門前。

如果對方是秋老師，我第一句話要先說「好巧喔」，如果不是秋老師，我也可以把餅乾當作是平時有點吵鬧的賠禮。

我滿心期待地摁下電鈴，等了五秒無人回應，又摁下第二次，過了三秒，摁了第三次。這該不會是莫非定律吧？一旦要找他就找不到。鄰居什麼時候出去了？

結果接下來幾天，不是鄰居太晚回來時機不對，就是他不在家，那些餅乾最後全進了我的肚子裡。

和鄰居持續上演著陰錯陽差的向左走向右走戲碼，最後迎來了開學。

開學第一天，就得知一個晴天霹靂的消息，班上同學震驚到幾乎要群起暴動翻桌。

「爲什麼一開學就要考試啦！」大家怒吼著同一句話。

「勸君莫惜金縷衣，勸君惜取少年時。花開堪折直須折，莫待無花空折枝。」秋老師只是掛著討人厭的笑容，一邊發考卷。

「珍惜時光不是用在這種地方吧？」韓千渝一臉不悅，她趁著寒假去熱帶國家旅遊，晒得像是黑美人一樣。

「什麼珍惜時光？」在她把考卷傳給我時，我問。

「那首詩啊。」

我根本不知道那首詩是什麼意思。

「好好珍惜這張考卷，這可是老師我趁寒假最後一個禮拜，每天來學校熬夜出的考卷，很用心啊。」秋老師搖頭嘆息，好像真的很委屈。

「秋喔老師，也許你可以把時間花費在更有意義的地方。」不知道哪個不怕死的人說。

「你直接扣兩分。」秋老師微笑地用手指向那個同學，對方發出淒慘的叫聲。「而且呢，每個班級我都出不一樣的考卷，是不是很有心？沒見過像我這麼用心的老師吧？」他居然還沾沾自喜。

全班已經完全不想說話了。

我從來不知道從小到大最熟悉的中文也可以這麼深奧，怎麼國文考卷上每一個字我都看得懂，但就是不知道它們在講什麼？

結果考完一堂課像是要了我半條命，但我腦中還是饒有閒情逸致地想著，如果鄰居就是秋老師，那最後一個禮拜他的確每天早出晚歸，該不會就是來學校出考卷吧？

「小貓，寒假妳跟男友去哪裡玩了？」梅蘭竹菊又湊過來八卦，看樣子寒假她們閒得發慌，才會第一堂下課就急著找我聊天。

「哪是什麼男朋友，都沒有聯絡啦。」我有氣無力地擺擺手，依舊癱在桌上。

「分手了？」然後梅蘭竹菊就像是惟恐天下不亂地大叫，完全不理會我在旁邊一直強調，「都沒交往怎麼會分手。」

再一次，我充分感受到流言傳播的速度之快，當天下午，流言已經變成：寒假時葉子秋忙著拓展個人勢力版圖，所以忽略了狸貓，導致兩人分手，於是狸貓傷心得一整個上午都無精打采。

我超級訝異這個奇怪的流言版本是怎麼來的，但我還沒來得及訝異太久，葉子秋已經帶著微笑站在教室門口對我勾動手指。

「快去啊，好好溝通，不要輕易分手。」小梅推著我，蘭竹菊三人則輕聲爲我加油。我超級無言。

「妳到底怎麼回事啊？」

來到空中花園，這次沒有聞到野薑花的香味，也不見小秋貓。秋天已經過去了，屬於秋天的花與貓，都不在這邊。

有點感傷，不過到了下一個秋天，花與貓應該還是會再度出現吧，那時我就高二了。

「喂，我在跟妳說話，妳發什麼呆？」葉子秋的手在我眼前胡亂晃動，我才回過神來。

「沒有啦，小秋貓不在耶，這樣你就不能跟牠開心地玩了。」我這句話是好意，沒料到葉子秋居然漲紅了臉。

「妳這隻蠢貓，故意的嗎？」

「喔，忘了你傲嬌。」

葉子秋的雙手伸過來捏住我兩邊臉頰，我嚇一大跳，大喊：「反對暴力！」

「過了一個寒假，妳膽子變肥不少啊？」他用力揉捏著我的臉頰。

「不速啦，都是誤費。」我口齒不清地趕緊解釋一遍梅蘭竹菊熱愛八卦的劣根性，強調我也很不願意有這樣的流言傳出。

「啊……抱歉。」樓梯間倏地出現張奕欣的身影，她沒料到會碰上葉子秋，明顯有些畏懼，「我等一下再來好了。」

「是找我嗎？」我甩開葉子秋的手。

張奕欣扯扯嘴角，有些尷尬地說：「余甄要我通知大家，今天放學開會。」

「我知……」話都還沒說完，一陣紛亂的腳步聲從樓梯間傳來，完全不令人意外，是阿狐和阿狗。

「子秋，講不聽啦，要再動一次手才行。」

「他們每次都打輸，還是不怕死來挑戰，這次乾脆下重手算了。」

超級既視感，這兩個人又來約葉子秋打架。

葉子秋一如往常地點頭，手插口袋就要離開，走之前還狠狠瞪了我一眼，「我跟妳還沒完。」

我對他吐了舌頭外加做鬼臉，接著他們三個人理所當然就要蹺課去河堤打架。

這難道就是青春？正事不做每天就一直打架？該不會葉子秋整個寒假真的在擴展什麼個人勢力版圖吧？

「欸，不是說分了嗎？還在一起喔？」張奕欣問我，沒想到她也這麼八卦。

「不是不是，根本沒有在一起過啦。」我解釋著。

「眞假？但我覺得，應該八九不離十吧。」

「什麼東西八九不離十？」

她目光炯炯有神略帶興奮地說：「葉子秋呀，他喜歡妳吧？」

「這倒是很新鮮的說法。」我忍不住笑了出來。

「別笑，跟妳講正經的。」她瞪我一眼，但這話題實在令我正經不起來呀。不過好不容易和烹飪社的大家搞好關係，我還是收斂點，所以拱手作勢要她繼續說。

「我跟妳說一個祕密，妳不能告訴別人。」

來了來了，這種開頭通常就是八卦的源頭。

「我不會說的。」我接的這句話也是經典台詞。但我眞的不會說，因爲我知道被當作八卦主角的感覺有多差。

張奕欣走到一旁的長椅坐下，拍拍旁邊要我也坐下。

「我和葉子秋是幼稚園同學。」

「眞的假的？那麼久以前的事，妳竟然還記得！」

「不只幼稚園，國小和國中也同校，沒想到連高中都同一所，葉子秋眞的太讓人印象深刻了，所以我記得很清楚。」

「妳該不會喜歡他吧？」這是很合理的推論。

張奕欣搖頭，「才不可能，我有男朋友。」

這讓我更訝異了。

「不然我那麼努力從只會煎荷包蛋，到現在勉強做得出一桌菜是爲什麼？還不就是要抓住男人的心就得先抓住他的胃。」

「都忘記妳是荷包蛋女王了。」

「那是什麼?」

「就是妳入社甄選時不是煎了荷包蛋嗎?我記憶猶新，那顆荷包蛋很漂亮。」

「妳白痴喔。」

欸是怎樣，爲什麼一堆人老是講話講到一半就罵我白痴啦?

「所以呢?葉子秋怎樣讓你印象深刻?他小時候就這麼愛打架嗎?」

張奕欣再次搖頭，「完全不一樣，簡直和現在判若兩人。」

「怎麼說?」

「他幼稚園很怕生又愛哭，但是喜歡絨毛娃娃或是小動物，會跟野貓玩上一整天。」

那他其實沒變啊，只是現在比較彆扭，喜歡小動物卻不好意思讓大家知道。

「然後念國小的時候，不知道發生了什麼事，他突然像是變了一個人。」

「變了一個人?」我不解。

「就好像某天余甄忽然變得很小女人，講話很小聲，被油噴到就哭得唏哩嘩啦，還會因爲妳料理的賣相差而哭著幫妳找尋改善方法。」

「她撞到頭嗎?」光想像就不舒服。

「是不是?葉子秋就像那樣，只是反過來。」

這就眞的很奇怪了，「所以他怎麼了?」

「我不知道，也沒人知道，他變得冷漠，不再露出笑容。但也不會惹事生非，成績和運動表現依然很好，就是讓人覺得他很沉默寡言而已。只是我每次想起幼稚園的他，就覺得他變得很奇怪。國中畢業那年，他憑藉著非常優異的成績來到這所高中，而我只是候補名額呢。」

「不對啊，那他爲什麼會在特別班啊？」

張奕欣嘆氣，「因爲他在入學前一天和人打架。」

「哇，還眞像他的風格。」

「不！一點都不像！」張奕欣大喊，嚇了我一跳。「以前他不是會打架的人，雖然我和他不熟，可是勉強算是跟他一起長大的同窗，多少知道他是怎樣的人。」

「那爲什麼……」

「所以我才說很奇怪啊！葉子秋不像是會無故挑起事端的人，入學前一天那次打架聽說是他主動找碴，在路上被人撞上肩膀就打了起來，打得很凶，原本學校是不肯再讓他入學的，但是秋老師卻去求情。」

「秋老師？」這消息令我意外，卻不震驚。

張奕欣東張西望了一下，像是怕有人突然出現，她壓低聲音道：「這些都是我那天來學校辦理候補入學手續時，無意間聽到的，當時秋老師在辦公室對主任說，葉子秋是個非常優秀的孩子，學校如果不錄取他，絕對會後悔。」

等一下，就算秋老師把葉子秋當成弟弟，這樣也有點奇怪。

不對，應該說，秋老師是「什麼時候」開始把葉子秋當弟弟的？他們認識多久了？我之前猜測過他們有血緣關係，但眞的是那樣嗎？

「更弔詭的還在後面，主任說他最大的讓步是讓葉子秋去特別班，秋老師嚴重抗議，最後爭執不下，秋老師說他自願去當特別班的導師。我聽得很清楚，原本秋老師是被安排在A班當導師的，但他自願調去特別班，就因為葉子秋。我以為秋老師和葉子秋有什麼特別關係，可是葉子秋又好像對秋老師懷有敵意，所以我實在搞不清楚。」

我瞪大眼睛，努力消化剛剛聽到的資訊。

「妳記得上學期球技大賽我跑去體育館看葉子秋比賽的事情吧？」她推了推呆滯的我，「當時我就是想去球場確認看看，我記憶中的葉子秋還在不在。還好，球場上的葉子秋，比較有幾分他國中時的樣子，只是平時在走廊遇見他，那張冷漠的臉總讓我有點害怕。」

我想起站在台上領獎的葉子秋，那硬要裝得好像人家欠他幾百萬，但耳根又泛紅到掩飾不了開心的模樣。

「所以……葉子秋過去到底發生了什麼事？妳沒有追查他為什麼打架？又為什麼會在小學那年變得那麼多？」

「我說啦，我不知道。」張奕欣定定地看著我。「但也許妳可以試著去了解。」

「我？」

「對，妳。」她指著我的鼻子道：「我剛看見葉子秋對妳說話的態度和神情，這是我上高中以來，第一次覺得好像依稀看見他小時候的影子。」

張奕欣的表情很認真，「光憑這一點，妳就是最接近他的人了。」

我實在不敢相信，一個人的身上可以背負多少祕密？

才高中生的年紀，又能經歷多少滄桑？

也許一切都只是張奕欣多心，也許只是國小的葉子秋提早迎接了叛逆的青春期而已。

可是到底發生了什麼事情，才會讓一個國小男孩忽然一夕長大？

讓我更加在意的是秋老師對待葉子秋的態度。

秋時緯、葉子秋，他們之間到底有什麼關連？

「所以說，我們每個人可以拿到三張社展公關券，發給自己的朋友，誰都不能多，因爲材料有限。接下來我們要討論菜單內容……狸貓！妳有沒有在聽！」余甄屬於在罵人時會拿起手邊的東西扔向對方的類型，好在這時候她手上拿的只是原子筆。

「對不起。」我趕緊道歉，順便雙手奉還她的原子筆。

「開會時發什麼呆，對了，妳的料理賣相還是一樣糟，就不能想想辦法嗎？」她厲聲問。

「我、我會努力的。」基本上我已經無計可施了。

她又瞪我一眼，才將話題轉回到社展菜單上。

我有一搭沒一搭地加入話題。我的角色很尷尬，每一道料理我都會做，但每一道料理做出來的賣相又都糟糕到像是廚餘。

而且張奕欣早上對我說的那些事還言猶在耳，我的思緒一直忍不住繞著秋老師和葉子秋打轉，所以當我被余甄扔了第三次原子筆後，她要我留下來打掃烹飪教室。

好吧，雖然她接受我也認同我了，但她對待我還是比對其他人嚴厲。

我戴著手套與口罩站在流理台邊消毒，腳步聲停在前門，我探出頭，果然是秋老師。

「又被余甄欺負？眞可憐。」他的表情和語氣完全是兩回事。

這個時候看見秋老師還眞是百感交集，想要抱怨早上國文課的臨時考試，又想問他到底是不是我的鄰居，也想向他確認張奕欣說的那些事，結果腦中一時裝載太多資訊，導致有些秀逗。

「站著睡著了啊妳？」他用食指彈了下我的額頭。

「才沒有。」想要摀著額頭，但手上戴著沾滿消毒水的手套。

「爲什麼只有妳在打掃？」秋老師食指劃過桌面，看了看後搓搓手指。

「因爲開會發呆被余甄懲罰。」我簡短說完，順便用抹布擦拭剛剛秋老師摸過的地方。

「我手很乾淨好嗎？」秋老師故意將他的掌紋印在流理台上，我嘖了聲又擦了一遍。

「一點點小瑕疵就會被余甄挑三揀四！」

「余甄還是找妳碴啊？」

「沒有，比起從前，現在仁慈多了。」洗完手後，我脫下口罩跟手套，放到陽台上晾乾。

「秋老師，有什麼事情嗎？」

只見他雙手環胸，「應該是妳有事要跟我說吧？」

我的確是，但還沒有心理準備問出口，也還沒想到該怎麼問，所以我依然選擇沉默。

「妳也知道愧疚？」見我低下頭，秋老師的聲音變得有些刻薄。

他這句話讓我猛地抬起頭，我要愧疚什麼？

「子秋早上蹺課了，妳知道他去哪裡嗎？」

喔，是這個啊。

「他去打架啊。」我理所當然地回答，結果秋老師跟葉子秋一樣，忽然間雙手伸向我的臉頰，只是葉子秋是用揉的，秋老師比較壞，他用捏的。

「好痛！秋老蘇，費痛！」他毫不客氣，我的臉頰被捏得像是要裂開一樣。

「妳答應過我什麼？嗯？」秋老師依然掛著微笑，笑容燦爛無比。

「偶……偶答應夠什麼？」

「妳說過要跟我據實以報子秋的一舉一動，忘了嗎？」他來回捏著。

那是你自己說的啊！雖然我好像有點頭，但那是上學期的事情了，我哪記得啦！

「哎唷，對撲起，偶下次費記得的。」俗辣如我也只能先道歉。

秋老師又多捏了三下才鬆開手，我趕緊從書包拿出鏡子一照，天呀，我的臉頰都紅了。

「你太過分了，下手這麼狠，要是我的臉鬆掉怎麼辦？」

「放心，青春什麼都不用怕，肌膚彈性也很棒。」秋老師擺擺手。

「……低級。」

「白痴喔。」

我又被罵了！

秋老師停頓一下才又問：「所以爲什麼打架？知道嗎？」

「阿狐阿狗說對方先來找碴，還說什麼講不聽，所以這次要下重手。」我聳聳肩。

「下重手？」秋老師挑眉。

「我想大概就是打大力一點之類的吧，總不可能眞的讓對方住院，哈哈……」隨著秋老師越漸嚴厲的目光，我越笑越心虛，「咳，這也不能怪我啊，我一個女生，要怎麼阻止他們？等等換我被打！」

「子秋不會打女人。」

噢，你還真了解他。

「秋老師，我有事情想問你。」

「嗯？」

我深吸一口氣，「就是啊，你和葉子秋是不是……」

忽然一道緊急煞車聲從外面傳來，接著是刺耳的喇叭聲，還有此起彼落的叫囂聲，我和秋老師對看一眼，不約而同衝出烹飪教室，來到走廊邊往樓下看，大約有五、六台機車群聚在校門前的馬路口。而機車前方站著葉子秋和阿狐阿狗。

「那個笨蛋！」在我還沒反應過來以前，秋老師已經往樓梯方向衝去。

我趕緊再往下一看，騎在機車上面的人穿著他校高中制服，應該就是上學期在河堤被葉子秋修理得很慘的那群人，他們最近老是來找麻煩。

葉子秋和阿狐阿狗馬上擺出打架的預備姿勢，然後校門口的警衛出來大聲嚷嚷了幾句話，葉子秋朝阿狐阿狗點了下頭，之後三個人居然坐上對方的機車後座，一票人揚長而去。

從機車行進的方向判斷，目的地應該就是河堤，要打架的話沒有比河堤更好的地方了。

下一秒，秋老師的身影出現在樓下，他氣喘吁吁地跑到校門卻已經不見葉子秋，急著向警衛探問。

我對著樓下的秋老師大喊：「河堤！他們往河堤去了！」

秋老師抬頭看了我一眼，立刻跑回車棚牽了輛腳踏車出來，猛踩踏板往外追。

頓時我慌張了起來，趕緊回到烹飪教室把門鎖好，背起書包往下跑。雖然不知道我在緊張什麼，我去了又能幫上什麼忙，但是……就是覺得我一定要去看看才行。

當我跑過樓下車棚時，聽見有學生大喊腳踏車不見了。

不會吧……剛剛秋老師是隨便牽一輛嗎？他是老師耶，怎麼能做這種……嗯，好吧，如果是他的話，的確很有可能會做這樣的事情。

學校到河堤是段說長不長、說短不短的尷尬距離，我跑著跑著，隱約可見橋下聚集的人群有些騷動，我跑得更急，大隊接力都沒這麼認眞。好不容易跑過了橋面，聽見橋面下的人聲動靜，但還是沒能聽清楚人群在說些什麼，只有話語聲嗡嗡作響。

我終於跑到河堤邊，秋老師偷騎的腳踏車倒在一旁，眼前是一場團體鬥毆，對方的人數明顯多過葉子秋他們三倍。阿狐和阿狗身上已經掛彩，葉子秋也一身狼狽，白色襯衫沾了好多黑色印子，他眼裡有著不服輸的倔強，但更多的是氣憤。

秋老師就站在兩隊人馬中間，雙手平舉，試圖阻止他們無意義的逞凶鬥狠。

「統統給我住手，你們幾個還不快走，趁現在我還願意讓你們離開。」秋老師對著他校生大喊，而那群他校生手裡拿著木棒，並沒有將秋老師的話聽進去。

「葉老大，現在要老師出面就對了？還眞是好笑。」領頭的他校生語氣充滿不屑。

明明那天單挑輸給葉子秋，現在帶了一堆人過來以眾擊寡還敢裝英雄。

「閃開。」葉子秋冷聲對秋老師說。

「不閃。」秋老師的眼神冷峻，眼底卻多了擔憂。

「信不信我連你一起打？」葉子秋威脅，而我差點就衝過去。

「你可以試試看。」秋老師並沒有退縮，他再次轉頭看向那群他校生，「你們能囂張也只有最後這兩年，未成年保護法不會一輩子罩著你們，看是要識相點現在離開，還是要我去通報你們學校？」

那群他校生交換幾個眼神，最後紛紛舉起木棒對著秋老師大呼小叫，「你以爲我們會怕？」話一說完，手上的木棒立刻朝秋老師揮去。

「呀——」眼看木棒就要打到秋老師的頭了，我忍不住放聲大叫，可是秋老師卻像是懂得瞬間移動似地，在我還來不及看清楚時，已經來到領頭的他校生背後，用手背重重擊中對方後頸，那人立刻雙腳跪倒在地。

「老大！」幾個他校生朝秋老師衝去，秋老師的大手準確地抓住其中一人的拳頭，接著長腿一伸，順勢把另一人絆倒。

其他人則扶起他們的老大，不敢相信這個看起來沒什麼威脅性的老師身手竟如此俐落。

「要再試試看嗎？」秋老師露出至今爲止最恐怖的笑容，連我看了都不寒而慄。

「走……」領頭老大聲音微弱，一行人落荒而逃。

看著他們抱頭鼠竄的背影，短時間內應該不會再來找葉子秋的麻煩。我鬆了一口氣，心臟卻還是跳得飛快，往前走了幾步，看見秋老師走近葉子秋。

「你沒事……」他話還沒說完，伸出的手硬生生在空中被葉子秋打掉。

葉子秋的眼神交織著極爲複雜的情緒，像是憎恨、像是悲傷，又像是不服氣。

「你別眞以爲是我哥！」他大吼，一旁的阿狐阿狗嚇了一大跳，想來連他們也沒見過葉子秋這模樣。

「子秋……」秋老師的雙眼籠罩上一層懊悔與受傷。

「就算大家都原諒你，永遠、永遠也別想我會原諒你。」葉子秋眼裡的是眞切的恨意。

一個十六歲的少年，爲何會懷抱著如此巨大的恨意？

我來不及細想，雙腳已經先一步行動，衝到前方對著葉子秋喊：「葉子秋，你怎麼可以這樣跟秋老師說話，老師他一直都很擔心……」

但當我與葉子秋四目相接時，我頓時語塞，被他眼底過於憤怒的悲傷漩渦所吞噬。

「妳又知道些什麼？」葉子秋冷笑，語調毫無溫度，他急急掠過我身邊，往河堤上去。

阿狐和阿狗此時像是終於回過神，不敢再多看秋老師一眼，趕忙跟在葉子秋身後離開。

留下我跟秋老師站在原地，不說不動，好像呼吸停止一樣，彷彿連風也靜止了。

半晌，我才有力氣將眼神移到秋老師身上。

他站在陰暗的橋下，讓我有種錯覺，他的身體像是將要幻化成霧般，下一刻就會消失在這片黑暗裡。

「秋老師……」我的聲音微小顫抖，

秋老師緩緩抬起頭，眼裡的無助與懊悔清晰可辨。他搖搖晃晃地走向我。第一次看見他這樣，讓我不知所措。秋老師卻跟葉子秋一樣掠過我，逕自朝河堤上走去。

我實在不放心，葉子秋的態度和秋老師的反常，讓我更加在意。

秋老師漫無目的地沿著河邊走，我趕緊牽起他丟下的腳踏車，跟在他身後約兩台車的距離。

冬末的夜晚，河堤邊的強風冷得刺骨，鼻涕肆流到我用完一包面紙，但秋老師依然沒有停下腳步。天空出現了點點星光，我卻無心欣賞。這樣悶不吭聲地跟著秋老師又有什麼用呢？都過幾個鐘頭了，再這樣下去都要沿著河水走到海邊了。

於是我把腳踏車停在一旁，跑到秋老師身後，正打算開口叫住他時，他卻停了下來，抬頭仰望星空。

「……大三角。」

「蛤？」

風聲太大秋老師沒聽見我的聲音，他的嘴巴一張一闔，我細聽，原來他在講解星空。

「秋季大三角……」他重複這幾個字。我抬頭看了看夜空，雖然看不出什麼大三角，但秋天過了就看不見秋季大三角這種常識我還是有的。我想吐槽老師，但他悲傷的模樣又讓我噤聲。

到底發生什麼事了？秋老師，你也太在意葉子秋說的話了吧？他就是一個叛逆小屁孩啊，打架、頂嘴、蹺課，那是青春期的副作用吧？

但我還是一個字都說不出口。

接下來，秋老師的嘴裡竟哼出了自從寒假以來我每晚思念的搖籃曲調。

我呆立在原地，看著秋老師再次往前邁步的背影，腦中嗡嗡作響。

秋老師，就是我的鄰居。

夜夜用溫柔悲傷的聲音與女人通電話、爲她講解星空、爲她哼唱搖籃曲的那個鄰居。

我的視線朦朧，秋老師的身影逐漸模糊。

那份不知爲何而起的沉重悲傷，在親眼所見時，竟令我承受不住。

第十章

你們都是潘朵拉，都想打開別人的寶盒，即使裡面裝的是黑暗。

耳朵貼在牆壁上，聽見秋老師再次打翻鍋子，接著又罵了聲粗話。

自從那天起，我便像是偷窺狂一樣，側耳聽著鄰居的生活——聽著秋老師的生活。

「已經沒有秋季大三角了，要用另一種方式找星座啦。」

每個夜晚，我也會聽著他與那個女人聊天的聲音，以及哼起那首只唱給那女人聽的搖籃曲，沉沉睡去。

可是有時候，當我聽著他對那女人低語，我會覺得好像有塊大石頭重壓在我的胸口，難受得發疼。

這症狀一直持續到余甄發送給我們每人三張烹飪社社展參觀票券。我給韓千渝一張，剩下一張給梅蘭竹菊去廝殺，秋老師是顧問老師，當然不需要門票。

看著手中剩下的那張票券，我往特別班走去。

特別班的教室與專科班在同一側，我在門口張望許久，裡頭清一色都是男生，卻不見葉子秋的身影，好不容易找到熟悉的面孔，我興奮大喊：「阿狐！」

教室裡所有人都轉過頭來看我，連阿狐也是，他卻沒意識到我在叫的人是他。

「阿狐，過來呀！」我對他揮手，他左右張望，比了比自己，眼中帶著疑惑。我朝他用力點頭，「對呀，就是叫你！」
班上哄堂大笑，阿狐一臉氣惱地走過來，「妳叫誰阿狐啊？」
「那不重要，葉子秋呢？」
「什麼不重要！」阿狐看起來很生氣，「早自習就沒看到他了。」
「原來你們也會參加早自習喔？我以爲你們都會蹺課遲到之類的……」
「鬧事歸鬧事，該拿的文憑還是要拿。」沒想到阿狐會這樣說。「喂，妳跟我來一下。」
接著阿狐帶著我到走廊盡頭，張望了下確定沒人注意我們，便小聲地問：「很秋跟子秋有什麼關係？」
「這……可能是因爲你們都叫他老大，所以自然而然葉子秋也比較囂張吧？」
沒想到阿狐大翻白眼，「哭杯喔，我是說，秋老師！」
你又沒講清楚我哪知道！
那天在河堤，從阿狐阿狗驚訝的表情看來，他們對於秋老師和葉子秋之間的怪異互動，也感到很訝異。
「這該問你們吧，秋老師是你們班導，葉子秋又是你的老大，難道就從來沒有看出什麼不對勁的地方嗎？」
阿狐閉眼思索一陣，最後嘆氣，「我眞的不知道啊，一直以來他們關係都不是很好，我只是覺得秋老師有點過度關心子秋。」
「開學第一天，當秋老師踏進我們班，介紹自己是導師時，子秋的表情像是看到鬼一樣，你記得嗎？」阿狗的聲音忽然出現在我們身後，嚇得我跟阿狐兩人大叫。

「你才像鬼一樣，都沒聲音啊！」阿狐罵道。

「你說葉子秋因爲看見秋老師而嚇到嗎？」我問。

「是啊，我還記得子秋自言自語，說他怎麼會是這一班的導師。」阿狗聳聳肩。

所以葉子秋該不會知道秋老師原本不是特別班的導師吧？

「欸欸，我聽說葉子秋是因爲開學前一天打架才被分到特別班。」

「靠，妳連這個都知道？」阿狐道。

「那你們知道葉子秋原本是分到哪一班嗎？」

「啊哉。」阿狐兩手一攤。

「等一下，有一次他在寫一個不知道啥的東西，那時候我剛好看到，那叫啥，上面寫……」阿狗用食指點著額頭，「啊，A班，上面寫子秋原本是A班。」

我的猜測得到證實了。

葉子秋原本是A班，他不知從何得知秋老師是A班導師，所以不惜惹禍，讓自己被分配到特別班。沒料到秋老師也跟著去了特別班，於是葉子秋看見秋老師時才會那麼驚訝。

張奕欣說葉子秋不是會惹是生非的人，那他爲什麼會成了一個愛打架的老大？

難道是爲了避開秋老師？還是爲了讓秋老師有罪惡感？爲什麼這樣會讓秋老師有罪惡感？爲什麼在河堤的時候，葉子秋會說永遠不原諒秋老師？

啊，我越想越頭痛了。算了！自己想半天也沒有用，問本人最快。

「阿狗，你有沒有看見葉子秋？」

「哭么，妳叫誰阿狗？」

我來到空中花園，葉子秋正躺在長椅上假寐，就像我第一次在橋下看見他時一樣。

「葉子秋。」

他沒有反應，但我知道他醒著。

「我拿烹飪社的招待券給你。」

他張開眼睛，冷哼了聲坐起來，「又是秋時緯派妳來的？」

「沒有，招待券每個社員都有三張，這張給你。」我坐到他旁邊。

「所以說，這次妳又要跟秋時緯告什麼密？」他看著我，而我略感驚訝。「我知道他派妳監視我。」

我只是輕輕皺眉，「你感覺被我監視了嗎？」

「怎麼可能。」他不屑地笑。

「那就對啦，基本上你幹什麼都轟轟烈烈的，根本不需要我告密，秋老師也會知道。」

葉子秋像是接受了我的說法。

然後我們兩個都沒出聲，微風徐徐吹拂，我側過頭想問葉子秋一些事情，卻發現他的眼神定在前方花圃，順著看過去，是那叢野薑花。

「你跟秋老師，都喜歡野薑花呀。」

「誰跟他一樣。」葉子秋語氣很不爽，搶過我的票券放入口袋就要離開。

「喂，你跟秋老師，到底是什麼關係？」我站起來叫住他，「別跟我說沒關係，我知道你們有關係的！」

「誰要跟他有什麼屁關係。」

結果最後我還是沒能得到答案。

◆

「狸貓！我不准妳再動任何食物！妳只要擺盤就好！這些燒焦的東西看妳怎麼辦！」

「那個沒有燒焦，只是外觀比較難看一點，味道其實很好吃……」

「妳給我閉嘴，把妳做的東西全部放到保鮮盒裡面冰起來，放學自己帶回家吃！」

余甄眞是發火到極點了。

學姊一直給我們做心理建設、打預防針，告訴我們社展時會超級超級忙碌，但我遠遠沒料到學姊的話一點都不誇張，一年級社員幾乎都嚇傻了，外面排隊的人龍有多長就別提了，還有沒票的人想偷偷溜進來。

烹飪教室裡更像是戰場，參觀者宛如蝗蟲過境，放上盤的食物馬上就被一掃而空，所有社員的手都停不下來，不斷洗菜、切菜、炒菜，或是揉捏麵粉、將麵糰送進烤箱之類的。

我的動作快，觀念也正確，不需要翻食譜就能完成料理，所以余甄本來抱著姑且一試的心態，期望奇蹟會發生，要我去幫忙。結果就是像剛剛那樣，大大地惹她生氣了。

奇蹟如果那麼容易就能出現，就不叫做奇蹟了。

於是我只能咬著唇把自己做的東西放到保鮮盒，然後去外面指揮排隊隊伍。

韓千渝和猜拳贏得招待券的小梅已經來過，大讚好吃以後便去逛其他社團。秋老師沒有來，余甄抱怨顧問老師竟然連社展都不出現。

葉子秋也沒來，這讓我有些沮喪。

就在社展快結束，我們已經開始準備收拾的時候，葉子秋卻出現了。

「喂。」他站在門口，其他社員有的驚喜、有的害怕，張奕欣用眼神示意我過去。

「怎麼現在才來，只剩下菜尾了。」

他聳聳肩，似乎就是故意拖到現在才現身。

看著葉子秋面無表情的模樣，我猜不出他現在的心情。

「就算是剩菜，也是很好吃的唷。」我趕緊拿了桌上剩餘的菜餚遞到他面前，我記得這個是……「這是張奕欣做的。」

被我點名，張奕欣微微一震，她有些不悅地瞪了我一眼，但葉子秋沒什麼反應，拿起蘋果派就往嘴裡送。

「如何？」

「又不是妳做的，問這麼多幹麼？」葉子秋的表情有些和緩。他往我身後看去，烹飪教室裡聚集了許多社員，他卻準確地將視線定在張奕欣臉上，「很好吃。」

張奕欣的反應先是一愣，隨即笑了起來。

也因爲如此，烹飪社其他人紛紛端起自己負責的食物遞到葉子秋面前，居然還毫不客氣地把我擠開。葉子秋的臉上難得出現驚慌，我注意到他的耳朵開始泛紅，看樣子他有些受寵若驚。

我收到葉子秋近乎求救的眼神，但我只是對他露出笑容。多難得呀，這麼多女生不怕他並主動接近他，幹麼不好好享受呢？

「好像回到幼稚園的時候。」張奕欣站到我身邊，「葉子秋念幼稚園的時候，常常這樣被女生包圍，大家都想把自己的點心分給他。」

「從小就這麼受歡迎？」我失笑。

張奕欣定定地望著我，我沒被女生這樣凝神注視過，不禁有些不好意思，「怎麼了？幹麼這樣看我？」

「所以說，我才覺得妳很適合。」

「適合什麼？」

「適合待在葉子秋身邊。」她說。

我看著被人群包圍的葉子秋，他也正看著我，我還來不及反應，葉子秋已別開視線。

社展結束後，我們一群人在烹飪教室裡頭忙進忙出，許多地方都得仔細清潔，連地板也要拖過，看樣子烹飪社簡直就是新娘必修學分，不只要做菜還要打掃。

「喂，葉子秋在外面等妳耶。」

我正奮力想刷掉瓦斯爐上的油垢，張奕欣拿著拖把在一旁佯裝拖地並小聲地提醒我。

抬頭看向走廊，葉子秋真的背著書包站在那裡。

「應該在等阿狐阿狗吧，怎麼會是在等我。」我低頭繼續刷著瓦斯爐。

「白痴喔，他在烹飪教室等他朋友？妳腦子有洞。」張奕欣罵我的聲音倒是中氣十足。

「不過話說回來，他記得妳對吧？」我對她的話充耳不聞。

張奕欣點點頭，說眞沒想到葉子秋會記得。

等到大家三三兩兩離去後，余甄照例把鑰匙交給我，要我負責鎖門。待我確認過所有事情都已經完成後，才背起書包，取出放在冰箱的保鮮盒。

走廊已經不見葉子秋的身影，就說他不是在等我了吧。

「好慢。」沒想到他的聲音卻從轉角冒出來，嚇我一跳。

「你怎麼還在？」

「等妳。」他理所當然的反應讓我不知所措。

「等我……幹麼？」

「我有話想問妳。」他轉身往走廊末端的陽台走，我猶豫了下才跟上。

葉子秋站在欄杆邊，不發一語，風將他蓬鬆的頭髮吹得紛亂。

這樣風雨欲來的氣氛讓我有些不安，所以我胡亂開啟話題，「你參加什麼社團？」

「沒有。」

「幹麼不找個社團參加？很有趣呀。」

「打架也很有趣。」他故意這麼說。

我翻白眼道：「對對對，那你就成立一個打架社好了，把打架正當化，贏了還可以爲校爭光。」

葉子秋被我的話逗笑。我靈光一閃，想起他曾經在河堤邊很專注地凝望著星空，「你不是很喜歡星星嗎？不然就成立個觀星社怎麼樣？」

「誰喜歡星星了。」又一次，傲嬌葉子秋出現。

「別不承認啦，這又沒什麼，觀星社聽起來好酷，很有氣質耶。」想像從天文望遠鏡中看見的滿天星斗，就覺得好棒。

「妳眞的很白痴，停止妳無聊的妄想。」

「怎麼會是妄想，我覺得還不賴呀，我們學校沒有觀星社，你可以認眞考慮看看，而且參加社團活動，對你的升學也比較有幫助，不然老是打架，大學可沒有打架科系。」

葉子秋沒好氣地望著我，「先不說這些，我有別的事問妳。」

「怎麼了？」我發現他的表情很認眞，也決定不再開玩笑。

「妳到底是站在秋老師那邊，還是我這邊？」

我一愣，「有需要這樣區分嗎？」

「當然。」

「這很重要？」

「很重要。」他側頭看我，眼底有著不信任。

「到現在我還是不知道你跟秋老師有什麼關係，也不知道你們之間發生過什麼事，你要我選邊站？又不是小學生，爲什麼要做這樣的事？」

葉子秋瞇起眼睛，「就是需要這樣。」

我深吸一口氣，「好吧，如果一定要這樣，那我選擇站在秋老師那邊。」

從葉子秋淡漠的表情看不出他在想什麼，我鼓足勇氣繼續說：「因爲，秋老師所設想的一切都是爲你好，不想你蹺課也不想你打架，其實正常來講，你本來就不該做那些事情，而且奕欣也說過，你以前不是這樣的人，那又爲什麼……」

說到這裡我不由得停了下來，因爲葉子秋的臉色變得很難看。我握緊書包背帶，告訴自己要勇敢，如果現在退縮了，也許永遠都不會知道葉子秋和秋老師之間的關係了。

「秋老師很悲傷，爲什麼你就不能站在他的角度，爲他設想呢？」你該看看那天沿著河堤不停往前走的秋老師，難受得令人無法呼吸。

「那妳就看不見我的悲傷嗎？」葉子秋的聲音壓得很低，像是在壓抑著什麼。

「我只看見你的憤怒。」我說。

他略略瞪大眼睛，接著卻笑了起來。我訝異地問他笑些什麼，葉子秋沒有回答，只是從輕笑演變成狂笑，劇烈抖動的肩膀幾乎讓我錯以爲他其實在哭。

「蠢貓，妳要我怎麼不生氣？」

「什麼？」

「只要秋時緯不要出現在我眼前，我就不會變成現在這樣。」他雙眼冰冷得不像是個高中生，我微微戰慄，周遭的空氣冷冽得彷彿結了一層霜。

秋老師就像是深秋，滿載著孤寂與悲傷，瀰漫著蕭條的氛圍，被寂寞所籠罩。

葉子秋卻像是秋末，將要迎來嚴峻的冬天，而且像是永遠不會再有溫暖的可能。

爲什麼我要像夾心餅乾一樣，夾在兩個「秋」中間呢？

回家的路上我越想越不對，秋老師不是我的班導，葉子秋也不是我的同班同學，那爲什麼我要蹚這些渾水？

可惡的是，我已經深陷其中，一旦涉入，不追根究柢我不會罷休。

和親戚報備完今日又是快樂的一天後，我開始側耳聆聽隔壁秋老師的動靜，果不其然聽見他打翻東西的聲音。

看著桌上的保鮮盒，我有了一個念頭，於是我脫掉身上的居家服，換上學校制服，背起書包，並把保鮮盒裝進紙袋內，就像是剛放學一樣。

我穿上學生鞋，小心地關起門，還特意跑到電梯處，踩著重重的腳步來到秋老師門前，深吸一口氣後，摁下電鈴。

我可以聽見秋老師在房裡移動的聲響，接著他轉開門鎖，門一打開，他驚訝的表情實在是太經典，我對他露齒一笑，晃了晃手上裝有保鮮盒的紙袋。

「晚安，秋老師。」

「小貓？爲什麼妳會……」穿著居家服的秋老師，感覺很新鮮。

「今天是社團展覽啊，秋老師身爲烹飪社顧問，居然沒有來露個臉，太說不過去了吧！」

「但這又爲什麼……」秋老師仍然有些反應不過來，他怎樣也料想不到一開門會看見自己的學生吧。

「余甄今天又把我罵得好慘，你也知道我的料理賣相還是糟糕得一塌糊塗，所以她要我把自己做的食物都帶回家。我哪吃得完！反正秋老師你也還沒吃晚餐，所以就當互相幫忙，幫我消化食物，一舉兩得！」

「妳又知道我還沒吃晚餐？」看樣子秋老師總算恢復神智了。

「因爲你……」你的鍋子都打翻了，想必食物也打翻了。這句話我只在心裡說完，我還不想讓秋老師知道我住在他家隔壁。

「好啦，讓我進去。」我一面說一面踮腳往他家裡看，秋老師卻橫身擋住我的視線。

「不行，妳是學生，我是老師，現在又這麼晚了，妳來我家要是被人看到怎麼解釋？」

秋老師居然擺出老師的架子。

「放心啦，這邊房租這麼貴，沒有學生會住在這裡啦，而且樓下還有警衛，才不會這麼容易就被別人看見呢！」

秋老師聽了我的話，反而露出狐疑的眼神，「這就怪了，那妳怎麼進得來？而且還知道租金很貴？」

呃，眞是自掘墳墓，我歪著頭，裝出無辜的表情，「這……我在樓下的布告欄看到的啊，而且我跟警衛伯伯說要拿東西給秋老師，他看我穿學校制服，就讓我進來啦。」

「警衛管理也太鬆散了吧。」秋老師嗤之以鼻。

「嘿嘿，對呀。」我吐舌。

對不起，工作認眞的警衛伯伯，請原諒我，我下次會補償你的！

秋老師瞇著眼睛看我，「裝可愛也只有現在這個年紀可以用，好好珍惜吧。」

這什麼意思啊！

秋老師往後退了一步，「僅此一次，下不爲例。」

我大喜過望，沒想到眞的可以進到秋老師家裡。

「打擾啦。」我脫了鞋子，注意到秋老師家中的格局跟我家一模一樣，只是左右相反。

所以……我的浴室和他的浴室只隔了一片牆……

怎麼忽然有點害羞？

「所以呢？要加熱嗎？」秋老師的聲音幾乎就在我耳邊，嚇得我往後退了一大步。

「妳幹麼啊？」

「沒、沒事！」我覺得臉頰發熱，心臟猛烈地跳，像是快要秀逗一樣，對一個大自己十歲的男人害什麼羞啦！「我要加熱，廚房借我。」

我自然而然地走向廚房，打開微波爐後將保鮮盒蓋子拆下後放進去，設定四分鐘。

「妳怎麼知道廚房在哪裡？」沒想到秋老師也跟到廚房來。

我心一驚，趕忙亂掰，「廚房不是都在這個方向嗎？」

「是嗎？」

「對啊，每間小套房的廚房都在這個方向。」眞是越說越離譜了，我想升上高中以來，我進步最多的就是隨口瞎掰和威脅別人吧。

「白痴。」然後又被罵了。

我偷偷瞪他一眼，「秋老師，盤子放在哪裡？」

「盤子不就都放在那裡嗎？跟一般小套房一樣。」秋老師擺擺手，轉身往外走。

我嘖了聲，幹麼學我，頂多就在櫥櫃裡找找咩！

將微波好的食物裝在盤子裡，我發現一旁的幾個鍋子底部都有燒焦的痕跡，往地上看，紅色的廚餘桶裝滿了一堆燒焦的食物，看樣子秋老師的手藝也沒多好……

出於好奇，我偷偷打開垃圾桶，裡面沒有任何的外食包裝袋，然後我又打開冰箱，裡面堆滿在超市添購的蔬菜、水果，還眞是難得，我以爲獨居在外的男生通常不會開伙，只會買現成食物呢。

我端著盤子走出去，秋老師坐在一張方形小桌前看電視，床上鋪著深藍色床單，整間屋子的陳設乾淨簡單，我注意到窗戶開了一條縫，不由得想像秋老師每晚就是站在那邊和一個女人講電話，還爲她唱搖籃曲。

環顧屋內，這裡沒有女生生活的痕跡，所以那個女人不是秋老師的女朋友吧？

但如果不是女朋友，怎麼會每天通電話聊天，還唱歌給她聽？

「發什麼呆？」秋老師懶懶地問，穿著居家服的他就站在他的房間裡、就站在我面前，這個認知頓時讓我莫名有些慌張。

冷靜點，是在緊張什麼？

我放下盤子，坐到秋老師對面，他卻朝我揮手，「閃開，擋到電視了。」

「這是待客之道嗎！」我氣呼呼地說，改坐到秋老師旁邊。

「妳不請自來，我沒必要招待。」

「秋老師，我是你的學生，你就不能對我客氣點嗎？」我看著秋老師的側臉，雖然我們相差十歲，但他也不過才二十六歲，還算是年輕吧。

「我已經下班了。」秋老師露出機車的微笑，又轉過去看電視，順手拿起筷子夾起那已經看不出翠綠顏色的青菜，他皺起眉頭，「妳不會連煮白飯都會燒焦吧？」

「修正一下用字啦，老師，我做的菜從來沒有燒焦過，只是『看起來』很像燒焦。」然後我抬起下巴超自信地宣告，「至於白飯，不是我在說，我煮出來是白色的唷！」

「誰煮出來的白飯不是白色的？」秋老師的眼神像是在看一個笨蛋。

「你！你根本就是故意的！」

「哈哈哈。」秋老師笑了起來，開懷大笑。

我不禁心頭一緊。他也是有這樣的笑容啊。

「對了，秋老師，我看你廚餘累積很多，而且冰箱裡也有很多生鮮食物，怎麼到現在還沒吃晚餐？」

「妳幹麼亂開我冰箱？」

糗了，我又說溜嘴。

「烹飪社的習慣啦。」我再次吐舌，企圖裝可愛糊弄過去。

他白我一眼，「那些廚餘都是我晚上失敗的結果，我很不會煮菜，做出來的料理看起來就跟妳做的差不多，只是我的更慘，完全無法下嚥。」

「所以你因爲自己煮得太難吃，故意每天打翻鍋子？」

「不是那回事……妳又怎麼知道我每天打翻鍋子了？」

完了，我到底在幹麼啦！

「因爲我看見有個鍋子底部凹了，加上地板磁磚有點敲痕，所以才這麼猜想。」我聳聳肩，盡量裝得自然。

雖然秋老師還是滿臉狐疑，但沒再多問，「我每次都忘記鍋子會燙，直接就伸手去端，所以老是打翻。」

「太誇張了吧！」每天摔落鍋子的眞相終於大白，「那幹麼不去買外食呢？」

「不了，不是說過我不吃別人煮的東西嗎？」

「爲什麼不吃？」

「誰知道他們的手乾不乾淨啊。」秋老師擺出嫌棄的表情。

「秋老師，想不到你有潔癖。」我瞄了一眼床底，「但是床底下好像塞了很多垃圾？」

「妳幹麼亂看？」秋老師用身體擋住床底，嘴裡還咬著我煎的魚。

「那爲什麼秋老師卻願意吃我做的食物呢？」

「我也不知道，反正就是能接受妳做的料理。」秋老師夾了塊排骨，「這件事情別告訴其他人。」

但是大家早就知道了啊，秋老師。余甄說的是眞的，秋老師的確不吃別人做的東西，但會吃我做的。

這是怎麼回事，爲什麼我上腹部接近心臟的位置，好像有人正在那處輕輕搔癢呢？嘴角也不受控制地一直想上揚。

秋老師看見我的表情，又罵了我一句白痴，還不忘敲了我額頭一記，可是爲什麼我會覺得有點開心？

完蛋了，我該不會被訓練成被虐狂了吧。

「對了！秋老師，今天葉子秋有來烹飪教室呢，如果你來的話，就會見到他了。」

「我每天在教室也見得到他。」秋老師狼吞虎嚥地吃著桌上的菜，「不對啊，這句話怎麼講得有點曖昧，好像我多想見他一樣，我可不吃那一套。」

「哪一套？」

「現在不是很流行什麼BL嗎？在課堂上沒收了好幾本漫畫，妳們這些女孩子腦袋都在想什麼啊？」

「才不是，我只是想說……」

「他什麼時候去的？」

「啊？」不是不在意嗎！「社展快結束的時候。」

秋老師無奈地笑了聲，又夾了一筷子菜塞入嘴裡，口齒不清地說道：「他就是不想遇到我，才會選那時候吧，因爲社展接近尾聲的時候，我們幾個老師正在開會。」

原來是這樣啊……

「還有呢？今天還發生了什麼事情嗎？」

「嗯，葉子秋要我選邊站。」

秋老師挑眉，「那妳怎麼回答？」

「我告訴他，你是爲他好，他應該聽你的話。」

「他一定生氣了。」秋老師又笑了幾聲。

我點頭，「我跟他說，秋老師很悲傷。」

忽然間，秋老師手上的筷子停住了，他看著前方的電視，卻沒有看進。

「然後葉子秋跟我說：『難道妳就看不見我的悲傷？』」

又來了，又是這種眼神。

我咬著唇，「那個瞬間，我覺得自己傷害了他。秋老師，你們誰也不肯告訴我發生過什麼事情，卻要我選邊站。我看著你難過，因爲顧忌你的難過而傷害了他，如果我不知道整件事情的來龍去脈，那我根本無從判斷自己的所做所爲是對還是錯。」

秋老師放下筷子，正色看著我。

「所以秋老師，這是我最後一次主動跟你說葉子秋的事情了，在你們任何一個人願意告訴我所有事情之前，我不想再當夾心餅乾。」

秋老師扯著嘴角，臉上閃過一抹失落，隨即掛上輕佻的笑容，「夾心餅乾？妳什麼時候成爲我們的夾心餅乾了？幹麼自抬身價？」

「秋老師，你老是用這樣的態度來掩飾一切呢。」

秋老師表情一僵，他的眼神在我臉上游移，最後身體往後靠向床邊，卸下了面具，用鼻子哼笑了聲，「青春，就是這麼麻煩。」

我沒吭聲，秋老師斜眼看向我。

「純眞、無懼，那雙眼睛對人和社會都還有期待，認爲未來都如孩提時所想的那般光明。若是一個大人，在剛剛的對話中，即使知道我掩飾了什麼也不會說破，那才是體貼。」

「才不是，那不是體貼，是逃避。大人最喜歡逃避。」

「所以我才說，掙扎的青春，不是很美嗎？你們都是潘朵拉，都想打開別人的寶盒，即使裡面裝的是黑暗。」秋老師的眼神越發冰冷。

「才不是，放在盒子裡頭才會永遠黑暗，打開來才照得到陽光。」我理直氣壯，對秋老師嫣然一笑，「青春，不就該是這樣嗎？老師說過，青春就是要不斷掙扎，就算徒勞無功，但至少我們努力掙扎過，難道老師的青春不是如此嗎？」

秋老師的眼睛瞬間失去了光彩，流沙般的沉默在我們之間蔓延。良久，秋老師才以近乎呢喃的聲音說：「我的青春掙扎得太過了，讓往後的一切都變得黯淡無光。」

不知道為什麼，秋老師的話讓我心痛，為什麼要說「現在」黯淡無光呢？那麼，在「現在」相遇的我又是什麼？也是沒有意義的存在嗎？

潘朵拉的寶盒裡頭，有著秋老師的祕密，那裡也包含了葉子秋，是我觸及不了的黑暗。如果打開寶盒以後，陽光依舊驅散不了那片黑暗呢？

那麼再闔上蓋子的秋老師，會不會面臨更深沉的漆黑？

我放在膝蓋上的雙手交疊緊握，顫抖不已。

當他們過去的一點一滴逐漸從潘朵拉的寶盒裡流竄出來時，我感謝自己處在毫無畏懼的十六歲，才有勇氣抱緊滿是傷痕的他。

我的青春，在這一刻，開始為秋老師轉動。

秋老師送我到樓下，我對警衛伯伯擠眉弄眼，就怕他對我說「狸貓，要出去呀」之類的話。

雖然警衛伯伯看不懂我眼神裡的暗示，但他知道不管怎樣點頭微笑就對了，所以沒出什麼亂子。

「我送妳回家吧，這麼晚了。」秋老師拉緊外套。

「不用了，外面才多的是學生和家長，被看到就不好了。而且這邊很亮，我就住在附近，很近。」我忍不住打了個噴嚏，現在應該是初春了呀，怎麼晚上還是冷得像冰窖。

秋老師凝視我半晌，最後仍然堅持，「還是陪妳走一段吧。」他不理會我的一再婉拒。

老天，是要陪我走到哪啊？這樣只會讓我回到家的時間更晚啦。可是能怎麼辦？謊言果然是個會自己越滾越大的怪物。

於是我繞著河堤走，有一搭沒一搭地跟秋老師聊天，順便想著等等要怎麼繞回家。

「對了，秋老師，你有女朋友嗎？」

「探聽我的私生活幹麼？」

「噗，私生活，你是明星嗎？」我笑了笑，「我猜應該有吧？」

「憑哪一點猜的？」

憑每晚的電話。

我當然不會這麼回答，「憑秋老師帥氣又年輕吧，這理由足夠了嗎？」

沒想到秋老師哈哈大笑，「妳現在也變得油條啦？」

「還差得遠呢。」我故意對他眨眼。

「但也許還不夠帥也不夠年輕吧，沒人看上我啊，不覺得暴殄天物嗎？」他摸著下巴，我則不太相信。

那每晚的電話又怎麼說？

最後我讓秋老師送到距離家裡兩個公車站牌處，再三勸退他送我回家的好意，不然再走都不知道要走到哪去了。

「那到家跟我說一聲，表示平安。」

「怎麼跟你說？加LINE嗎？」我開玩笑地說。

秋老師對我伸出手，「手機。」

「你眞的要加LINE？可以嗎？」我有點開心。

「加什麼LINE，我又不是妳朋友，我是妳的老師呢。」

「剛剛不是還說下班了嗎……」我咕噥。

「拿去。」秋老師把手機放回我掌心，我滑了幾下，通話紀錄有個未知號碼。

「我的電話，到家傳訊息或是打電話都可以。」

哇哇哇！我拿到秋老師的電話號碼了！

看著電話號碼良久，我才按下儲存鍵，打上秋老師三個字。

「謝謝妳的料理了，往後烹飪社要是還有這樣的『廚餘』，就交給我吧。」

「你是廚餘桶嗎？」居然這樣形容我的料理！

不過……他卻只吃這樣的料理。

和秋老師揮手道別後，我轉身進到巷子內，然後露出半顆頭，等著秋老師的背影逐漸遠離，才緩緩邁開腳步，往剛剛秋老師走過的路走。

一路上我一面吹著風，一面看著手機螢幕裡的電話號碼。

如果某天，韓千渝拿了我的手機，看見秋老師的電話號碼，她會怎麼想？梅蘭竹菊又會怎麼樣呢？

上次不過是一張和葉子秋的合照，她們都可以傳了將近一個學期的八卦。秋老師讓我走後門進烹飪社、只吃我的料理，我又有他的手機，到時候會被傳成怎樣，我都不敢想像了。

所以我將秋老師的名字改掉，換成秋時緯。這樣一來，就算被誰看見，我也可以硬掰說那是同名同姓的朋友。

對，沒錯，是因爲這樣我才改的。

只要一想到對秋老師來說，我算是一個特別的學生，就覺得有股說不出的喜悅。

期中考成績出來後，拿著有點慘的成績單向親戚們報告，表姊幫我解釋，說即便在這所學校成績排名中後，在別所學校差不多能排進前十名。我是不知道有沒有這麼誇張，但還是感謝表姊的幫腔。

而且我國文居然才勉強及格，這讓負責出題的秋老師看向我的眼神充滿失望。試卷裡竟然有那首秋老師常念的詩。

勸君莫惜金縷衣，勸君惜取少年時。
花開堪折直須折，莫待無花空折枝。

杜秋娘〈金縷衣〉

這是唐朝的詩，大意是奉勸大家不要只愛惜華美的金縷衣，勸告大家要珍惜青春時光，趁著花開時折下花枝欣賞，別等到花謝了才折下光禿禿的樹枝——人們要珍惜時光。

之前我不懂這首詩有何特別，讓秋老師一而再、再而三提起。但自從那一夜在秋老師家裡吃過飯後，我猜想，他是在感嘆自己的青春逝去吧。

他就像這首詩裡的主角，望著光禿禿的樹枝，懷念已經回不去的青春歲月。

但是男生這麼傷感青春的逝去也太奇怪，還是說，年少時的秋老師曾經談過一場刻骨銘心的戀愛，直到現在他還是忘不了對方呢？

這樣的猜想，讓我的心沒來由地抽痛。

最近的夜晚，我一樣能聽見秋老師在窗邊和那個女人通電話，但話題已經不再是星星，而是說著他在學校發生的事情，然後我很高興地發現，他偶爾會談起我。

「有一隻小貓很奇怪，仗著青春無敵的優勢，對我胡言亂語。」

雖然秋老師提及我時，大部分都是類似這樣的話，但我覺得很開心。在被窩中聽著他哼唱給那女人聽的搖籃曲，有時會心生錯覺，他其實是在唱給我聽。

每當我這樣認爲，下一秒便會深深陷入自我嫌惡之中，然後我會拿起手機，在漆黑的房間裡、在發光的手機螢幕裡，凝視著秋時緯這個名字。

如果我現在打過去，他會接嗎？

手指在電話號碼上游移許久，最後還是拿開手機，繼續聽著那首我早已習慣，卻從來不是爲我而唱的搖籃曲。

我呀，既羨慕又嫉妒那個從未謀面的女人，我羨慕她擁有溫柔的秋老師，但同時也暗自生氣，那女人讓秋老師沉浸在如此寂寞且悲傷的氛圍。

秋老師，如果你的青春已經空折枝了，那何不就丟掉呢？

你的「現在」，依然花開。

第十一章

我將手覆蓋在隱隱作痛的左心口，告訴自己：這不是戀愛。

深吸一口氣，我摁下秋老師家的門鈴。

「怎麼又是妳？」他再次毫不吝嗇地對我流露出不耐煩的表情，「妳這禮拜來第幾次了，妳知道嗎？」

「也才第三次。」

「那妳知道今天禮拜幾嗎？」

「今天禮拜三呀！」

秋老師搖頭，「妳每天都來。」

「因爲，秋老師又不吃外食，自己煮的東西又難吃的要死，這樣不營養也不健康，所以我就……」我打開手上的保鮮盒，「今天是熱的喔，我放學才在烹飪教室煮的。」

「這什麼？」

「義大利麵呀，看不出來嗎？」

「妳用墨魚麵條？」

「才不是，是一般的麵條。」

秋老師無語。

「好了，讓我進去吧！」我擠開秋老師，鑽進他的屋內。

「喂——」秋老師喊，但也拿我沒辦法，只好關上門，走到小桌子前坐下，接過我手上的叉子，「我跟妳說過，下不爲例，妳似乎沒聽進去。」

「是、是，我知道了。喔，我還有帶羅宋湯，喝喝看！」我走到廚房取出兩個碗，「余甄最近迷上西式餐點，所以我又學會了很多食物的做法。」

「小貓。」

我將碗遞給秋老師，坐到他旁邊笑嘻嘻地問：「什麼事？」

「我講最後一次，下不爲例。我不會再讓妳進來我家了。」

「什、什麼啊，這麼認眞……」我扭著衣角，另一手將頭髮捋到耳後，覺得鼻子一酸，但我很快抑制住這種不該有的情緒，「我知道了啦，秋、老、師！」

刻意加重了「老師」兩字，更刻意不再說話，只盯著電視螢幕。秋老師默默吃完義大利麵，走到廚房清洗餐具。

我看見他的手機就擺在桌上，也不知哪來的勇氣，我幾乎沒有考慮就拿起秋老師的手機，確認他人還在廚房後，快速滑開。

他手機的桌布和待機畫面都是預設，我點開相簿，都是一些風景和建築物，而且絕大多數的照片場景都是學校。

快速滑過一張張照片，發現秋老師拍了很多張空中花園的野薑花照片，從含苞到開花，各種樣貌都有，其中也穿插了幾張小秋貓的照片。其餘什麼都沒有，沒有疑似電話那頭的女人，也沒有秋老師的自拍。

在秋老師回來之前，我迅速把手機放回原位，才想到忘記看通話紀錄，但已經來不及了。秋老師走出廚房，將擦乾的保鮮盒遞給我。

「妳還在生氣？」他問，「這有什麼好生氣的？我說的也沒錯啊。」

我故意癟嘴，「我只是覺得，也許我比較不一樣。」

秋老師眉頭一皺。我察覺自己失言，趕緊補充說明，「因爲葉子秋的關係，所以我和一般的學生不一樣不是嗎？而且老師你這樣亂吃，身爲烹飪社一員的我當然不可能袖手旁觀。」硬是牽拖一堆，還把葉子秋也扯進來。

「子秋最近跟妳還有聯絡嗎？」果然還是要講到他，秋老師才有興趣。

「最近沒有。」我說，這時手機正巧傳出有人發來訊息的提示音，我看了一眼，把手機送到秋老師面前搖晃，「但是剛剛有了。」

「明天中午上空中花園。」

「什麼事情？妳有譜嗎？」

「沒有。」我把保鮮盒收進袋中，「反正我不會告訴你，因爲你沒告訴我你該說的事。」

秋老師不以爲然的表情讓我更生氣。

「我才不管是什麼黑暗的箱子，也不管太陽可能不夠亮照不進黑暗，反正我就是要打開。青春就是有膽無謀，直直往前衝就對了，秋老師才二十六歲，但是心態已經老了！」我站起來說完這一串話後，趕緊拿起袋子，穿了鞋就跑。

原本想要直接回家，但想想戲還是要做足，所以很盡責地一鼓作氣跑到樓下。警衛伯伯還問我最近在演哪一齣，我只能笑著騙他這是話劇社在排演。

神明大人，未滿十八歲的我謊話說得越來越溜，以後會不會被割舌頭啊？

我特意到外面的便利商店晃了一下，十分鐘後才躡手躡腳地回到家裡，連拿鑰匙開門都特別小心翼翼。

打開窗，準備收聽秋老師今晚的「情話綿綿」，我雙手撐在窗台，看著天上繁星點點。

我那天特地上網查過，冬天星空的星座有金牛座，但金牛座明明是春天的星座，怎麼會出現在冬天的夜晚呢？

這讓我想到上次秋老師說過，對方是摩羯座這件事情，摩羯算是冬天的星座吧？那又爲什麼會出現在秋天的夜空呢？

這些問題，如果我直接問秋老師，應該可以得到答案。但是這樣問很不自然。第一，秋老師從來沒在我面前提過任何有關星象的事，我拿地科的東西問國文老師太說不過去；第二，如果我提到摩羯座，秋老師會不會覺得奇怪？他那麼聰明，也許很容易就會把一切聯想在一起，如果他發現住在隔壁的人是我，他會怎麼做？

我想秋老師說不定會搬家，因爲老師和學生住在隔壁，要是別人說給我聽，我也不會相信他們之間毫無瓜葛。如果秋老師眞的搬家了，那我每個夜晚再也聽不到他的溫柔聲音，再也聽不到伴我入睡的搖籃曲調，也無法再近距離聽到他的一切。

不行，唯獨這些我無法接受，所以這個祕密一定要隱藏好，不能讓任何人知道，包括秋老師。

隔天中午，我準備去空中花園赴約，一出教室葉子秋居然來班上接我，這讓梅蘭竹菊的八卦心再度熱烈起來。

「你們和好了喔？」

「也是啦，放棄葉子秋這樣的男人太可惜。」

「小貓，離那種愛惹是生非的人遠一些比較好啦！」最後一句當然是韓千渝說的。

我沒多加解釋，趕緊拿了便當袋就跟著葉子秋去空中花園。

「你吃飯了嗎？」我問他，葉子秋晃了晃他在合作社買的咖哩麵包。

「只吃那個不夠營養吧？」

「那妳的便當給我吃啊。」他說。

我立刻搖頭，開什麼玩笑，這樣我吃什麼啊！

看著我極力護住便當的模樣，葉子秋笑了起來。

「喂，妳退掉烹飪社來參加這個。」一坐在長椅，他劈頭就說。

我看了看他手上的那張紙，是入社申請單，寫著……觀星社！

「你眞的去創社了？」

「不是妳提議的嗎？」

「我是提議了沒錯……但這樣不太對吧，爲什麼我就必須加入？我在烹飪社好好的！」

「反正妳料理也做得不怎樣，不是嗎？」他看起來沒有惡意卻傷害到我了。我原本想生氣，但轉念一想，我不也曾經無心傷害過他嗎？

人和人之間，不論是多好的朋友、多親密的關係，是不是都免不了彼此無心傷害？有些可以一笑置之，有些留下的傷痕卻難以磨滅。

我看著葉子秋的臉，我對他的傷害又是什麼程度？

「我做的料理，外觀的確不怎麼樣啦。」我聳聳肩，「但是我喜歡做呀。」

「如果明知道一件事情做不好，也知道再怎麼努力都不會改善，又該怎麼堅持下去？」

我直直迎向葉子秋的視線，「很簡單，如果遭遇挫折卻依然想繼續，不就是最好的理由了嗎？」

他微微睜大眼睛，最後勾起一個輕柔的微笑，「所以烹飪對妳而言就是如此？妳爲什麼會喜歡？」

「嗯……一開始是想說一個人住時間很多，加上本來就要煮飯，多學點總是好的，但不知不覺間，我發現這好像眞的是我的興趣。」也就是在這時候我才發現，菜飯香是一個家的歸屬，盛滿食物的冰箱，是這個家充滿人氣的證明。

也許我只是想要一個家的感覺吧。

「妳一個人住？父母呢？」

如果我告訴他，父母在我小的時候就過世了，想必他一定會很尷尬吧。

以前人家問過我，爲什麼一直轉學，我照實回答：因爲父母不在，輪流寄住在親戚家。

那時他們總是會浮現尷尬的表情，不用說我都看得出來他們內心想著「早知道就不問了，好尷尬」。

最後都會換來他們一聲抱歉，我知道他們是無心的，但這就是一種無心傷害。讓我更是難受。

「我們家很開明，我都十六歲了，也會自己煮飯，所以就讓我獨自生活看看嘍。」

「還眞開明，我父母就絕對不會同意。」他雙手放到後腦杓伸了個懶腰。

所以葉子秋和秋老師之間的關係，應該不是我所猜想的父母雙亡、親戚特別關照之類的。

那就怪了，毫無關係的兩個人是怎麼搭上線的？中間一定有什麼橋梁吧。

葉子秋看著天空，比起以往，表情多了明顯的如釋重負，顯得輕鬆不少，眼神也不再有那麼多戾氣。

「嘿，我想到一個問題，爲什麼一月的摩羯座應該是冬天星座，卻會出現在春天的夜空呢？爲什麼不是出現在一月？」

「妳也會觀察星座？」他看起來很訝異。

「就亂看啦，只是好奇。」我打哈哈。

葉子秋的表情帶著玩味，「妳知道黃道嗎？」見我搖頭，他接著說：「就是一年當中太陽在天球上的視路徑……」

「等一下，天球是什麼？」

「就是假想一個和地球同圓心，還有相同的自轉軸，不過半徑無限大的球。」

「也就是超級大的球，嗯，繼續。」

葉子秋點頭，「一年內太陽在眾多星座中繞了一圈，這條路徑是太陽在天球上進行視運動的軌道，就叫做黃道。那黃道十二宮妳知道嗎？」

「就是十二星座？」

「沒錯，摩羯座是春季出現在夜空的星座，這是觀察日期，但出生日期就不一樣，出生日期是指太陽在黃道上經過的時間，也就是十二月二十二日到一月十九日。」

他說得頭頭是道，我聽得似懂非懂，只好傻笑回應。

葉子秋微微嘆氣，「妳聽不懂吧？」

「嘿嘿。」我又乾笑兩聲。

「簡單來說，就是當月的星座不會出現在當月的星空，這樣想就對了。」

「原來是這樣啊！」這麼說不就好理解多了嘛！

「我以為這是常識，算了，我放棄找妳來觀星社了，妳就繼續待在烹飪社深造吧。」

有點被看扁了，什麼嘛！那我跟你講蛋乳凍你聽得懂嗎？

「您真是睿智。」我皮笑肉不笑地回。「不過成立社團至少要有五個人，扣掉阿狐阿狗還差兩個人，你去哪裡找？」

「妳跟秋時緯都叫他們兩個阿狐阿狗，為何？」

「我先說喔，我不知道秋老師也這麼叫他們，這可不是我們兩個套好的。」

「無所謂。」他聳肩。

「你對星星很了解呢。」跳回這話題，聽我這麼說的葉子秋難得露出溫柔笑容。

「對，這是我少數有興趣的事情之一。」

我想，或許是某人影響了他吧？秋老師也很懂星星呀，難道是因爲秋老師才喜歡上星星嗎？

「另外，上次妳說了要站在秋老師那邊。」

「噢，那件事情很抱歉。」

「爲什麼道歉？」

「因爲我不知道你們的過去。也許秋老師看起來很可憐，但其實做了很壞的事情，而我卻對你說出這麼大言不慚的話。」

葉子秋神色複雜，「秋時緯跟妳說過什麼嗎？」

「沒有，他什麼也沒說，問不出來，簡直就是人肉密封罐，你也是。」我聳聳肩。他對我用的形容詞感到好笑，但依然選擇什麼都不說。

「總之，我撤回之前說的話，我不希望你打架，但我也不站在秋老師那邊，我保持中立，我當瑞士，怎麼樣？」

「妳還知道瑞士是永久中立國？」

「當然，這是常識。」我學他剛剛的語氣。

葉子秋又笑了，「打架很不好嗎？」

「當然在我眼裡看來有點野蠻，你看，上學期你贏了對方，但他們還是持續找碴，打架又不能解決事情。」

「那妳說要怎麼解決？」

「呃……坐下來談談？不行，感覺會翻桌打起來。那理性溝通？不對，這跟剛剛說的還不是一樣。」結果我歪頭想了老半天，還是沒主意。

葉子秋搖頭，「所以說，拳頭比較快。」

「可是冤冤相報何時了。」快快祭出流傳已久的至理名言，「話說回來，你為什麼會跟他校生起衝突？」

葉子秋不發一語。

「很可疑喔，該不會錯的原本就是你吧？」

「那不算，雖然先動手的是我，但……」

「你看！先動手就是不對啊！難怪他們一直找碴！」我大叫。

葉子秋怒瞪我，要我安靜點。

「你幹麼沒事對人家動手啊？」

「……妳不是知道嗎？照片的事情。」他耳根又紅了。

「喔喔就是很可愛的照……很痛欸！」我摀著剛剛被他彈了一記的額頭，怎麼連這個舉動也跟秋老師一樣啦。

「多嘴。」

「哼，不過就是跟貓抱在一起玩的照片，有什麼好……嘿嘿！打不到。」還好我眼明手快地往後退，才逃過一劫。

「妳再說一句試試看！」沒打到我，葉子秋很懊惱，看起來氣到快要腦充血。

再次證實我之前的猜想沒錯，就是他抱著貓玩的照片！好啦，雖然跟他凶惡的老大形象嚴重不符，但是也很可愛呀。不過，他就是討厭「可愛」兩個字吧。

「原來那次在河堤是第一次打架啊。他拿照片威脅你什麼嗎？」

「……什麼都還沒說。」

「沒說？」

「他就只是把照片給我看，還沒等他說話，我就先揍了他一拳。」

「天啊！你也太壞了吧，人家說不定只是要把照片傳給你。」

「白痴，我們都男的，拍我照片再傳給我是有病喔？」

「但也不能不分青紅皂白打人呀！」難怪對方直到現在還來找麻煩。

「拿照片威脅別人就是對的嗎？」他也回吼我。

「吼！不是都說了，他們又不一定是要威脅你，人家什麼話都還沒說你就打上去欸！那後來每次他們來找你，都只是打架？」

葉子秋聳肩，我想也是，就不斷打架，眞是有夠……「浪費青春。」

「不然青春要怎樣？在河堤奔跑？」

「或是積極參加社團活動！」我說。

他指了指觀星社的單子。

我勉強想要找出一個理由說服他，「那、那把學生本分做好。」

「妳知道我上學期總排名多少嗎？」我搖頭，葉子秋比了七。

「倒數第七？」

「白痴，是全校第七。」

噢！我好像是全校七七七欸！梅蘭竹菊還笑說是幸運星。

「還有多認識朋友啊！」我又說。

「我認識的人還不夠多嗎？」他別有深意地笑。好吧，幾乎全校學生都知道他的名字，某方面來講他很成功。

「那至少談個戀愛呀，戀愛對青春來講是很重要的吧！」我堵了他一句。就算很多女生覺得他很酷，但是也沒有女生敢跟他講話啊。

「可笑，誰說戀愛就等於青春。」他嗤之以鼻卻看著我，像是若有所思。

「嘿，你可不要瞧不起青春時期所談的戀愛！」

他的眉頭皺起，「青春時期的戀愛有百分之九十九都不會有結果。」

「話雖如此，但累積經驗是很重要的啊。」

「那何不一開始就選擇一個適合的人？」

「話不是這樣說啊，你不相處怎麼知道適不適合?而且我認爲一定要在愛情裡受過傷害，才能成長爲更好的人，所以就算最後沒有在一起，彼此都還是對方人生中的老師，這樣不是很好嗎？」

「妳漫畫看太多了。」他冷冷地回一句。

葉子秋這個人還眞不是普通的彆扭。

「在年輕時候受了傷，也有足夠的體力和時間恢復，以後便能避免同樣的傷害，青春就是要不斷掙扎，才能顯得可貴。」沒想到我居然說出和秋老師差不多的話，雖然時間隔了有點久，也算是所謂的現學現賣吧。

說到現學現賣，那就不能不說出那一句秋老師的經典名言，我掛起賊笑，看著葉子秋說：「勸君莫惜金縷衣，勸君惜取少年時。花開堪折直須折，莫待無花空折枝。」

他的反應卻出乎我意料之外，他的確露出意外的表情，卻不是我想像中的那種，他的呼吸變得略顯急促，「妳怎麼知道這首詩？」

「怎麼會不知道？」課本有呀，詩詞賞析裡也有，最重要的是，秋老師常念著這首詩。但葉子秋的表情依然令人費解，讓我不由得懷疑起自己是不是說錯了什麼。

「幹、幹麼這樣看我？」

「我討厭青春這兩個字。」

「你討厭？你居然會說討厭這兩個字，好像有點……不適合。」我忍不住噗哧一笑，也因爲我這樣一笑，葉子秋的面容柔和許多。

「那妳勒？」他嘴角緩緩勾起笑意。

「什麼？」

「妳又有享受青春了嗎？」

「不是很討厭青春兩個字嗎？」我故意虧他，咳了兩聲後說：「有啊，我很享受啊，成績雖然沒有很好但也還可以，烹飪社我也很努力，朋友不用太多沒關係……」

「那戀愛呢？」

我一愣，看向葉子秋似笑非笑的眼，我以爲他在開玩笑，瞬間我明白了他是認真在問我。

然後，我的腦中先是響起那曲調悲傷的搖籃曲，接著浮現秋老師孤獨走在河堤邊的背影。

「什麼、什麼戀愛啊！哪有。」我不自在地拿手指捲著頭髮。

「是嗎？這樣的反應還眞是奇怪。」葉子秋雙手往後撐著椅子，雙眼卻凝視著前方的野薑花。

「你和秋老師，好像都很喜歡野薑花。」

當我說完這句話，葉子秋的表情一變。

「別再提到他了。」他冷著聲音，令人發寒。

「不提就不提。」

我也學他看向含苞待放的野薑花，就快到了它開花的季節，到時候空中花園又會充滿野薑花的香味，然後再過不久，就會迎來秋天，到時候小秋貓也會跟著出現。

那秋老師呢？

到了秋天，他還是會繼續和那個女人通電話嗎？還是會爲她講解秋天的星空嗎？

我將手覆蓋在隱隱作痛的左心口，告訴自己——

這不是戀愛。

「我在烹飪教室，只有我，來一下。」

我傳了訊息給「秋時緯」，然後挽起袖子，拿起一旁的圍裙，把手洗乾淨後，決定來烤個重乳酪蛋糕。

我是個守信用的孩子，那天之後就沒有再去秋老師家，但我還是會準備秋老師的便當。總不能明明知道秋老師老是吃一堆自己煮的燒焦食物，還袖手旁觀吧。而且我是烹飪社的，煮東西給顧問老師吃，也是很合理的吧。

我用這些理由來說服自己，但我心底深處明白，這樣的舉動其實並不尋常。

「妳又幹什麼了？就這樣發一封簡訊叫我過來，我是老師呢。」秋老師每次都這樣說，還是會出現在烹飪教室。

「秋老師！」我笑逐顏開，比了比放在流理台上的幾樣菜，「雖然外表看不出來，但今天的菜色是洋蔥炒牛肉、蒸蛋和味噌湯。」

「越吃越好了……這些眞的是烹飪社剩下的材料嗎？」

「當然。」是假的。

我怎麼可能告訴秋老師，除了甜食，其他食材都是我前一晚在超市買的，今天再帶來學校冰在冰箱裡的呢？

這並不會耗掉我太多生活費，反正也是我的晚餐，我就只是多煮一人份。

「最近烹飪社沒有放學後的練習了？」秋老師嘴裡嘆著氣，卻走到流理台前坐好，迅速動起筷子。

「社展結束，余甄說要讓大家放鬆。」於是這裡就成爲我放學後做晚飯的好地方。

「嗯。」秋老師若有所思，夾了一片牛肉嚼了嚼，微微瞪大眼睛，接著夾起另一片，並扒了好幾口飯。

我知道他喜歡我的手藝，不知道怎麼著，我忽然理解張奕欣說的那句話——抓住喜歡的男人要先抓住他的胃。

秋老師的確讓我在意、讓我想念，我看見他狼吞虎嚥地吃著我做的飯菜時，內心像是有一片暖陽灑下，在這些片刻，我時不時會想，如果每天都能這樣該有多好，如果我能為秋老師做一輩子的飯又該有多好。

但每每這麼一想，我就馬上搖頭。

「秋老師，你喜歡吃什麼，又討厭吃什麼呢？」我將奶油倒入盆裡，用打蛋器打發，至少要變成乳白色才行。

「妳問這些做什麼？妳現在又在做什麼？」秋老師已經吃掉半碗飯，味噌湯也見底了。

我停下手邊的工作，走過去端起他的湯碗，替他再盛一碗味噌湯。

「我總是要知道你的口味吧，以免往後做出你不愛吃的東西。」將碗放到秋老師面前，我繼續攪拌奶油，並分次加入糖。

「我在做紅茶磅蛋糕，又稱為熱量蛋糕喔，吃太多會胖。」我竊笑著。

「小貓，幹麼要這樣做晚餐給我？」

攪拌著奶油的手稍微停下，但我立刻繼續動作，不讓秋老師發現我的遲疑，「因為你是顧問老師啊，身為顧問老師卻對食物那麼挑剔。既然你只吃我做的東西，那我當然要做給你吃，你就當作這是烹飪社顧問老師的福利吧。」

我沒有抬頭看秋老師的表情，也不知道這個理由他能不能接受。

「妳知道，偶爾會有幾個學生跟我告白。」話題忽然轉到這裡，我暗暗一驚，故意裝作漫不經心地嗯了聲，攪拌奶油的手變得用力。

「那秋老師怎麼回答？」我聽見他喝湯的聲音。

「妳覺得我能回答什麼？妳們都小我十歲啊，對我來說，妳們不過都是小鬼。」

「可是……可是老師，當我們這些小鬼二十歲的時候，你也三十歲了，那個年紀的男人不是最喜歡找二十出頭的女孩嗎？」我用微微顫抖的手敲碎蛋殼，把蛋倒入盆子裡與奶油混合，繼續攪拌。

「三十歲的時候我依然是老師，那時候十六歲的學生跟我的年齡差距又更大了。」老師顧左右而言他。

「我說的是我們這個年紀，四年後我二十歲，你三十歲，雖然一樣是相差十歲，但是在某種程度的意義上已經不同了，不是嗎？」

「妳想要表達什麼呢？小貓。」

我握緊打蛋器，語調有些顫抖，「所以說，如果年紀不是問題的話，就不要用年紀來當作拒絕學生的理由。」

秋老師猛地一記彈指，臉上的笑容像是嘲諷般，「『學生和老師』，這理由夠了吧？」

我感到呼吸困難，連打蛋器都快要握不住，「爲什麼要用一個這麼現實的理由來拒絕別人眞心的感情？怎麼就不能好好看著對方呢？」

「現實，這就是我跟你們的差別。沒有大人不現實，你們這些還躲在大人保護傘下的孩子，又能明白什麼是愛情？」秋老師的雙眼像一灘死水，汙濁、黯淡，他是眞心那麼認爲。

「十幾歲的人也可以認眞談戀愛，我們這個年紀所談的戀愛，在還不懂什麼叫愛的時候，不才是最難得可貴的嗎？」我咬著下唇，在這帶有麵糊香甜的空氣中，隱約飄浮著不服輸的倔強與微量的眞心粒子。

「老師不是總說『勸君莫惜金縷衣，勸君惜取少年時。花開堪折直須折，莫待無花空折枝』嗎？不就是要我們珍惜青春時光，在青春盛開的時候，盡情用力地闖蕩過一回。我們的青春還很長，就算凋謝了，明年春天還會再開。」

看著秋老師眼裡的淒楚神色，我忽然意會到他念這首詩的用意。

「通常會想要珍惜青春，就表示青春已經過了，不是嗎？」我說。

秋老師沒有反駁，他明明凝視著我，卻像是在看著別人。

「秋老師，你沒有女朋友，對吧？」這些話沒經過我的大腦，也沒經過我的允許，如此自然便脫口而出。

秋老師雖愣了一會兒，但還是緩緩搖頭，雙眼始終沒有離開我。

「那有喜歡的人嗎？」

然後，他點頭了。

在這一瞬間，我感受到胸口有一團沉悶的空氣漸漸往下壓，盤據在胃的上方，重重地壓著，讓我覺得肺裡的空氣都像是被帶走般喘不過氣。

「蛋、蛋糕，我要先做蛋糕。」我轉過身，加入紅茶茶葉和鮮奶，持續攪拌，卻感覺全身緊繃，難以施力。

秋老師依然不發一語，他沒有如往常那樣去洗手台洗碗，而是盯著我看。我知道，他正在看著我。

一滴不知什麼原因的眼淚，從我臉頰滑落到奶油中，我連忙別過臉，怕被秋老師發現。

說出那些話是爲了什麼，直到說出口了我依然不明白。

最後將這團麵糊倒入準備好的長條烤膜，放進一百六十度的烤箱中。我面對著烤箱，不敢回頭，只能從窗戶玻璃的倒影偷瞄秋老師的神情。

他還是看著我的背影，他爲何要如此看我？

深吸一口氣，我轉過身，對上他來不及防備的雙眼，就像深陷他極力想要隱藏的一切。

在他混濁的雙眼中，還是有一些些希望——從他瞳孔倒映出來的便是我。

這個當下，我覺得呼吸順暢多了，周遭的空氣彷彿也濾去了雜質，像是雨後般澄淨。烤箱運作的聲音、磅蛋糕的香氣、傍晚的烹飪教室，我感到一種情感正逐漸白熱化。

「秋老師，我……」

「她叫山奈。」秋老師的雙眼恢復了平時的模樣，親切卻帶著距離，「我喜歡的人，叫做山奈。」

第十二章

怎麼青春受傷所流的血，也是鮮紅色的呢？
怎麼痛成這樣，還是喜歡著你呢？

「妳的臉色也太差了吧？昨天沒睡好？」韓千渝皺眉，伸手摸上我的額頭，「還好沒發燒，妳要不要去保健室躺一下？」

「是啊，假裝生理痛什麼的，保健室阿姨就會讓妳躺一節課喔。」小蘭與高采烈地分享她的「經驗」，其他三花跟著嬉笑。

「不用了，我要上課。」

「妳也太認眞了吧。」韓千渝不敢置信。

因爲，接下來是國文課。

上課鐘響起，我覺得有些呼吸不順暢，打開一旁的窗戶讓暖風吹送進來。五月，天氣已經變得暖和，空中花園的各式花卉也陸續綻放，但野薑花依然含苞未開。

怪了，天氣明明如此溫暖，令人昏昏欲睡，但我的身體卻覺得冰冷。

人家說夏天感冒的是笨蛋，意思是說冬天才有人在感冒，或是冬天已經感冒了，但是因爲太笨了，遲鈍到過了一個季節才發現自己感冒。

不管是哪種意思，我這個笨蛋還是在夏天感冒了，不，沒人說過我是笨蛋，大家只說我是白痴。我這個白痴在夏天感冒了……

「上課了，怎麼還沒把課本翻到上次教的那一頁呢？」秋老師神清氣爽地踏進教室，看起來很有精神。

什麼嘛！完全不把昨天的話當一回事嗎？

秋老師甚至沒有等到紅茶磅蛋糕烤好就離開，留我一個人在烹飪教室！

話說，我昨天是想講什麼？

如果秋老師沒有出聲，難道我就會說出……我喜歡你這樣嗎？

我連自己喜不喜歡秋老師都不確定呀，只是在那個當下，我覺得胸口滿腔的情感即將傾瀉而出，可是這樣的情緒是從什麼時候開始的？

當秋老師說出他喜歡的女人叫「山奈」時，我內心遭受的衝擊完全超乎預料，我不知道這句話對我竟會有那麼大的影響力。

所以，我是喜歡秋老師的嗎？

當台上的秋老師不小心和我對到視線時，他立即扭過頭，極不自然，還被口水嗆到似地乾咳了幾聲。班上的同學開始虧他，卻沒有人發現他的怪異之處。

我先是一愣，隨即露出笑容，覺得十分開心，因爲這表示秋老師不是完全無動於衷，他也是平凡人啊。就算我才十六歲，但我的話的確也爲秋老師帶來衝擊了。

「傻笑什麼？」韓千渝疑惑地看我。

「沒什麼。」我呵呵笑著，覺得臉頰燙燙的。

「喂，妳是不是發燒了？」

「沒有，妳剛剛不是摸過了嗎？」我打了個噴嚏，正在黑板上振筆疾書的秋老師手中的粉筆頓了下，隨即繼續書寫。

「我再摸一次看看，笑成這樣，我怕妳燒壞腦袋。」韓千渝再次伸手探向我的額頭，「喂，妳眞的燙燙的，去一下保健室吧。」

「哪有燙呀。」我不要現在去保健室，這是秋老師的課呢。

「不然妳趴著休息？」

趴著要怎麼正大光明地看秋老師？所以我搖頭，拿筆在課本寫上歪七扭八的字。

韓千渝嘆氣，碎念了一句我什麼時候變得這麼用功後，舉起手說：「秋老師，倪苗發燒了，我要送她去保健室。」

「喂。」我小聲喊了她，不是說不去嗎？

「發燒？怎麼會發燒？」秋老師轉過身來，終於願意對上我的眼睛，但很快就改把視線落到韓千渝身上。

「她一早就怪怪的，大概是窗戶大開所以著涼吧。」她指向我旁邊的窗戶。

「著涼？那是暖風耶！」秋老師一說完，全班哄堂大笑，在這麼溫暖的天氣裡，有些人甚至都流汗了，而我居然被暖風吹到「著涼」。

還不是爲了聽你的搖籃曲。

我委屈地咬著下唇。

儘管昨天晚上和秋老師不歡而散，我還是切了一半的磅蛋糕放到他家門口，還留下字條。

「我以後還是會做。」

然後摁下電鈴，快速跑到電梯前，走進去按下一樓，再衝回自己房間盡可能輕巧地關上門，就在門安靜闔上的那瞬間，我聽見秋老師打開房門的聲音。我壓低喘息聲，從貓眼看出去，只見秋老師經過我房門口往電梯走去，一會兒又走了回來，關門聲響起。

那天夜晚，我一如往常地打開窗戶、關掉電燈，準備聽秋老師和那個女人講電話，我想她就是「山奈」。

但這一次，除了山奈在話筒中的細碎話語聲隱約隨風傳來外，竟沒聽到秋老師的聲音。我只能從很輕微的、幾乎被風一吹就散的呼吸聲，確認秋老師還站在窗邊。

「抱歉，我今天有點累了。」最後秋老師這麼說，便掛斷電話，關上窗戶。

我從床上坐起來，還沒聽到搖籃曲呀，今晚不唱嗎？

是因爲我的話，所以讓秋老師感到累了嗎？

我一邊這麼想，一邊高興自己在秋老師心中還有點分量，竟能讓他心煩意亂到無法跟山奈說話。

但搖籃曲已然成爲每夜伴我入夢的安眠曲，我在床上翻來覆去，遲遲無法入睡。

因爲開了一整夜的窗，加上我踢被子，所以一早起來便覺得喉嚨很痛。

在韓千瑜扶著我前往保健室的途中，她一邊叨念我身體不舒服就該去保健室休息，一邊問我要不要告訴葉子秋。

這又關葉子秋什麼事啦，妳們也誤會得太久了吧。

「我和葉子秋只是朋友。」

「是、是，妳認為只是好朋友，但我看葉子秋可不是那麼回事。」她翻了個白眼，對葉子秋依然沒有好感。

「葉子秋對我也不是妳想的那回事。」我想，對葉子秋來說，我應該是一個很特別的人，但不是那種特別，而是……我不知道該怎麼講。

我知道了他很多祕密，又不那麼了解他，我們處在一種模糊的微妙關係，光是這樣，就足夠讓葉子秋對我稍稍敞開心防。

「妳不覺得秋老師剛剛有點奇怪？」

「怎麼說？」我裝做不經意地問。

「如果學生發燒，感覺他會更關心，應該說會更煩人，上次小竹不過是連續打了十個噴嚏，秋老師就煞有其事地嚇唬我們，說流出來的可能是腦漿不是鼻涕嗎？」

「他也不是嚇我們，健康教育也上過，腦子在鼻子上方，若是受到強烈外力衝擊或是重大車禍，有可能會裂開細縫，導致腦液從鼻子流出。」

韓千渝嗯了聲，「所以秋老師剛才對妳不聞不問有點奇怪。」

「可能他不喜歡我吧。」我苦笑了下，這是雙關嗎？

「不是，我覺得刻意忽視比過度關心還要可疑。說到這個，我聽說有三年級的學姊跟秋老師告白欸。」

「告白？」我一時反應過度，咳了起來。

「那麼激動幹麼啊！」她拍拍我的背，「不是要畢業了嗎？學姊可能想說要趁畢業之前說出口吧，但我覺得都快畢業了，幹麼不忍到畢業後再說呢？」

「可能已經壓抑太久，無法再壓抑了吧。」我可以想像那種心情。

「不，再怎樣都是老師和學生，有沒有搞錯啊！」韓千渝不贊同。

「老師和學生談戀愛會怎樣嗎？等一下，我知道這有法律問題，但撇開那些，老師和學生不都是平凡人嗎？彼此產生一些情愫，也是有可能的吧？」

韓千渝完全不能苟同我這樣的想法，她瞪大眼睛，「妳瘋了啊，妳會愛上自己的哥哥或弟弟嗎？有些事情就是不可能，就算有一丁點的可能，也要盡全力避免，這是社會規範，我們活在社會，就要遵守這些規範。」

「我明白妳說的。」我只是覺得，明明只是單純的喜歡，爲什麼要設下那麼多限制？

「喂，小貓，妳是怎麼回事？妳不會是喜歡秋老師吧？」

「哪有？沒有，怎麼會？」我趕緊搖頭否認。

「眞的嗎？」韓千渝瞇起眼睛打量我，而我用力點頭。

「沒有最好，別做這種不道德的事情。」她語氣相當不屑，而我不再多說。

當韓千渝把我安置好後，跟保健室阿姨說了下課會再過來看我，阿姨取來冰枕讓我躺在床上，要我好好睡一覺。

意識雖然有些昏昏沉沉，我還是偷偷拿出手機，上網搜尋師生戀的法律問題。

就法律來說，老師與學生相戀這件事並沒有錯，可能會引起問題的只有學生的年紀。若學生未滿合法性交年齡十六歲，師生之間發生性關係，老師將違反未成年性交法。

不過，若對象是高中生，即便對方已滿十六歲，也還尚未成年，社會大眾依然會對師生戀投以諸多批判。而當學生年滿十八歲後，因爲已滿法定成年年齡，雙方關係是否爲師生，就變得不再重要了。

所以，如果只是純純的戀愛，師生戀就一點法律問題都沒有了！而且我很快就要滿十八歲，這些問題即將統統都不是問題。

不過開心過後馬上迎來失落，我現在在想些什麼？是因爲發燒嗎？連腦袋都不受控制。我不是還不確定自己喜不喜歡秋老師嗎？何況他還有喜歡的女人呢！現在就想到這些有的沒的也太可笑了吧，秋老師怎麼會把我這樣的女孩放在眼裡？

鼻頭一酸，好想見秋老師，想到都快要掉下眼淚。

好吧，自己騙自己也沒意思，又沒有人在看。

我在不知不覺間，喜歡上一個大我十歲，又有喜歡對象的混蛋老師了。

我在被窩裡發出嗯嗯啊啊的聲音，保健室阿姨拉開布簾關心地問：「怎麼了？不舒服嗎？」阿姨以爲我因爲不舒服所以發出怪聲。我順勢點點頭，阿姨過來幫我把冰枕換面，「妳還年輕，小感冒一下就會好了。」

我再次點點頭，閉上眼睛。

秋老師有喜歡的人又怎樣？

他們沒有每天見面，那個叫山奈的女人也沒來過秋老師的家，只靠每天通電話是要怎麼維繫感情？人家都說感情是要經營的，他們這麼長時間不見，便是我趁虛而入的時候。

我還年輕，不管遇到什麼事情，即便摔得頭破血流、傷痕累累，也能很快復原。

年輕時候的傷口好的快，我唯一擁有的最大勝算，就是無所畏懼的青春。

一個老想著要珍惜逝去青春的老師，面對我這樣一個正在青春洪流裡的學生，他是否眞的能無動於衷？

想到這裡，我笑了起來。

當我再次睜開眼睛時，韓千渝站在我旁邊，「醒了？」

「第幾節課了？」我揉著眼睛。

「再一堂就吃午餐了，如何？有好一點嗎？」

我點點頭，流了一些汗，覺得身體輕鬆不少。

「那妳要繼續睡，還是回去上課？」

第四堂是數學，有點懶，但是隔壁班這一堂是國文課，也就是說，秋老師會經過我們班教室走廊。

「回去上課吧。」

「阿姨，她應該可以回去了吧？」韓千渝問，而我腳上已經穿好皮鞋。

「可以了啦，燒都退了，多喝點開水就好。眞羨慕你們年輕人的復原能力。」保健室阿姨嘮叨著，我和韓千渝相視而笑。

當我們謝過阿姨朝保健室外走時，她忽然叫住我，「記得去跟秋老師報告一下妳沒事了，他剛剛有過來看妳呢。」

我張大眼睛，內心雀躍不已，又扼腕自己怎麼睡著了。

「欸？眞是奇怪，在課堂上他完全沒什麼反應，爲什麼私下卻來探望妳？」走回教室途中，韓千渝說。

「因爲是學生，所以還是要關心一下吧。」學生和老師這個身分也眞是好用。

「我覺得不太對，好像是刻意避開什麼似的。」她轉向我，「妳那麼開心幹麼？」

「我有開心嗎？」

「沒有嗎？妳在笑欸。」

「是嗎？」我摸向兩邊上揚的嘴角，只要想到秋老師有來探望我，就喜不自勝。

就是因爲我太開心了，才會沒有注意到韓千渝的懷疑。

我在烹飪教室做完晚餐後，拍了一張照片想傳給老師，但仔細想想，賣相又不是很好，拍成照片反而讓人一點胃口也沒有。

而且我現在傳簡訊給秋老師，他會過來嗎？

算了，青春無敵，傳就對了。

「秋老師，吃飯了！」

傳完訊息才發現怎麼好像是在叫狗，也罷，這樣的文字比較沒有壓力。

可是等了五分鐘，秋老師還是沒出現，正打算再傳訊息過去，就聽見走廊傳來腳步聲，我開心地立刻跑到門口，迎面而來的卻是葉子秋。

「妳還在這幹麼？」他往裡頭張望，「怎麼有食物？」

「你才在這幹麼？」你如果在，秋老師就不會過來了。

「我看見燈亮著，想說不知道是不是妳。」

「是我又怎樣了？奇怪，你是特意過來看看的嗎？」我問，葉子秋聳肩，表情像是不以爲然，耳根卻泛起了紅色。

而我瞥到秋老師的身影在樓梯間一閃而過，果然他看見葉子秋在場就不會出現。

自從那天葉子秋在河堤對他大吼後，秋老師的纏人功力大減。

看樣子只能把今天的晚餐送去秋老師家裡了。

轉身拿出保鮮盒，將做好的晚餐放進去，葉子秋隨即跟上，拿起筷子就要夾菜。

「嘿！你幹麼？這不是給你吃的！」

「那妳要弄給誰吃？」

「不干你的事。」我拉過盤子，但葉子秋搶回盤子。

「我看妳等的人也沒來，丟掉多浪費。」

「我又沒有要丟掉，我是要帶回家！」我再把盤子拉過來，葉子秋又伸手去搶。

「別再搶了，不然等等打翻。」被他這樣一說，我才鬆開手，他露出勝利的笑容，很自動地拉開椅子，拿起碗跟我要白飯。

我生氣地接過他的碗盛了飯，他說聲謝了，並且吃得津津有味，我態度頓時軟化。

「你的觀星社怎麼樣了？」

「還可以，大概有十五個人吧。」

「還滿多的啊，你怎麼招攬社員？畢竟你的名聲很厲害，還是阿狐阿狗幫你的？」

「他們兩個說觀星社太娘娘腔，轉去空手道社了。」說到這裡，葉子秋用力地將筷子插進盤中的丸子。

「哈哈哈哈哈。」我忍不住大笑，馬上接收到葉子秋殺人般的視線。

「剛剛是這張嘴在笑嗎？」他毫不猶豫地把丸子塞進我嘴裡。

「嗚嗚！費痛！」我皺眉吃下丸子，「哎唷，那這樣也不錯啊，沒有阿狐阿狗你還能召集到十幾個人，魅力不小啊。」我用手肘頂他，葉子秋被我虧得耳根又泛紅。

「囉嗦。」

「呵呵。」我笑起來，「對了，那你要來個飯後甜點嗎？」我拿出剛烤好的餅乾，再從櫃子裡取出茶壺，倒入那天加進磅蛋糕中的紅茶葉。

「妳眞的很喜歡做菜。」他看了一眼外表漆黑的餅乾，「雖然賣相不怎麼樣。」

「囉嗦。」我再一次學他的語氣，而葉子秋笑了，很溫柔的那種。

後來幾天，每次放學我傳訊息給秋老師後，先出現在烹飪教室的往往都是葉子秋，他老是不請自來。過沒多久，我便會在門口瞥見秋老師轉身離開的背影。

我想應該不是秋老師要葉子秋來的，根據阿狐和阿狗的情報，他們兩人的關係已經水火不容到連日常對話都有問題，但我還是想弄清楚他們之間的關係。

比起從前的一無所知，現在我知道的算是不少了，但最重要的那塊拼圖卻仍然缺失。

於是我只能增加每天製作晚餐的分量，從兩人份變成三人份，然後把秋老師的那一份放進保鮮盒，回家時再放到他家門口，摁下電鈴後快速安靜地閃回自己屋內。

我可以聽見秋老師打開門的聲音，他總是停在門口很久，才會拿起保鮮盒。

有一天烹飪教室大消毒，放學後我直接回家，在家裡的簡易廚房煮義大利麵，當我正要將義大利麵放入保鮮盒時，恰巧時間來到每晚秋老師常會打翻鍋子的時刻，我側耳傾聽，卻始終一片安靜。

我以為他不在家，所以拿著保鮮盒放到他家門口，摁下電鈴後還蹲在地上發了一下呆，結果聽見門鎖轉動的聲音，嚇得我趕緊溜回房間。

秋老師開門，拿走保鮮盒。

心臟飛快地跳得疼痛，我卻笑了起來，秋老師已經不再自己下廚，而是等著我的便當。光是這一點，就讓我開心地笑個不停。

夏天的晚風從窗外吹來，我自然而然地哼起那首搖籃曲，趴在窗台看向星空。就算不知道那些是什麼星座，在我眼裡看起來也很美麗。

突然聽到秋老師打開窗戶，我趕緊縮起身體，用手摀住嘴巴，千萬不能讓他發現我在哼著那熟悉的曲調。

「聽錯了嗎？」秋老師淡淡說著：「山奈。」

我心一驚，秋老師已經在講電話了？現在時間還不到呀！

「山奈，快放暑假了，妳想去哪裡玩嗎？」秋老師的聲音竟是前所未有的溫柔，幾乎要將我的心都融化，「我還是會跟以前一樣，帶花去找妳，妳最喜歡的野薑花。」

野薑花？

我差點驚叫出聲，我的腦袋將一塊看似毫無關聯又緊密連結的拼圖找了出來。

空中花園的野薑花，秋老師曾經定定地凝視它好幾回，曾經溫柔親吻過野薑花的花瓣，他的手機裡甚至滿是野薑花的照片。

葉子秋也曾多次神情複雜地看著野薑花，我想起第一次在空中花園遇見他時，他當時喚了一個名字——穗花山奈。野薑花的別名，就是穗花山奈。

秋老師喜歡的女人——山奈，跟野薑花的名字一樣。

所以他才總是如此深情地看著野薑花嗎？

淚如雨下，我必須用盡全力克制哭聲才不至於被發現。秋老師對山奈的感情，比我想像的還要深，那無關他們有沒有天天見面，也無關他們有沒有朝夕陪在彼此身畔。有些愛情，不會因爲物換星移而輕易生變。

我忍住眼淚，趕緊從冰箱拿出蘋果，用刀子削皮。

我要自己冷靜下來，以前在處理食材時總是感覺很安心，這次一定也可以的，可是秋老師的話語聲不斷從窗外流洩而來，他訴說著那些雖然不是甜言蜜語卻讓我痛徹心扉的事——他們的過往。

「子秋和小貓，就像當時的我跟妳，仗著青春，完全不懂瞻前顧後四個字，如果他們能走在一起、如果小貓能解救子秋，那是最好的結果，不是嗎？」

刀尖倏地劃過我的食指，鮮紅的血緩緩流出，血液順著蘋果果肉的紋路蔓延，像是新生血管一樣微小卻紅豔。

我握緊食指，滿臉的淚水滴落到手上。

好痛啊，秋老師。怎麼青春受傷所流的血，也是鮮紅色的呢？

痛得我不相信這傷口會有癒合的一天。

怎麼痛成這樣，還是喜歡著你呢？

空中花園的野薑花開了，那芬芳的香味順著我的鼻腔，滑進我的氣管，在肺裡擴散。

葉子秋無聲無息地走過來，坐在我身邊，他凝視著野薑花，眼底有說不出的哀傷。

「今天怎麼沒去烹飪教室？」

我舉起因爲受傷而包紮的左手，「今天公休。」

「妳也太不小心了吧。」

「職業傷害。」我扯了扯嘴角。

「那天烹飪教室消毒，妳怎麼沒跟我說？」

「爲什麼要跟你說？」

他皺眉，「妳明知道我每天都會過去。」

「但你不知道我是不是每天都會過去，例如今天我就沒去。」我側過頭看他，他張著嘴，卻沒再應話。

「要放暑假了。」我轉過身仰頭看著天空，麻雀飛過，初夏傍晚的風吹來，將野薑花的香味帶向更遠，那個人的心裡。

「暑假我會聯絡妳。」葉子秋說，他握緊雙拳的手放在膝蓋上，語調有些生硬。

「葉子秋，你是不是喜歡我？」不知不覺間，我張口問了這個別人提過許多次，我卻從來沒有深思過的問題。

他的表情帶著怒氣，橘紅色的夕陽染紅了他的雙頰與耳朵，曾經我覺得他這個樣子很可愛，現在卻不想看見這樣的表情。

「葉子秋，不要喜歡我。」我認眞地說。

他沒太大的反應，雙眼裡的情緒我看不清楚，只是覺得好累。

「我才沒有喜歡妳。」他說。

我很氣自己，爲什麼會這麼了解葉子秋？爲什麼我能聽出他話裡的逞強？

我看著野薑花，問他：「葉子秋，山奈是誰？」

葉子秋霍地站起來，他眼裡所剩無幾的溫柔再一次被憤怒蒙蔽。

「秋時緯跟妳說的？」

我搖頭，「是我聽到的。」

「爲什麼會聽到這名字？」

夕陽實在紅得太刺眼了，而此時野薑花的香氣對我來說濃郁得有些刺鼻，我的眼鼻感到一陣酸楚，眼淚就這樣流下來。

「秋老師說他喜歡的人叫山奈。」

葉子秋雙拳握緊，全身顫抖，咬牙切齒地問：「爲什麼他會這樣告訴妳？」

「因爲我喜歡秋老師。」

第一次將內心的感情對自己、對別人坦然說出，我並不打算退縮，就算是老師和學生，這份感情也沒有對錯。

葉子秋左右搖晃了下，又再次看了野薑花一眼，忽然笑了起來，很輕、很小，僅僅是肩膀微微起伏的程度。

他指向那片野薑花，看著我的眼神很淒楚，「妳知道那些是誰種的嗎？」

我不知道，但在這個瞬間我知道了。

「即使我父母都原諒他了，我也永遠不會原諒他。」葉子秋放下手，在他冷峻的臉上，流下一滴晶瑩剔透的眼淚。

第十三章

野薑花的香味撲鼻而來，既溫柔又殘忍地侵入我每一吋肌膚。

「狸貓！燒焦了燒焦了！」表姊在我背後用力拍打我。

「啊……啊啊啊！」我從恍神中清醒過來，大叫之餘趕緊關火。

「燒焦味好重，表姊，這次不是賣相不好，是眞的燒焦了吧？」表弟捏著鼻子靠過來。

「我只是發呆了一下……」看著一鍋黑漆漆的菜，我洩氣地說。

「眞是難得，妳居然會煮砸料理。」表姊拍拍我的左肩。

「雖然外觀也跟以前一樣就是了。」表弟拍拍我的右肩。

暑假過了一半，我沒和那兩個秋的男人聯絡。

夜裡依然難以成眠，沒能聽見熟悉的搖籃曲，我只能自己哼給自己聽，每哼一次，內心的酸楚就更多一些。

當時葉子秋並沒有擦掉眼淚，他一句話都不再多說便轉身離去。

站在空中花園的欄杆旁往下看，我可以看見他背著扁平的書包往校門口走，秋老師追上他，但葉子秋理也不理，甩頭走開。

山奈——他們之間的橋梁，也因爲這座橋梁，將他們分隔兩邊。

「所以說最近學校生活過得怎麼樣呢？」二姑姑問。

「畢業的時候有煙火對不對？新聞有講欸。」表弟問。

「成績還好吧？」二姑丈問。

「交男朋友了沒？」表姊問。

「學校生活很充實開心，我學到很多東西。煙火很漂亮，從我房間窗戶就看得到。成績還可以啦，應該。至於男朋友，沒有。」我的答案讓大家都滿意又好像不太足夠，但我也只說到這裡。

看著手機螢幕上秋時緯的名字，有時會想著，沒有我的這個暑假，他晚餐怎麼辦？但我馬上告訴自己，他已經二十六歲了，沒有我的二十六年裡，他也過得很好，我並沒有那麼偉大、那麼特別，沒有我，秋老師一樣過得好好的。

秋老師對於食物製作衛生的定義很奇怪，他吃便利商店的食物，但不吃小吃攤的食物，他覺得「機器」做的比「人工」做的衛生。這是什麼奇怪的迷思？

暑假才來到八月中，我已經編好理由想要趕快回學校，例如社團要提早回歸崗位啦，或是和朋友討論暑假作業等等。

高一的寒假輔導我沒有參加，而升高二的暑假爲了見到秋老師，我原本選擇參加暑期輔導，卻發現秋老師不在暑期輔導的老師名單裡，既然這樣，我也索性不參加了。

當我回到自己的家，打開窗戶從河堤看著學校時，覺得和一年前的心境大不相同。

我轉頭想偷看秋老師家的窗戶有沒有打開，但從我站的位置看過去角度有些勉強，無法確認。想要摁他家門鈴，又覺得這樣太像跟蹤狂，一直等到晚上，秋老師屋內依舊一片漆黑，也許他趁著暑假回家了。

所以我到樓下問警衛伯伯，住在我隔壁的老師去了哪裡？

「秋時緯呀，他果然是妳的老師吧？怎麼回事，他不知道妳就住在他家隔壁？」

「警衛伯伯你不要八卦，噓！」我送上為了彌補之前胡亂說他工作打混而特地製作的補償餅乾，雖然警衛伯伯看起來不太想收下烤焦的東西，但還是很有禮貌地接過。

「保證好吃，不吃會後悔喔。」我對警衛伯伯眨了眨眼，盡情地裝可愛，「秋老師去哪裡了？」

「他說要回家一個禮拜，算一算到今天也剛好一個禮拜了吧。」

「是喔，好吧，謝謝伯伯。」站在電梯前，我再次提醒警衛伯伯，「不可以跟秋老師說我住在他家隔壁喔！」

警衛伯伯一邊滿臉驚訝地吃著補償餅乾，一邊對我揮手說好。

在床上打滾一圈後，我睡著了，直到聽見秋老師拉開窗戶的聲響，我才猛然驚醒。

「山奈，我回來了。」一個半月沒聽見秋老師的聲音，我覺得好懷念。

「我回家一趟了，但什麼也無法改變，是吧？」他的聲音聽起來很是疲憊。

「不管我到了幾歲，還是無法理解那些事情，就算現在我能體諒了，也學不會原諒。總結來說，我還是那個無能為力的小孩吧？」怎麼秋老師感覺好沮喪。

「山奈，我好想見妳。」最後是以這句話當作結尾，今夜依舊沒有搖籃曲。

我呆坐在床上，過了大半個暑假，為什麼秋老師的聲音聽起來依然悲傷？不，更悲傷了，像是混濁不清的沼澤，踏入其中便無法脫身，只會被拉往更底處的黑暗。

不行，不能這樣下去。

我爬起來打開電燈，決定做些料理，心情不好的時候，吃東西就對了。

左思右想，有什麼食物是可以讓秋老師打起精神的呢？

我想到了！幸運籤餅。

我從冰箱拿出三顆蛋，將蛋白與蛋黃分開，接著把糖跟奶油用打蛋器打至鬆軟，分次加入蛋白，手上攪拌的動作沒有停。天啊，我眞該去買自動打蛋器，不然我的手臂會越來越粗。

加入麵粉後持續打泡一陣子，最後拿出預熱好的烤盤，小心地將麵糊用T字棒塗抹在烤盤上，邊緣必須塗厚點，到時候才不會在折彎餅乾時因爲邊緣太薄而容易破碎。

幸運籤餅送入烤箱後，我準備好五張寫上字的紙條，從烤箱外看進去，幸運籤餅的邊緣處已成淡淡的焦黃色，中間還是白黃狀態，便立刻將烤盤拉出一半，把紙條放上去後趕緊用小鍋鏟輕輕將麵糊蓋上，再彎成半月形狀，並用鍋鏟稍微壓一下邊緣。

就這樣來回失敗了好幾個，至少有五個成功。出爐後，我將餅乾放入新買的玻璃保鮮盒，附上一張紅色便利貼，寫著：「歡迎回來。」

但想了想，秋老師不知道我就住在他家隔壁，看到這樣的紙條，只會以爲我是個跟蹤狂吧。所以我另外寫了張便利貼：「新做的，一定要吃，開學見。」

然後將幸運籤餅放到秋老師門前，照慣例摁了電鈴就落跑，接著聽見秋老師打開門鎖的聲音，不過這次他停了很久，始終沒有關上門。出於好奇，我從貓眼看出去，發現秋老師居然拿著保鮮盒走過我家門口，該不會是要追出去找我吧？

等等，這樣一定會經過警衛伯伯的守衛亭，如果他問警衛伯伯我是往哪個方向離開的，搞不清楚狀況的伯伯要是亂說話，那一切就曝光啦！

我趕緊拿起手機撥了樓下警衛的電話，伯伯沙啞的聲音從話筒傳出，我趕緊說了我是住在樓上的倪苗。

「狸貓喔，妳那個餅乾眞的好好吃喔，外表這麼難看沒想到眞好吃啊，下次……」

「伯伯，我下次再做給你吃，我先跟你說，秋老師等一下可能會去問你有沒有看到我，你要說我剛走，知道嗎？不可以讓他知道我住在他家隔壁，記得喔！」

「喔喔喔，秋老師下來了，好啦好啦，我知道，我知道了。」

也不知道警衛伯伯到底靠不靠得住，懷著不安的心情在屋裡來回踱步。秋老師的腳步聲終於在門外走道上響起，我屏息以待，怕他會摁我家電鈴，幸好他直接回到自己的屋內。

我鬆了一口氣，打開窗戶想碰碰運氣，會不會能聽見秋老師的聲音？不過沒有任何動靜。不知道秋老師會不會吃那些餅乾，不知道當他打開籤文時會是怎樣的表情，不知道他會不會因爲這餅乾而開始有些想念我。

隔天一早，也不知道哪根筋不對，我居然六點就睜開眼睛，翻來覆去再也睡不著，索性起床換下睡衣、刷牙洗臉，有道是「早起的鳥兒有蟲吃」，當我吃完荷包蛋和土司後，突然聽見秋老師打開門的聲音。

奇怪，這麼早他要去哪裡？

我趕緊跑到貓眼前，只來得及捕捉到他一閃而過的殘影，於是我偷偷把門打開一條縫，發現秋老師居然穿著西裝，我大吃一驚，他從來沒穿得這麼正式過，連之前三年級的畢業典禮他都只穿牛仔褲出席呢！

太可疑了！於是我趕緊抓起包包，確認秋老師踏進電梯後，迅速衝出家門，從安全梯兩格併作一格地往下跳。來到一樓後，我努力壓抑住劇烈的喘息，側著身偷看電梯。

電梯門一打開，秋老師和幾個大樓住戶往外走，一一向警衛伯伯點頭示意。

等秋老師踏出樓下大門後，我數了三秒，立刻跟著衝出去，警衛伯伯看見我先是說了聲早安，然後又說：「跟蹤啊？喜歡年長的人還真辛苦呢。」

可惡，都被看透了嗎？

乾笑幾聲，我連忙追出去，秋老師走到那間巷子裡的花店跟店員打招呼，還聊了幾句，看樣子彼此很熟悉。老闆娘給了秋老師一束白色的花，仔細一看，是野薑花。

秋老師付完錢走出花店，我趕緊躲到電線桿後面，他走到馬路邊，坐上一輛計程車，我也跟著拔腿跑到馬路邊，攔下另一輛計程車，並麻煩司機跟上前面那輛。

呼，直到現在才能喘口氣，數著錢包裡的鈔票，只要目的地不要太遠，應該還夠用。

話說，這下子我真的變成跟蹤狂了，居然一大清早跟在秋老師屁股後面。

道路蜿蜒，經過一個隧道後，映入眼前的是一片燦爛亮光的遼闊海洋，我不知道這是哪裡，但這裡好漂亮，我從沒來過這樣的地方。

秋老師要去哪裡呢？

我想起他和山奈的通話內容，秋老師說會帶著野薑花去見她，所以現在他是要去見山奈嗎？怎麼辦，我還沒準備好要目睹秋老師和別的女人約會啊！天呀天呀，我不要，我不要一回來就看見秋老師和其他女人甜蜜蜜的模樣。

可是都已經跟到這裡了，再掉頭回去又太愚蠢，有道是「知己知彼、百戰百勝」，多了解山奈一點，也許我的勝算也會大一點。

車子駛離海邊，接著駛入一條通往山上的道路，周圍人煙逐漸稀少，少數步行的幾個人臉上不約而同都帶著莊嚴神情。目的地似乎和我想像中的不太一樣，這不該是約會的場所，這裡是……

「到了。」計程車司機拉上手煞車，我看見前方的秋老師捧著花下了車。

「等一下，等那個人離開。」我躲在副駕駛座的椅背後，等秋老師先爬上兩個階梯後，才付錢下車。

放眼望去，一旁的草地上有鋼琴形狀的遊戲機，踩在上頭會發出Do Re Mi的音調，山坡下方隱約可以看見太陽折射在海平面上的閃閃波光，而視線前方是一整片墓園。

爲什麼會來墓園？

我帶著強烈的不安，偷偷摸摸地跟在秋老師後面，他走上好幾階樓梯，停在一座墓前。我趕緊站到離身邊最近的一座墓地，假裝是來祭拜的家屬，一邊在心裡對墓地主人道歉，請對方不要見怪，一邊偷看秋老師。

他凝望著墓碑上的照片，用拇指輕輕撫過，好像那是什麼易碎物品，小心翼翼地來回擦拭。

「我來見妳了，帶著妳最愛的野薑花，山奈。」秋老師將那束白得耀眼的花放在墓前。

我的腦袋嗡嗡作響，完全不敢置信。

如果山奈死了，那每晚跟秋老師通電話的人是誰？他那悲傷的搖籃曲又是唱給誰聽的？

秋老師在墓前待了很久，幾乎沒有說話，只是靜靜凝望著那張照片，就像他在空中花園靜靜凝望著野薑花一樣。

秋老師再次伸出指尖輕輕滑過照片，才像是終於下定決心似地轉身離開。我趕緊低下頭，等再也看不見秋老師走下山的背影後，才走向那座墓。

照片上的女孩很年輕，留著清湯掛麵的短髮，臉上的笑容清純天眞，逝去的時間是十年前，芳齡十六。

姓名是……葉山奈。

「即使我父母都原諒他了，我也永遠不會原諒他。」

葉子秋的話在我心中迴盪，我摀住嘴，雙膝發軟地跪了下來，這就是他們之間的羈絆。這就是秋老師眼底的哀傷，他自稱是葉子秋的哥哥的原因。

也是葉子秋總不給他好臉色，要他別自以爲是哥哥的理由。

張奕欣說過的，幼時的葉子秋之所以會性格驟變，原來導火線是親人的離世。

我的眼眶起了霧氣，呼吸困難，當年秋老師才十六歲，葉子秋不過六歲，這十年間，他們內心的痛苦不斷滋長，像是可以吞噬一切的毒液、像是癌細胞擴散，終將毀滅他們。

野薑花的香味撲鼻而來，既溫柔又殘忍地侵入我每一吋肌膚。

「葉山奈……」我抬頭看著照片裡的女孩，眼淚簌簌地掉，想要伸手撫摸她的臉，卻只是停在空中，「我叫倪苗，我……我喜歡秋老……我喜歡秋時緯這個人，但他深陷在失去妳的悲傷裡，讓他的時間停滯在十六歲了。」

所以，秋老師才會總念著那首詩。

勸君莫惜金縷衣，勸君惜取少年時。

花開堪折直須折，莫待無花空折枝。

他要我們珍惜青春，是因爲他的青春已經逝去，青春帶給他的傷痛卻未曾逝去。

我停在半空中的手只要稍稍往前，就能摸得到葉山奈的照片，她永遠停留在十六歲。

她在十六歲死了，秋時緯的時間也跟著停在十六歲。

我，要怎麼贏過一個死去的人？

死去的人，已經停在永恆。

秋老師的過去實在太過沉重，我要如何扛起他的回憶，支撐回憶帶來的傷痛，包容他和她之間不可侵犯的曾經？

難以言喻的嫉妒、氣憤等複雜情緒，混亂地在我腦中打轉。

我在墓前嚎啕大哭，不能自已。

空氣中飽含溼氣，黏答答地包圍住我的身體，全身毛孔快要透不過氣。烏雲一層層籠罩著天空，彷彿隨時都要滴出水，天色灰暗得如同長夜將至。

斗大的雨點猛地打在柏油路上，迅速形成一個個黑色水漬，擴散、暈開，最終將柏油路染成一片漆黑。

我不知道自己是怎麼回到家的，那天夜裡我破天荒地沒打開窗戶，只是任憑全身溼透的自己躺在床上，像是氣力用盡般，除了躺著，什麼也不能做。

當陽光從窗外照進房間時，我仍然躺在床上，像是睡了一晚，也像是醒了一晚。

不斷回想著昨天的一切，以及嘗到絕望滋味的自己。

我一直以爲，像我們這樣十六、七歲的高中生，應該是先迎來歡樂的婚禮，卻不曾預料到，有些人早在花樣青春的年紀就先迎來葬禮。

在痛苦裡猛烈掙扎的青春，如果痛苦超過所能負荷的程度，那麼在猛烈掙扎過後，留下的會不會是永遠無法復原的傷疤？

葉子秋說那片野薑花是秋老師親手種植的，他是以什麼樣的心情種下屬於逝去戀人的花呢？

身體依舊沉甸甸的，直到日正當中，我才緩緩爬起來，換掉一身泥濘的衣服，將床單也一併拆下丟到洗衣機裡。

不行，消沉夠了。

逝去的人已經不會回來了，不論多麼想念，走了就是走了。他們只是先去到了終有一天我們也會造訪之處。他們會在那裡等我們，等到那一天，輪到我們閉上眼睛，再次睜開後，看見的都會是那些先行離去的人，原本以爲很漫長的路，走過之後，回頭看也不過短短幾步。

對，就是該這麼想。

離別即是另一種相逢。

如果秋老師老是沉溺在回憶中、葉子秋老是心懷怨懟，那這兩個陷在負面情緒漩渦裡打轉的人，就永遠快樂不起來。

一定要有個人保持樂觀才行，一定要有個人抱持希望才行。

「所以說，我才覺得妳很適合。」

「適合什麼？」

「適合待在葉子秋身邊。」

我想起張奕欣的話，她明明什麼都不知道，卻已經預言了我適合待在他們身邊。

我想找尋一個家，爲了找尋一個家來到這裡，每晚從窗外傳來秋老師哼唱的搖籃曲，那令人不捨的悲傷曲調，給了我家的感覺。

葉子秋的固執、憤怒，以及那如同孩童般的細膩情感起伏，給了我想幫助他的心情。

這彷彿就是我的使命，我來到這裡是有目的的，爲了成爲他們兩個人的希望，爲了代替葉山奈……不，不是代替她，而是將他們從葉山奈留下的痛苦中解救出來。

也許我太自命不凡，但我認爲種種巧合所引發的結果就是必然，就算不是我的使命，我也想這麼做。

我想拯救他們，讓他們停滯的時間齒輪可以重新轉動。

高二開學，我們沒有換教室，大致上各科任課老師也沒有變動，而因爲高一進來就已經選組，所以高中三年都不會分班。理所當然，韓千渝和八卦的梅蘭竹菊依然和我同班。

「高二了，開始進入地獄了。」韓千渝說她下學期就要退掉魔術社，專心參加升學補習班，好好準備考大學。

「現在講這個會不會太早了？」我有些錯愕，不是才剛升上高二嗎？

「那妳會退掉烹飪社嗎？」

「不會。」

「這麼斬釘截鐵？」

「嗯啊，烹飪社是我生命的一部分。」

「這麼誇張？」韓千渝笑了起來。

我是認眞的。

「完了，才經過一年，你們身上那股獨特的生嫩味道就消失殆盡了。」秋老師手臂下夾著國文課本，雙手環胸倚在前門，露出像是高一剛開學那時的感慨笑容。

「秋喔老師，別鬧了，快進來上課吧。」

「說過別那樣叫我！你們這些小惡魔，短短一年就變成這樣了！」秋老師氣呼呼地故意嘟嘴，踩著重重的腳步走上講台。「臨時抽考！」

「什麼？」
「又來這招！」
「很秋喔！不是，我這句不是在罵你啦！」
班上吵鬧的聲音此起彼落，看著與學生打鬧成一片的秋老師，雖然親切開心的笑容蕩漾在他的臉上，但我看見的卻是隱藏在歡樂面容下的哀傷。
花了十年去懷念一個女人，是什麼滋味？
然後我發現，課堂上秋老師的眼神一次也沒有對上我。
「秋老師。」所以下課時我主動靠向他。
「什麼事？」他對我露出戴上面具的笑容，他已經很久沒有對我展現這一面了。
不過，我不能退縮，我下定決心了。
「保鮮盒還我。」我向他伸出手。秋老師有些驚訝，他東張西望，表情略顯緊張。
「怎麼了？」
他微瞇著眼瞪我，短短一瞬間，卸下了面具，「等等來我辦公室拿吧。」
「不，我去空中花園等你。」我說。
秋老師堅持，「來我辦公室拿。」
「空中花園。」我強調。
「小貓！」
「什麼事？」我露出微笑。
秋老師一愣，他歪著頭，碎念了一句：「妳爲什麼老是不聽話？」

他說出這句好像是罵人的話，我卻覺得親暱得很。

我忍不住微笑，「因爲我正處於叛逆的青春期。」

當秋老師離開教室後，韓千渝用一種奇怪的眼神看著我。

「怎麼了嗎？」

「妳跟秋老師剛剛在講什麼？」

「跟他拿保鮮盒呀。」

「爲什麼他會有妳的保鮮盒？」

「因爲我有時候會弄點東西給他吃。」我解釋，但韓千渝的表情更奇怪了。

「秋老師是烹飪社的顧問老師，我拿給他吃很正常啊，學姊們也會這麼做。」

「是這樣喔……」韓千渝若有所思地點了點頭。

我在心裡想，韓千渝是我在班上最要好的朋友，也許不該向她隱瞞我對秋老師的感情，可是這種事情，說出來眞的好嗎？

我在心裡猶豫了。

「雖然我們學校沒有硬性規定三年級必須退社，如果可以，我也想繼續擔任社長直到畢業，但很可惜心有餘而力不足，所以近期內我會決定新任社長人選，就這樣。」余甄一如往常帶著堅定不容反駁的氣場，在講台上說完這些話。

我和張奕欣一邊練習醃製肉品，一邊有一搭沒一搭地聊天，她問我最近跟葉子秋有什麼進展，我說整個暑假都沒有跟他聯絡。

「我以為他會跟妳聯絡耶！」

「可能是因為放假前，我對他說了一些有點過分的話吧。」

「妳還能說出什麼過分的話啊？妳只不過是倪苗啊！」張奕欣怪叫。這句話怎麼有點瞧不起人？

「哼，我算是間接打槍了他。」

張奕欣瞪大眼睛，「他跟妳告白？」

「噓！妳小聲一點。」我瞪她一眼，好在大家都專注在處理食材，沒人注意我們。「他沒跟我告白，只是好像有那種感覺。」

「什麼啊，我以為你們會配成一對。葉子秋在妳身邊的表情是最棒、最沒有負擔的，好像可以做自己。」

我皺起眉頭，「妳也太關心他了吧。」

「很難不關心啊，畢竟勉強算是青梅竹馬，我總是希望他可以恢復以前的天眞笑容。話說回來，妳找到他幼時個性驟變的原因了嗎？」

「算是有吧，但不能說，抱歉。」

「沒關係，每個人都有不想讓人知道的過去。只要未來可以快樂，過去也不那麼重要了，不是嗎？」張奕欣自信滿滿的笑容給了我信心，我用力點頭。

「欸，不過有件事情我很好奇。」她換上八卦的嘴臉，「妳是怎麼間接打槍他的？」

「嗯……就說我有喜歡的人了這樣。」

「什麼啊！眞的假的啦！」張奕欣又大聲起來，我趕緊推她一把。「抱歉抱歉，喂，是誰啊？我認識嗎？」

「我不想講啦。」我用屁股推她。

「小氣欸，說說看又不會怎樣。」她又用屁股推回來。

「可是……好吧，我舉個例子，假如我喜歡的人是一個社會人士，妳覺得怎樣？」

「社會人士？天啊，妳也太酷了吧，差很多歲嗎？」

「十歲呢？」

「那也還好啊，人家都說男人心智年齡比女人小三歲，所以OK啦！」

看張奕欣接受的範圍這麼廣，我決定試探地問：「那如果那個人的身分有點敏感呢？」

「敏感？是偶像明星嗎？」她說完忍不住哈哈大笑。

我搖頭，「如果是老師呢？」

瞬間張奕欣的笑容僵在臉上，她語調驚訝，「眞的？」

我戒愼恐懼地點了點頭。

「我跟妳說一個祕密。」張奕欣認眞地看著我，「我的父母就是師生戀。」

「眞的假的？」換我震驚了。

她只是更堅定地點了頭，「所以我不覺得有什麼錯，只是現在的時機點眞的不太好。」

忽然她油膩膩的手抓住我也油膩膩的手，「加油！但要記住，只能祕密進行，知道嗎？」

「妳們兩個在幹什麼？嫌不夠油啊？」發現正深情交握著雙手的我們，余甄破口大罵，

我們兩個只是嘿嘿笑著，趕緊鬆開手繼續工作。

張奕欣對我眨眨眼，而我止不住全身的顫抖。我沒想到說出這一段暗戀，會得到祝福。

懷著輕鬆愉快的心情來到午休時間，我傳了訊息給秋老師，和他約在空中花園見面，秋老師沒有回應，但我知道他會來。

所以我拿著便當袋準備離開教室，韓千渝突然叫住我，「妳要去哪裡？」

「去樓上。」

「去樓上吃飯嗎？那我們一起去吧。」說完她還真的拿起餐盒。

「喔，不了，我跟別人有約。」

「跟誰？」韓千渝瞇起眼睛，我閃過一個念頭，她不是真的要跟我一起去，只是試探。

「就、就是要跟……」我的腦袋瞬間浮現一個人選，「葉子秋。」

韓千渝還是瞇著眼睛，「好吧，那就不打擾你們了。」她轉身找梅蘭竹菊一起吃飯。

「那個……」

「怎麼了？」她旋過身，漂亮的眼睛裡有著一抹懷疑。

我該告訴她嗎？她會像張奕欣一樣支持我嗎？

「沒什麼。」笑了兩聲，我便離開教室往樓梯間走去。

如果在要說出一件事的當下猶豫了，那就是還不到說出口的時候。

來到空中花園，撲鼻而來的依然是野薑花的香味。

喵～

還有半年不見的小秋貓。

「真的是秋天的貓呢。」我朝正懶洋洋地打著哈欠的牠伸出手，但牠依舊很有個性，完全不理會我，我只好主動靠過去，蹲在面前觀察牠。

看著小秋貓，發覺牠如楓葉般的紅褐色瞳仁彷彿帶有靈性，總覺得牠的眼神好像不太一樣，似乎帶著聰穎的世故，我猜，牠應該是隻老貓了。

秋老師既然會在這裡種上野薑花，是否表示他和葉山奈也曾經是這所高中的學生？

「該不會山奈也像他那樣撫摸過你吧？」我一邊看著小秋貓，一邊喃喃自語。

「妳又聽說了什麼？」結果在我身後響起的聲音，不是秋老師，而是葉子秋。

小秋貓跑向葉子秋，他也自然而然地抱起牠，一手抱牠在懷中，一手撫順牠的毛。

「你很愛來這裡呢。」怨恨地看著迅速變心的小秋貓，我扯扯嘴角。

「妳不也很愛來？」他坐到長椅上，看了我手裡的東西一眼，「來吃便當？」

「要吃嗎？」反正他也會搶，不如直接分享。

「吃，怎麼不吃？」他的表情依然不可一世，不過耳根卻紅了起來——他在害羞。

「算了，我不給你吃了。」我收回便當，讓他伸出的手撲空。

「妳是怎樣啦？」他有些尷尬又有些生氣，臉頰泛紅。

「我覺得不要比較好。」

他瞇眼看著我好一會兒，最後笑了起來。

「笑什麼？」

「妳怕對我太好，讓我養成習慣？」

「習慣什麼？」我不自然地說著。

他難得露出有些使壞的微笑，「習慣有妳。」

「你、你少說這些有的沒的！」我站起來大喊，葉子秋笑得更開心。

不一會兒他停住笑容，若有所思地看著我問：「關於妳之前說……」

忽然一陣腳步聲在樓梯間響起，上來的是手裡提著紙袋的秋老師，他們兩個人滿臉驚訝地四目相接，又同時看向我。

「巧合。」我說。

「打擾你們了。」秋老師微微笑著，眼神在野薑花上停留數秒，而原本窩在葉子秋懷裡的小秋貓則立刻轉移陣地，往秋老師的方向奔去。

「小貓，來了呀？」他彎下腰。而我啊了一聲，秋老師好笑地看著我，「不是叫妳。」

「我知道。」不自覺地，我的臉紅了。

葉子秋看了看我，又看了看秋老師，不悅地說：「別偷偷摸摸去見她。」

這句話如此突兀，但我們都聽懂了——別偷偷摸摸到葉山奈的墓前祭拜。

「抱歉。」秋老師垂下眼睛。

「我不需要你的抱歉，一百次、一千次都沒有用。」葉子秋看也不看他。

「你可不可以不要這樣說話。」我拉住葉子秋的衣袖。

葉子秋瞪了我一眼，逕自拿起我的便當盒吃了起來。

「欸，我沒有說……」

「我先走了，這……」秋老師晃了晃手中的提袋，「就先放在這裡了。」然後將提袋放在靠牆的地上。

當秋老師轉過身時，我站起來想要叫住他，葉子秋卻立刻拉住我的手腕。我皺著眉頭，幹什麼啊這是？

葉子秋看著我的表情難以解讀，剎那間我竟說不出話。

下一秒，韓千渝卻意外地出現在樓梯間，當她看見握住我手腕的葉子秋時，立刻遮住眼睛叫了聲往樓梯下跑。

「……我去追她總可以了吧？」我問。

葉子秋緩緩放開我的手。

我才剛走到樓梯間，就看到韓千渝站在樓梯下方轉角處，她一邊偷笑一邊看著我。

「又幹麼了啊妳？」

「沒有啦，沒想到會讓我看見那一幕。」她故意用自己的兩隻手模擬葉子秋抓住我手腕的舉動，「好甜蜜呀。」

「別亂想，妳怎麼上來了？有什麼事情嗎？」

她轉了轉眼珠，有些不好意思地說：「沒有啦，講起來有點糗。」

「說呀。」我推推她的肩膀。

「就是我一直覺得妳和秋老師之間好像有點奇怪。」

「哪裡奇怪了？」

「放暑假前，我不是一直說秋老師特地避開、不想關心妳很奇怪？」

「妳還在想那件事？」我沒料到這一點竟會讓韓千渝在意這麼久。

「然後妳聽到保健室阿姨說秋老師有來看妳，開心得很不自然，好像你們之間眞的有什麼不可告人的事情。」韓千渝看著我，「所以剛才當我看見秋老師也往空中花園走，就想說妳該不會騙我吧，便跟著上來看看，沒想到……哇！好險不是我想的那樣，我還以為妳迷上秋老師了。」

我心一驚，嘴裡問：「迷上了會怎樣？」

韓千渝露出不屑的神情，「就很噁心、很怪，是老師欸，道德上不允許吧。」

因為張奕欣的祝福，讓我忘了世人眼裡所謂的「道德」。

彷彿被澆了桶冷水，那是我第一次明白，雖然大家總是說感情沒有對錯，但也許某些愛情，從一開始就是錯誤。

第十四章

用一個祕密交換另一個祕密，會讓兩個人的關係在瞬間靠近。

我回到空中花園時，葉子秋已經躺平在長椅上，他腳邊放著剛才秋老師留下的紙袋，幾個乾淨的保鮮盒被拿出來，一旁則放著吃了一半的便當。

「你……」

「所以每次放學，妳在烹飪教室做的那些菜，是要給秋時緯的？」他閉著眼睛，雙手枕在腦後。

我輕應了聲，「嗯。」

「妳做給他吃，卻不准我吃？」

我沒有回答。

葉子秋張開眼睛凝望著天空，「所以上次妳說喜歡他，是真的？」

「嗯。」我拿起便當，卻沒有胃口，闔上蓋子放回便當袋裡。

「嘴裡說忘不了山奈，私底下卻和妳糾纏不清。」

「是我自己喜歡上秋老師的，不關他的事。」我澄清。

「是他讓妳喜歡上他的！」葉子秋立刻坐起身來，怒視著我。

我咬緊下唇，看著被憤怒吞噬的葉子秋，心中泛起憐憫。

「爲什麼要這樣……爲什麼就不能好好相處……」

「……妳哭什麼？」

「告訴我所有的事情好嗎？」經他這麼一說，我才發現自己掉下眼淚。他看著我的臉，表情難以言喻。他伸手替我擦掉眼淚，聲音輕柔的像是低喃：「爲什麼妳一直想知道？」

我輕輕抓住他的手。你們這個樣子，我怎麼可能不想知道？「與其讓我胡亂猜測，不如親口告訴我。」

葉子秋的眼神再次飄向野薑花，然後慢慢說了一個發生在很久以前的故事。

十六歲的男孩，成天打架鬧事，是這所明星高中最讓人頭痛的學生。

十六歲的女孩，像是童話裡的公主，相信世界上只有美麗的事物。

男孩和女孩在空中花園，因爲一隻貓而相遇。

女孩纏著男孩，得知男孩墮落的原因，於是想把他拉回所謂的「正軌」。男孩屢勸不聽，並用盡一切方法想要遠離女孩，但女孩總是可以出其不意地在男孩身邊出現。

男孩漸漸習慣每天見到女孩，也漸漸習慣透過女孩的眼睛見到美麗的事物，兩人漸漸產生情愫。

但一切都僅止於此，兩人習慣在空中花園見面，一起摸著貓、一起談天說地，有時夜晚會一起談論星星。

女孩有關星星的知識都是從男孩那裡來的，女孩會抓著男孩的手，問他哪一個是屬於自己的星座。

女孩喜歡野薑花，因爲它的名字和自己一樣，男孩也喜歡野薑花，因爲它如同女孩一般純潔無瑕。

有一天，兩人爲了無聊的小事發生爭吵，女孩賭氣，男孩也不願道歉，便這樣僵持到了冬天。直到女孩十六歲生日前夕，男孩撥了通電話給女孩，約她在校門口碰面。

然後，女孩在校門前，被水泥車輾過。

男孩手裡那束純白的野薑花染上了血跡，如同回憶裡的女孩，留下的只有鮮紅色的疼痛。

女孩的父母理智上明白這不是男孩的過錯，心中卻認爲，如果不是男孩立下那個約會，女孩就不會意外身亡。

女孩的弟弟更是無法接受，他認爲是男孩帶走姊姊的生命，認爲姊姊之所以會過世，全是男孩的過錯。

葉子秋的眼神黯淡，「不管怎樣，秋時緯害死我姊姊，這是事實。」

一個人夠不夠成熟，也許可以體現在他能不能冷靜接受親人過世的事實。隨著葉子秋日漸長大，其實他也慢慢明白，那不是秋老師的錯，但是他恨了秋老師這麼多年，已經習慣藉由憎恨去壓抑傷痛。

「我在姊姊的葬禮上，一滴眼淚都沒有掉。」在葉子秋的雙眼中、在那憤怒底下，有著深不見底的傷痛。

那是多大的傷痛，六歲的他怎麼能夠強忍淚水？

他是用什麼樣的眼光看待秋老師？

我的手撫上他的臉，眼淚掉個不停。

總覺得該說些什麼，但那份心情化成又苦又熱的情緒，一路堵到喉嚨口，奪去我所有的語言能力。

我唯一能做的，就是抱緊這個依然沒有從傷痛中長大的男孩。

野薑花的香味飄動，充斥在這座空中花園裡，葉子秋雙臂緊抓我的背，微微顫抖。

所以秋老師和葉子秋，才會這麼喜歡待在這裡——葉山奈最喜歡的地方。

「別喜歡秋時緯好嗎？」葉子秋在我懷中的聲音帶著懇求，我的心一陣抽痛，但我能做的，只是更用力抱緊他，卻無法給他，他想聽的答案。

知道了葉子秋版本的葉山奈，卻不知道秋老師版本的葉山奈。

葉子秋告訴我，他從葉山奈的日記裡看見她和秋老師過去的相處點滴，裡頭傾訴著對秋老師的無數情意。

在這十年來，他們的父母從日記中清晰且純眞的文字裡，理解了葉山奈的情竇初開，也原諒了秋老師。但葉子秋不然，他依然帶著憎恨，而秋老師想要補償。

我在烹飪教室一邊攪拌生菜，一邊想，到底要怎麼做，才能改變他們之間的關係？

「妳拌那麼多生菜幹什麼？數量有沒有控制啊？」余甄大吼的聲音把我拉回現實，嚇得我差點打翻菜盆。

「有、有啦，吃不完的我可以帶走……」我小聲回應，不敢說其實多做的分量是爲了晚上要送給秋老師的。

余甄瞥了我一眼，用鼻子哼氣說道：「不知道妳生菜會不會也弄到變成黑的。」烹飪社社員全都哄堂大笑。可惡，生菜不會變黑啦！

張奕欣也在一旁偷笑，「我最近越來越覺得，社長對妳其實是刀子口豆腐心。」

「那她的刀也太利了吧！」

吵吵鬧鬧地，大夥兒在烹飪教室裡分頭準備好各式菜色，最後再放到大桌子上一起共享。等到吃得差不多了，余甄站到講台上，說有事情要宣布。我想起前些日子她曾經提過，關於接任社長人選這件事。

「我想了很久，也考慮了很久，不管怎麼想，跳出來的人選都只有一個，然後我也想不到我竟然會選擇這個人。」余甄一邊說一邊翻白眼，好像有多不情願一樣，「這個人很賤，一開始就走後門，料理賣相還難看得要死，這樣居然還敢走後門。」

烹飪社所有人瞬間看向我，等一下，爲什麼現在要提到一年前的事情？

「那個，社、社長？」我舉手，但余甄不理我。

「然後呢，我也不知道著了什麼魔，可能她給我下蠱，我才會去吃她那難看得要死的杯子蛋糕。」

社員們深有同感地跟著點頭，甚至連張奕欣都附議，「外觀可怕得要命。」

「喂……大家……」

「一吃不得了，怎樣不得了也就不用再講了。」余甄看著我，「被糟蹋成那樣卻依然堅持待在烹飪社，社長不是妳還有誰？」

我瞪大眼睛，一時反應不過來，直到張奕欣推了我一下，大聲說恭喜，教室裡響起一片熱烈掌聲，我才大叫：「什麼！」

「白痴嗎？狸貓社長？」余甄說。

這個算是曾經羞辱過我的學姊，沒想到會選擇我接任社長。

「妳也算是化不可能為可能了，恭喜妳。」余甄的語氣和眼神依然不算友善，卻讓我感到溫暖。眼前忽地朦朧成一片。

「喂，別哭，難看死了！」這還是我第一次看見余甄臉紅，雖然她的眼神依然惡狠狠。「如果妳的料理賣相可以更進步就好……算了，我知道妳盡力了，就把妳的技術教給其他社員，但賣相就免了，別荼毒大家。」

全部的人笑了起來，我也笑了。

最後的最後，余甄依然嘴巴不饒人，但這就是她的風格，無形之中，這樣的她也算是教會了我一件事情，就是對料理的熱愛。

不管被人如何踩在地上都想要繼續下去的心情，是她讓我發現自己懷有這份熱忱。

「社長！掰掰！」

最後一個社員離開教室前對我揮手道別，話裡刻意加重「社長」二字，感覺還真不習慣。

我看著窗外的夕陽暮色，總覺得還能聞到淡淡的野薑花香味。

從那天起，我和葉子秋在空中花園碰面的頻率變高，但大部分的時間，他只是不發一語地坐在一旁。

有時候我抬起頭，會看見他正凝望著我，而我會回他一個微笑。

他明白的，這個微笑包含的不只是友情，也並不是愛情。

然後我會越過他的肩膀，視線落向後方的樓梯，幻想著也許秋老師又會出現。

只是自從那天起，我再也沒看見秋老師出現在空中花園。

雖然我依然會準備便當送去秋老師家，可是隔天便當會完好無缺地放在烹飪教室桌上，裡面的菜動都沒動過。

我將生菜沙拉放入保鮮盒，接著把川燙好的花椰菜放到焗烤飯上，一同打包妥當後，準備回家。

這次，我摁下秋老師家的電鈴後，不打算溜走，而是等著他打開門。

我可以看見門板上的貓眼處忽然暗下，表示秋老師正透過貓眼看著我，他一定在猶豫要不要開門，他給過我警告了。

但今天不一樣，我再次摁了電鈴，「秋老師，開門！」然後還用手拍了拍門板。

我幾乎可以聽見秋老師嘆氣的聲音，然後是他轉動內鎖的聲響，門開了一條縫。

「不是說別再來了嗎？」

「便當。」我晃了晃手中的袋子，又推了推門，卻發現他使力不讓我進去。

門縫。

「說了下不爲例。」他看起來就要關上門，我趕緊使出從電視上學來的招數，把腳伸向

「秋老師，讓我進去。」

「哇！好痛！」還故意慘叫哀鳴，果然唬住了秋老師，嚇得他立刻打開門。

「妳沒事吧？」

「嘿嘿！」我對他露出笑容。

「回去，以後也不要再做便當來了。」秋老師明白被騙了，又板起臉孔。

「秋老師，我們聊聊葉子秋吧！」我說，而他果然滯了下。

我知道這麼一說秋老師就會動搖，所以趁機鑽進屋內，他嘖了聲，「不要鬧了，出去。」

我逕自坐下，打開保鮮盒對秋老師招手，「快點，焗烤冷掉就不好吃了。」

然後我偷瞄廚房，看起來沒有開伙的跡象，明明就在等我的便當呀。

我想，秋老師也不是眞的要趕我走，他的確很在意我要說的話。他嘆口氣，關上門。

「葉子秋怎麼了？」

「先吃一口。」我挖了口焗飯想餵他，突然覺得這樣太over，所以趕緊將手轉了方向，把湯匙遞給他。

秋老師的臉依舊帶著不情願，不過等他吃下第一口，從他的表情我知道，他很喜歡吃我做的東西。

「那我也要來吃。」我拿出自己的便當，連同生菜沙拉、點心、水果等，秋老師一邊搖

頭，一邊乖乖吃完。

他在廚房清洗保鮮盒的時候，我在秋老師房內亂轉，我看見書櫃最上層有本厚厚的簿子，仔細一看，那是畢業紀念冊。

我踮腳取了下來，很自動地放在地上打開，裡頭夾著的幾張照片也隨著我的翻動而掉落，照片裡的人是十六歲的秋老師和葉山奈。

秋老師的臉上帶有青春的叛逆與青澀的靦腆，一旁的葉山奈則抱著一隻小貓，那隻貓的花紋和小秋貓一樣，連瞳孔也是紅褐色，難道牠就是小秋貓嗎？

「別亂動別人的東西。」秋老師站到我旁邊，卻沒有制止我。

「所以小秋貓是你們帶來學校的？」我問。

「是山奈在河堤發現的，是隻棄貓，她偷偷把牠養在空中花園。」秋老師接過我手上的照片，凝視著照片中的葉山奈。「子秋跟妳說了多少？」

我把那些故事告訴他，秋老師像是陷入回憶般，表情苦不堪言。

「他幾乎說對了，就是那樣。」

「但是和葉山奈相處的人是老師你啊，他畢竟是從旁觀者的角度在看這件事。」我拿起另一張照片，穿著制服的兩個人露出笑容，背後是一片陽光，這張逆光的照片雖然將兩人的五官照得漆黑，可是笑容卻燦爛得耀眼。

「老師，我和你分享一個祕密，作爲交換，你要把你和葉山奈的事情告訴我。」

「我爲什麼要……」

「我很小的時候父母就去世了。」沒等秋老師說完，我便先開口，秋老師一愣，我微微一笑，「我輾轉寄居在各個親戚家，但是別擔心，親戚們都對我很好，但我從來沒有家的感覺，我覺得我依舊是外人，這樣很不知足，我也知道……」

我把這些心情，還有爲了想擁有一個自己的家，所以才選擇這所高中的事情都說了，還說了有了自己的家以後，才發現原來沒有家人，還是不能眞正稱爲一個家。

「也許我還是隻假裝成家貓的野貓。」我笑了笑，「但願有一天，我會找到願意爲我戴上項圈的家人，組成一個眞正的家庭，我們可以一起牽著手回家，讓他吃我做的菜，這是我的願望。」

秋老師皺著眉看我，幾度想說些什麼，最後還是沉默。

我兩手一拍，啪的好大一聲，嚇了他一跳。

「秋老師，換你說了。」

用一個祕密交換一個祕密，會讓兩個人的關係在瞬間靠近，在那個瞬間，所有的祕密都會傾瀉而出。

秋老師再次看了手中的照片一眼，緩緩開口。

當年的男孩，脾氣很糟，因爲他的家庭，讓他對一切憤世嫉俗。

父親外遇初期，母親每天都會以淚洗面抱著男孩入睡，她哼著搖籃曲，卻因爲哭泣聲而變調，那變調的搖籃曲成了男孩童年難以抹滅的記憶。

後來，父親帶著外面的女人侵門踏户來到家裡，好面子的母親寧可同住一個屋簷下，也不願離婚成全對方、笑話自己。

母親最好的優勢，除了身爲正室，便是有他這個兒子。外面的女人雖然擁有父親的寵愛，卻是無名無分的外人。

從那時候起，母親要他成爲最優秀的孩子，念的學校、用的東西、學習的成績，統統都要是最好的，他沒有玩樂時間，所有時間都在努力念書。

男孩在那個家庭透不過氣，考上明星高中後決定放逐自己，不想再成爲母親手中用來牽制父親的傀儡。

他自暴自棄地成爲問題學生，讓父母親失望透頂，男孩卻覺得他終於爲自己而活。

「喵～」

某天，當他蹺課來到學校頂樓的空中花園，悠閒地躺在長椅上睡覺時，突然聽到了貓叫聲，尋著聲音他發現藏在花圃中的小貓，他伸手要抓，小貓卻掙扎起來。

「欸！你幹什麼啊！別欺負動物！這隻貓是我帶過來的。」一個軟甜的嗓音從後方出現，頂著妹妹頭的葉山奈雙手插腰，發現抓著貓的是問題學生秋時緯，絲毫沒露出害怕的神色，反而指著他的鼻子教訓起他。

「妳傻了？妳把貓放在這裡幹麼，有病啊！」

他們兩個的相遇並不浪漫，也沒有什麼一見鍾情，相反地，兩個人都覺得對方很礙事。

「那裡是我蹺課常去的地方，也是山奈養貓的地方，我們很常在空中花園相遇，就像子秋說的，我慢慢被她影響，雖然依舊對一切感到不爽，但至少沒那麼容易生氣了。」

秋老師講起過去的葉山奈，臉上浮現溫柔的神情。

「她教會我用另一個角度看待世界，不開心的事情雖然依然醜陋，但好像上了一層濾鏡，變得比較朦朧，也比較容易接受了。我喜歡天真無邪地訴說著世界美好的她，喜歡她用青春無敵當作本錢，也喜歡她瞇眼微笑的表情，更喜歡當她知道野薑花的別名和她名字一樣時，流露出的喜悅。」秋老師笑了笑。

「有一天，她因爲我跟別人打架而生氣，我說會打這場架全是爲了她，因爲那些人調戲她。她卻說，不要把過錯推到她身上，說我不該用暴力解決問題。」

「好啊，那就隨便啊！是我自己活該，沒事找事做！」秋時緯對葉山奈大吼，轉身離開空中花園。

當晚他就後悔了，卻拉不下臉道歉。

就這樣冷戰了將近一個月，時間來到一月初。他們都沒再向對方說過半句話，就算在空中花園相遇，也是各做各的事情，互不搭理。

「明天是我生日。」某天，葉山奈餵完小貓喝牛奶後，丟下這句話便離開。

秋時緯沒追上去，只是看著小貓發呆，葉山奈卻突然跑回來，用力踩了他的腳。

「妳幹麼！」他大吼，卻看見葉山奈眼眶裡的淚水。

那一刻他有些心軟，想拉住她，然而葉山奈退後一大步，轉身跑開。

再怎麼樣也該道歉了，都看到她哭了，還想怎麼樣？

所以秋時緯買了滿滿一束野薑花，那是葉山奈最喜歡的花，他打了電話，希望葉山奈可以提早來學校，他有話跟她說。

「我不要跟你說話！」葉山奈掛掉電話，但秋時緯知道，她會來的。

於是他站在校門口等待。

穿著學校制服，清晨六點就站在校門口，手裡還拿著一束花，經過的路人和學生都在笑他。

他紅著臉，好幾次想離開，但還是沒移動半步。

過了約定時間五分鐘，秋時緯發現葉山奈躲在對面巷口偷看，他對葉山奈招手，但她只是往後一躲，又探出頭。

「我帶了野薑花。」他大喊：「這是妳最喜歡的花。」

葉山奈咬著下唇，笑了起來，依然不走過來。

「對不起，我不該那麼大聲。」秋時緯繼續喊，紅著臉，盡量無視周遭看熱鬧的人群，

「快點過來，我們去空中花園講和好不好？」

葉山奈搖頭，漂亮的臉上早已沒有怒氣。

秋時緯看了看手中的花，深吸一口氣，連打架都沒這麼緊張。

「我喜歡妳，所以才會生氣。我喜歡妳，所以妳別生氣了好嗎？」

意想不到的告白，讓葉山奈雙頰染上一抹紅，圍觀人群開始起鬨，雖然人數不多，但也夠叫人尷尬了。葉山奈覺得害羞，彆扭地轉身想要逃走。

秋時緯急了，故意喊著：「好哇，走了就不要回來，我就不再理妳了。」

聽到這句話，葉山奈下意識地趕緊轉身朝他奔跑而來，卻沒注意到號誌燈的轉變，硬生生被一輛急駛而來的水泥車輾過。

「第一個趕到山奈身邊的，不是肇事者，不是圍觀路人，也不是我，而是小貓。」秋老師的雙眼陷入回憶，他說，小秋貓從學校裡迅速跑到葉山奈身邊，牠的貓掌沾滿了葉山奈的血，在一旁踩出許多血腳印。

「這就是爲什麼小貓只會在秋天出現的原因，因爲牠是在秋天跟我們相遇的，到了冬天，山奈就走了，小秋貓也走了。誰說貓冷酷無情呢？我從沒見過這麼有感情的動物，十年了，牠只在當初跟山奈相遇的季節出現。」

這也就是爲什麼小秋貓只黏著秋老師和葉子秋的原因了。一個是葉山奈的戀人，一個是葉山奈的弟弟。

我的眼淚流個不停，秋老師的青春在那時候就死了，跟著葉山奈一起死了，他將屬於她的野薑花種植在空中花園，好像葉山奈不曾遠離。

他用這樣的方式懷念她，也束縛了自己，將自己困在這所學校，永遠困在葉山奈帶給他的回憶之中。

秋老師在青春時期猛烈掙扎，溺水了卻不知道求救，然後抓住了代表著希望的浮木——葉山奈，她爲他毫無色彩的青春帶來一絲希望，但葉山奈卻去了他到不了的地方。

故事說完，沉澱在四周的只有我壓抑的哭泣聲，我的手緊緊抓住秋老師，他看著我，露出令人心碎的笑容。

「山奈的墓在金山，那裡有片很漂亮的海，每年我去的時候，都會不自覺地站在岩石邊，腦袋一片空白，想要看一看海底的深處有什麼，直到有人拉住我，我才知道我在旁人眼裡看來像是要自殺一樣。」

「秋老師……」

這個男人，比我想像中的還要離不開過去。

他不斷徘徊在過去的回憶裡，讓自己沉浸在無限的懊悔與自責當中，藉由葉子秋對他的憤恨，來減輕他的罪惡感，任憑那些恨意化成刀子，再次刨著那從來不曾癒合的傷口。

秋老師拿起他的手機，找出錄音檔案資料夾，接著按下擴音鍵。

秋時緯，你這個大笨蛋，這一次不管你再唱什麼詭異的搖籃曲給我聽，我都不會輕易被你打發了！

我都說過我是摩羯座了，還要我提醒你我的生日，你眞的很討厭！笨死了，而且都幾歲了，還跟爸媽吵架，大人有我們不懂的苦衷，也許有一天我們也會變成有苦衷的大人，到時候或許高中生也會覺得我們想太多。

說到這個，你覺得長大的我們會是什麼樣呢？你這麼喜歡研究星星，該不會到天文館或是太空總署工作吧？

我跟我弟弟說起星星的故事時，他也很感興趣，雖然那些都是你告訴我的，但就讓我現學現賣吧！也許以後你們可以一起討論星星。

我有跟你說過我以後想做什麼嗎？我想當國文老師，那首詩呀，你知道的，就是我很愛念的那首——勸君莫惜金縷衣，勸君惜取少年時。花開堪折直須折，莫待無花空折枝。

我們都該好好把握青春時光，因爲一眨眼就過了，所以如果你再不跟我告白，說不定我……欸欸，我跟你講這麼多幹麼，我還在生氣啊！等一下，沒想到我正在你的手機留言，你卻用家用電話打手機給我，那你幹麼不接手機呀！一來一往好蠢，我先接你電話，看你要跟我說些什麼，最好是要跟我道歉，不然我就再也不見你！

這就是每個夜晚，我從秋老師手機那端聽到的聲音。

原來，一直以來，秋老師都是在跟同一通語音留言對話。

這十年來，每個夜晚，他聽的都是葉山奈生前留給他的最後一通語音留言，他就這樣聽著她的聲音，繼續跟她說話，繼續唱搖籃曲給她聽。

「秋老師，你不能再這樣下去！」我拉住他，「稍微……稍微不要那麼想她，稍微往自己的未來前進，可以嗎？」

就連留在這所高中當一個國文老師，都是爲了葉山奈。

秋老師推開我的手，搖搖頭，「很殘忍的是，我必須這樣才能記得她。」

我不懂他的意思。

「小貓，我有時候會擔心，這些往事，最後會不會變得就只是往事而已？」秋老師苦笑，「明明山奈存在過，明明她曾經這麼眞實，可是會不會有一天，這些相關的記憶與情感，就像海邊的沙坑一樣，被時間的潮流沖刷入海，最後什麼都不剩？」

我沒作聲，任憑淚水滑落。

「我不想忘記山奈，所以我必須做這些事情來記得她，看著妳和子秋，就讓我想到以前的我和山奈，我希望妳可以待在他身邊，我救不了他，但妳可以。」他回握住我的手，而我用力搖頭。

「要救，就兩個都一起救。」

當我說完這句話，室內燈劈啪作響，瞬間黑暗籠罩一片。世界像是關上了燈，只剩下窗外的夜空星光閃耀。秋老師背後的星空，與平常所見到的白點不一樣，似乎有一段光芒泛紫的銀河，如同流星般灑落在他的身後，將他包圍起來，瞬間眞實與虛幻在我眼前交錯。

我將自己的唇覆蓋在秋老師的唇上，溼潤的睫毛沾溼他的臉，秋老師一愣，我感受到他的僵硬，在他推開我之前，我先往後退。

「不要把我跟葉子秋配對，因爲我喜歡你。」我輕輕說著。

然後趕緊起身，拿了自己的東西就走，也不想再掩飾什麼了，離開秋老師的家後，直接打開隔壁的門——我家的門。

關上門，背靠著門板滑坐在地上，我摀住雙眼，無法克制地大哭起來。

第十五章

有些事情，何必問得那麼仔細，何必說得那麼清楚。

我跟秋老師告白了。

在那種情況下，而且我還吻了他。

要說是氣氛使然，還是怎麼樣，我也不知道，但當下我就是覺得該那麼做。

從鏡子中看著自己的臉，我立刻搖了搖頭。

昨天保鮮盒放在他家沒拿回來，最後還直接跑回家，不知道秋老師會不會發現我就住在他家隔壁？

所以一早我就膽顫心驚的，當秋老師走過我家門前，我還擔心會不會一打開門就看見他把保鮮盒放在門口。

但什麼也沒有，我鬆一口氣，又覺得秋老師神經真的太大條。

我背著書包往學校走去，一面想著，秋老師是懷著怎樣的心情，在這幾年間不斷重複行經這些他曾經和山奈走過的地方。

他每天踏進校門口時，是不是又再一次回想起葉山奈死亡的模樣？

這些年來，他不斷用這樣的方式折磨自己，真的會比較好嗎？

我去到那間很早營業的花店，買了束野薑花，放在校門口前的馬路邊。

站在校門口，我看著前方的大馬路，雖然不知道葉山奈確切是在哪個位置發生車禍，但我還是閉上眼睛、雙手合十，誠心祭拜著。

葉山奈，我們在墓前見過了，我叫倪苗，我喜歡秋時緯。跟妳一樣喜歡上這個人，我不會想要取代妳，我也贏不過妳，妳的時間已經永遠停在十六歲，而我就快十七歲了，妳停在永恆，我還有未來。

妳和秋時緯的愛情，在那個時候或許眞的也成爲了永恆。

但我想帶著秋老師走向未來，還有葉子秋也是。我從他們的回憶裡知道妳是多麼善良的人，可是妳的善良與溫柔，現在不需要。

我張開眼睛，露出微笑。

然後轉身往葉山奈再也到不了的學校走去。

我先到教室放下書包，然後上去空中花園等著，一眼就看見小秋貓臥在長椅上。

走到牠身邊，小秋貓難得沒有跳開，只是睜眼看了看我，又繼續睡覺。

我坐在長椅上，似乎只要瞇起眼睛，就可以看見當年的秋老師和葉山奈抱著小秋貓，在這邊談天說地。

「這裡也變成妳第二個家了嗎？」葉子秋的聲音出現，他帶著微笑，靜靜凝視著我。

「我挺喜歡這裡的，漂亮、安靜，還有花。」我也微笑。

「妳怎麼了嗎？」

「什麼？」

「感覺不太一樣。」葉子秋說著，走到我身邊。

「我跟秋老師告白了。」

葉子秋微微瞪大眼睛，「他說什麼？」

「他來不及說什麼，我就跑了。」

葉子秋不發一語。

我站起來，握住葉子秋的手，他一愣，雙手僵硬。

「我聽秋老師說了全部的事情。」

他立刻甩開我的手，「所以呢？」

他的眼裡再次被瘋狂的憤怒所蒙蔽，我忍不住鼻頭一酸。

「十年了，你還要多久才能饒過他？」

「爲什麼變得像是我的錯一樣？什麼叫做十年了？失去一個人的心痛，是一輩子都不會消散的，妳又了解什麼？妳失去過親人嗎？」

「我有！」我朝他大吼，眼淚掉了下來，「我失去應該將我扶養長大的父母，我對他們一點記憶也沒有，看著他們的照片、聽親戚說著他們，我卻覺得陌生，我失去的不僅僅是他們，那些該有的回憶我統統沒有！」

葉子秋愣住，我咬著唇，忽然抱住他，「至少你還有回憶啊！山奈是你和秋老師共有的回憶，她是你們最愛的人，你們也是她最愛的人，最愛的兩個人爲什麼不能一同回憶她，而要彼此傷害？」

「她已經死了，死了以後什麼都沒有！」葉子秋掙扎著，但我把他抱得更緊，若我在這時候放手，葉子秋就永遠回不來了，他會墮入怎樣的絕望，我不敢想像。

「她活在你的記憶中！那些記憶是假的嗎？」

「記憶只會越來越模糊，山奈的臉、表情，還有聲音，我已經快要想不起來了，而這一切都是秋時緯的錯，是他帶走了我的姊姊！」葉子秋大吼，他的眼淚沾溼我的肩膀，我更用力地抱住他。

這就是他極力隱瞞的眞相，這也是秋老師昨天終於說出口的話。

人們刻意隱瞞的事情往往是最重要的，人們隱瞞眞相是因爲害怕。

葉子秋和秋老師害怕承認，他們都逐漸遺忘葉山奈。

每個人都會死亡兩次，第一次是靈魂離開了肉體，第二次是被人們所遺忘。

「從今天開始，我會幫你們記得葉山奈這個人，你們不會忘記她！」

我聽見秋老師的腳步從我身後的樓梯間響起。

「我會連同她的份一起愛你們，我會連同你們的記憶一起想念她，她不會離開，她永遠會存在。」

野薑花的香味飄蕩在我們之間，那曾經屬於葉山奈的香味。

葉子秋在我懷裡崩潰大哭，這場眼淚，他遲了十年，像是如夢初醒，他終於眞正接受葉山奈離開的事實。

我轉過頭，看見秋老師手背覆蓋在眼睛上，倚著牆壁，雙肩顫抖。

葉山奈，請妳放過他們兩個人的心靈，他們都被妳折磨得太久了，妳的善良與溫柔成了囚禁他們的枷鎖。

失去一個人的痛，是過去多少時間也緩和不了，發生的事實無法改變，只能接受，就算痛恨接受事實，但我們能選擇的就只有這條路，日子才有辦法好好繼續。

生老病死，本來就是順應天理的輪迴，人的雙手即便再怎麼萬能，也抓不住命運。

葉子秋最近很熱衷於觀星社的活動，至少在我眼裡看起來是，他會主動召開社團會議，還會詢問我哪裡是最佳賞星地點。

我當然跟他提過，該去請教的對象是秋老師，但他總是神色複雜，不置可否。不過至少不像以前，一聽到秋老師的名字就勃然大怒。

現在他也不太打架了，不打架的他，受女生歡迎的程度就更誇張了。

然後他變得更黏我了。

「你們社展準備要做什麼？」他手撐著頭，趴在流理台上看著我。

「一樣吃吃喝喝，烹飪社一直都是這樣，你不要趴在那邊，會擋到我。」我對他揮揮手，他乖乖站起來走到另一個流理台，繼續撐著頭看我。

「沒想到妳會當上社長。」

「我也沒想到。」我清點食材，思索著還缺些什麼，必須補足才行。

然而葉子秋目不轉睛的視線實在讓我無法忽視，我索性放下筆，轉頭看著他，「你要幹麼？」

「就只是看著妳，妳別理我。」

「這樣我很難不理你。」

他瞇起眼睛，上下打量我，「我只是在想，妳這麼小一隻，也沒什麼肉，到底哪來的勇氣想要扛起我跟秋時緯的過去？」

「因爲愛吧。」我下意識地回答，隨即臉紅了，「我是說，身爲同學或是……反正，我覺得我就是該那麼做。」

「妳眞的喜歡秋時緯？」

咬著下唇，我點頭，葉子秋的表情看不出有什麼變化，只是略略翻了個白眼。

「我喜歡的女人，都老是喜歡他。」

「啊？」

「妳沒聽錯，山奈喜歡他，妳也喜歡他，妳們的眼光還眞差。十年前、十年後，情況都沒有改變。」

「可是……可是山奈不是你的親姊姊嗎？」我不解，葉子秋卻紅起臉。

「那是重點嗎？」葉子秋又翻了個白眼，「就不能喜歡姊姊嗎？」

「啊……啊啊，這該不會就是所謂的戀姊情……嗚嗚！」我還沒來得及說完，葉子秋已經先衝過來摀住我的嘴巴。

他依然還是那個傲嬌的孩子。

「喂……」從背後摀住我的嘴，他附在我耳邊說：「妳說要連同山奈的份一起愛我們，那句話是眞的嗎？」

我點頭，從他懷中抬頭看著他，拍了拍他的手，示意要他放開手，但葉子秋不放手，只是靜靜凝視著我。

「但是妳對我的愛，就像山奈對我的愛一樣吧？」

我看著他，依舊沒有回答。

有些事情，何必問得那麼仔細，何必說得那麼清楚。

很多感情，只用眼神便能傳遞。

時間流逝得比我想像中的還要快，當我和張奕欣還在焦頭爛額地討論下學期社展菜單的時候，葉子秋已經再一次帶領特別班在球技大賽拿下冠軍。

「他漸漸恢復成以前開朗的模樣了，你們之間是不是發生了什麼事情？」張奕欣一面問我，一面笑著說：「沒關係，詳情我不用知道，反正結果是好的就行了。」

我看著被一群人團團圍住的葉子秋，其他班級的學生也圍繞著他，向他討教籃球技巧，雖然他臉上一樣面無表情，卻沒了以往的距離感。

有時候我在烹飪教室裡聽見球場傳來的聲音，到走廊上探頭，就會看見葉子秋與其他人在球場上練習，阿狐和阿狗因爲葉子秋不打架了，也漸漸減少和別人起衝突，他們現在把精力都花在社團與球場上。

看著葉子秋奔馳在球場上的模樣，我總是會不自覺地微笑，想著他就該適合這樣的生活，他所要掌握的青春，就該是這樣。

而當我這麼想時，抬起頭，總會看見站在另一邊走廊上，同樣遠遠凝視著葉子秋的秋老師，他臉上的表情祥和，彷彿終於放下了什麼，終於如釋重負，終於終於，他們都走出來了一些些。

春天也快結束了，小秋貓依然只在秋天出現。下一次的秋天，將會是我最後一年見到牠了吧。

我依然每天做便當給秋老師，但沒有再和他單獨見面了。

該說是我不好意思，或是我知道秋老師還不知道要如何面對我吧？總之，我停止了之前莽撞的行爲。

也許是自我意識作祟，我想拯救他們，並不是想讓秋老師忘記葉山奈而喜歡上我。

但眞的是這樣嗎？

之所以想將他們從葉山奈的回憶中拉出來，難道不是因爲我害怕秋老師一直想念一個死去的人嗎？

我要怎麼跟一個死去的人競爭？

因爲我害怕秋老師永遠不會喜歡上我，所以才想救他。

不論怎樣想，我就是會想到這個點上，然後自我嫌惡的感覺便會油然而生。

因此我想暫時和秋老師保持距離，暫時就好。

我會在烹飪教室做好便當後，送到老師辦公室，以烹飪社社長的名義放在他桌上，並告訴其他老師，這是烹飪社的心意。

大家都不會懷疑，除了秋老師知道事情的眞相外，沒有其他人會知道。

高二上學期結束前夕，我整理完烹飪教室，準備回家。正要踏出校門口時，卻看見幾個穿著他校高中制服的男生在校門口徘徊。

我認出那些是以前常和葉子秋起衝突的他校生，但他們看起來似乎不像是要來找麻煩的，只是不斷朝學校裡東張西望。

「你們要找葉子秋嗎？」我主動走上前。

我當然沒有蠢到相信世界上所有人都是善良的，不過我也認爲他們不會無緣無故傷害我。

那幾個人因我的主動搭話而顯得困惑，其中一人認出我，嘀咕說著好像曾經在葉子秋身邊看過我。

「妳是他馬子？」一個高大的男生接話，是那個常帶頭跟葉子秋單挑的人。

「不是，是他朋友，你們要找他？」

「……他最近在幹麼？」

我抿了下唇，他們這是在關心葉子秋嗎？

果然當初他們就不是爲了找碴而來吧，應該是葉子秋看見人家拿著他抱小秋貓玩的照片，就惱羞成怒以爲對方要找麻煩，不分青紅皂白搶先動手。

「他最近就上課、下課，對了，我想問一下照片的事情。」

念。

「照片？妳說貓的那張？靠！」好像講起這個就有氣，爲首的那個高大男生開始碎碎念。

我正想向前幾步好聽個清楚，一雙手卻將我往後拉，葉子秋背著書包，站在我身後。

「什麼事？」他防備地看著那幾個他校生，一臉又是要準備打架的模樣。

他一擺出那表情，就連我都想找武器自衛了，何況是視打架如家常便飯的那群他校生。

只見那個高大的男生收起笑容，做出幹架預備姿勢，葉子秋還當眞帥氣地把書包掛到我身上，要我先走。

「白痴嗎？你們幾個！」我大翻白眼擋在中間，不理會雙方的錯愕，說：「請問剛剛是發生什麼事情非得要打架？我並沒有看見什麼衝突，爲什麼莫名其妙就要打架了？」

「他們找妳麻煩。」葉子秋理所當然地說。

「誰找她麻煩，是她先來跟我們搭話的！」那個高大的男生大聲抗議。

「妳去搭話？」葉子秋狐疑地看著我，我點點頭，把他掛在我肩上的書包掛回他肩膀。

「因爲我上次聽你那樣講，覺得根本是你自己先找碴，人家無緣無故被你痛打一頓，當然之後會一直找你報仇。」

我的話讓葉子秋微微瞪大眼睛，而那個高大的男生則張大嘴指著我說：「對、對對對，就是這麼一回事。」

葉子秋橫了他一眼。我搖搖頭，拍拍葉子秋的肩膀，「就像剛剛一樣，明明是我去搭話，我們也只是在講話，你卻認爲他們在找我麻煩。你總是會先入爲主，這樣不行啦。」

他瞇著眼看我，好像在說：「這裡還輪不到妳說話。」

不過我不理他，問那個領頭的高大男生，「所以你當時拿照片給他，到底是要幹麼？」

「我看見他在逗貓玩……我講的是實話啊，你又一臉不爽是想怎樣？」他看著葉子秋，警戒地舉起手想防禦。

我擺擺手說：「別理葉子秋啦，這是他傲嬌的表現。」只要提到葉子秋稍微可愛些的那一面，他就會擺出一張好像要揍死對方的臉。

「我覺得妳才要離他遠一點，他看起來要揍妳了。」那個高大的男生說。

「放心，我是女人，他不打女人，我非常感激這一點。」我說。

因爲這樣，氣氛輕鬆了些，幾個他校生都笑出了聲，葉子秋依然一臉不爽，但是也沒再有其他舉動。

「反正，我拍那張照片只是想拍貓，因爲我家的貓那時候剛好生了小貓，我找照片給你們看……」那個高大的男生一面滑著手機一面朝我們走過來，將螢幕轉向我們，「這是現在的照片了，不覺得跟你抱的那隻貓花色很像嗎？」

「貓的花色不都差不多。」葉子秋不以爲然。

我仔細檢視螢幕上的照片，那些貓的花色跟小秋貓不只相像，連眼睛也是如楓葉般的紅褐色。

「所以你覺得是你家母貓跟小秋貓生小貓了？」

「我是這麼猜的啊，所以我才想去問他，結果沒想到才遞出照片給他，他馬上就貓來一拳，後來就一直互相打到現在。」高大的男生說完，自己也覺得很滑稽，表情十分微妙。

果然你們男生拳頭動得比腦筋還快。

「又不是我的貓。」葉子秋終於知道自己多愚蠢，有些彆扭地說。

「我又不是要找你負責。」那個高大的男生笑了笑。

「這畫面好奇怪，好像女兒被弄大肚子一樣。」我哈哈大笑，「不過小秋貓應該也有十歲以上了吧，算是老貓了，居然還能生小貓，眞的是很拚啊……」

「妳，閉嘴。」葉子秋說，我吐了吐舌頭閉上嘴巴。

「去年生了五隻貓，送走三隻還有兩隻，我們還在找人認養，你有興趣嗎？」那個高大的男生解釋，「其實我一直都只是想問你這句話而已。」

結果因爲葉子秋的死傲嬌個性，讓他們打了一年的冤枉架。

我和葉子秋在河堤邊慢慢散步，他雙手插在口袋，忽然停下腳步往河堤對面的學校看去。

「怎麼了？」

「山奈和秋時緯，以前一定也常常坐在這裡看著學校、看著星星，然後聊天吧？」

「應該是吧。」

他低頭看著我，「妳喜歡秋時緯，會很辛苦。」

我心中一凜，問他是什麼意思，他卻苦笑了下，說我知道是什麼意思。

「選我妳會比較輕鬆。」

「那就會換你不輕鬆了。」我笑了幾聲。

葉子秋聳聳肩，「山奈最喜歡野薑花，妳知道野薑花的花語嗎？」

「不知道，但我可以現在馬上google。」說完我拿出手機，但葉子秋壓下我的手。

「代表愉快、高潔清雅。」

「很適合山奈。」

葉子秋看了看我，「還有另一個意思——如何才能不愛你。不覺得很適合秋時緯嗎？他依然愛著記憶中的山奈。」

我低頭不語，葉子秋鼻間的嘆息聽來格外清晰。

「所以我才說，妳會很辛苦。」

「喜歡一個人本來就很辛苦，如果連那份辛苦都無法承受，那就不需要喜歡了。」我抬頭看向葉子秋，「我說了會連同山奈的份一起愛你們，意思也是，我會承受你們失去山奈的傷痛。」

葉子秋有些訝異，他以爲我會知難而退。

我露出笑容，把我的手機螢幕轉向他，「而且你漏掉了，野薑花的花語還有『力量』和『信賴』。」

他看了眼我的手機螢幕，露出欣慰的笑容，指著上面幾行字說：「這邊寫著，野薑花還有另一個花語，叫做『無聊』。」

「啊？怎麼會有花的花語是無聊？」我瞪大眼睛，「看樣子你姊姊眞是特別。」

「是啊，她一直都很特別。」他說，「妳也是。」

「大家都很特別，每個人都是。反正，我知道你是爲我好，但我還是喜歡秋老師，當然我也有過卑鄙的念頭，所以……」聳聳肩，我沒再說下去。

「卑鄙的念頭是什麼？」

就是我懷疑是不是爲了自己，才想要解救他們，但是……「哎唷，我不想講啦，我自己光用想的就覺得好丟臉。」

「但我想絕對不是選擇我這一項吧。」

我深吸了一口氣，又重重吐了一口氣，然後用力一拳揍向葉子秋，但他可能打架習慣了，居然閃過我的拳頭，他滿臉不敢置信地問：「妳剛剛是想打我嗎？」

「對，你也閃太快了！」我握緊另一隻拳頭，往前跨一大步又要揍他。

「幹麼要打我？」他再一次閃過。

「就覺得生氣、覺得煩。」爲什麼老是動不動就要提到喜歡我這件事呢？所以我舉起拳頭又往他身上招呼。

「妳不是說不能動手動腳？不是說打架不好？」他靈巧地閃開。

「對，但我現在體會到你說的拳頭比較快這句話是什麼意思了。」我又往前。

葉子秋一邊笑一邊避開我構不成威脅的拳頭，下一秒他伸手一把握住我的拳頭，並用力將我拉向他。

「幹麼！」我想抽出拳頭，卻被他牢牢抓在掌心裡。

「秋時緯怎麼回答妳？」

我先是一愣，過了幾秒才明白他在問什麼。

我搖搖頭，「不是說過了，沒聽他開口我就跑了。」

葉子秋覺得好笑，「妳敢撐起我們的悲傷，卻不敢聽他的回答？剛剛還講得那麼好聽。」

「你、你管我！」我對他吐舌頭，「放開我啦！」

他鬆開我的手，依然打趣地看著我，「好吧，那我還有點機會。」

我瞪他，「你還想繼續說這件事呀？」我摩拳擦掌，準備再給他一拳。

「好，不說了，講點別的吧。」他舉起雙手，表情還是很討厭，「開學就高二下了，妳有想好要考什麼學校嗎？」

「突然聊這麼正經的話題？眞是天要下紅雨了！」我大喊。

他卻不懷好意地說：「不然換回剛剛的話題。」

「抱歉，我們就討論升學吧。」我拱手，「但是你考得上大學嗎？」

「妳忘了我全校排名一直都在前十名嗎？七七七。」可惡！他居然還記得我之前的排名！

都是因爲他一直打架、一直作怪，每次都被教官念東罵西的，所以我老是忘記葉子秋的成績其實很好！

「哼，反正我下學期再努力也來得及，人家都說就算在我們高中最後一名，在別的高中也可以排到中間名次。」

「太誇張了，妳當別人都笨蛋？」葉子秋又笑了。我現在越來越能體會，當初張奕欣所說的，葉子秋以前其實很愛笑。

察覺我在盯著他看，葉子秋不自在地挑眉，問我幹什麼。

「我只是在想，你笑起來很好看。」要是葉山奈也可以看見，一定很高興。

葉子秋這傲嬌鬼耳根又開始泛紅，然後出拳打我的頭，「我警告妳，別再對我這麼毫無防備。」

然而他對我的警告老是不管用，我笑了起來。

雖然他偶爾會讓我不知道該怎麼反應，可是大多時候，和葉子秋在一起都是溫暖的。

我從來不知道，世界上有種喜歡，是可以讓人溫暖得沒有負擔。

「我猜妳一定是想走餐飲相關科系吧。」

「當然，噢，雖然過程可能會很辛苦。」畢竟我的料理賣相可能一輩子都很難改善了吧。「那你呢？」

他想了想，卻像是早就決定好以後的路，「老師。」

「你要當老師?該不會是國文老師吧？」我開玩笑地說，但葉子秋竟然點頭，爲此我的心猛地一揪，「你也想完成葉山奈的心願?幫她過她沒能過完的人生?你選擇這所高中也是因爲她吧？」

他點點頭，又搖搖頭，「如果我和他之間，一定要有個人幫山奈活下去，那麼由我這個弟弟來做會比一個外人好多了。」

葉子秋說出的話依然尖銳，言下之意卻很溫柔，我只覺得好想哭。

「我想秋老師不會那樣希望的，那是他自己的選擇，你大可以選擇你自己的路啊。」況且這樣秋老師只怕會更自責吧。

「大不了就我們兩個都當老師，到時候我二十六歲，他三十六歲，看誰比較受歡迎。」

葉子秋眼裡泛起調皮的光彩，我先是一愣，接著放聲大笑。

葉山奈，妳眞是幸福，有這樣的兩個男人愛妳。

我寫了張紙條塞進秋老師家的門縫，告訴他寒假我要回親戚家住幾天，要他乖乖吃飯，我很快就會回來。秋老師當然不會回覆我，連訊息什麼的也沒有。

我躺在二姑姑家的床上，抬頭看向窗外，腦中響起的依然還是那首搖籃曲。

聽見外頭的貓叫聲，我從床上跳下來，偷偷摸摸來到廚房裝了盤牛奶，不知道貓老大是不是一樣是那隻花貓。

貓群有新角色，也有還認得我的舊角色，牠們躲在角落裡喵喵叫，依然警戒。

我蹲下身，把盤子放在地上，按照慣例地往後退。

圍牆下的陰暗處走出一隻熟悉的花貓，這區的老大果然還是牠。

我正想微笑，卻發現花貓後面跟著三隻幼貓。

「哇！什麼，原來妳是母貓？」

花貓像是看白痴般看著我，那幾隻幼貓蹦蹦跳跳來到盤子前舔喝牛奶。

「妳也有自己的家了，屬於自己眞正的家。」我有些感動，牠看著我，對我喵了聲。

偶爾葉子秋會傳簡訊過來，他最後還是向那個身材高大的他校生領養了一隻貓，現在似乎還和對方成爲不錯的朋友，這一定是他當初始料未及的事情吧。

待在二姑姑家越久，我就越是想念秋老師。有時候我甚至會想，就算我是爲了讓秋老師喜歡上我，才希望他忘記葉山奈，那又如何？我希望喜歡的人心裡只有我，這很正常吧？

但如果沒有葉山奈，就不會有現在的秋老師，那我也就不會喜歡上秋老師。

所以我得出一個結論——我喜歡秋老師，連他心裡有一處永遠會留給葉山奈的這點我都愛。

秋老師的全部，包括他的過去、思想、呼吸，一切的一切，甚至愛過的女人我都愛。

我看著天上的星星，覺得自己真的是瘋了，能做到這種程度的女孩恐怕只有我了。

秋老師，你不選我，你還能選誰？

開學前幾天，我懷抱著興奮的心情回到住處，忍住去摁秋老師家門鈴的衝動，先回到自己的房間放下行李，接著才去摁他家電鈴。

這一次，我觀察到貓眼只暗下幾秒鐘，秋老師便打開門。

「秋老師！我來找你了！」我笑著說，感覺已經好久沒見到秋老師，下一秒我居然就哭了，「秋老師，我好想你！」嚎啕大哭，莫名其妙的，我明明很開心啊。

秋老師猶豫了老半天，才伸手摸摸我的頭，他的溫柔讓我得寸進尺，我趁機抱住他。

「喂喂，這太過分了。」秋老師的聲音尷尬無比，我卻笑起來，又哭又笑的。

「有什麼關係，又沒人看見，我現在也沒穿制服。」這個理由暫時說服了秋老師，便任憑我抱著他。

「小貓，不要喜歡我。」他的聲音很是無奈，「找和妳年紀相仿的……例如子……」

「勸君莫惜金縷衣，勸君惜取少年時。花開堪折直須折，莫待無花空折枝。」

「對，所以別把妳的青春浪費在我身上。」

我抬頭看著秋老師，「我在花開的時候遇見你，在最美的青春時期喜歡上你，就像那首詩一樣，請你不要無視、強迫那些情感凋謝。」

「那是因爲妳還沒看過很多人，也還沒看過世界，才會覺得好像很憧憬我，但其實這不是愛情……等妳長大一點就會發現……」

「你跟葉山奈還不是在十六歲認識，而你卻愛她到現在？」我噘著嘴，「好啊，那你等我長大，等我十八歲成年，等我脫離『你的學生』這個身分。我也會聽你的話，去接觸和我相同年紀的男生，多認識周遭的人，多看看這個世界。如果到時候我還是喜歡你，那你是不是就可以正視我的感情？」

他被我堵得說不出話，我滿意地抱住他。

雖然韓千渝說，這樣的愛情不道德。可是，如果一份愛情會因爲這樣就凋謝，會因爲這樣就維持不下去，難道眞的是顧忌所謂的「道德」的嗎？

難道不是因爲我們的愛不夠堅定、不夠勇敢？

我沒有辦法評斷別人的愛情，因爲每個人的狀況不同，但我可以掌握自己的。

我看著秋老師，對他甜甜一笑。

「秋老師，我喜歡你，但你的回答可以等到我畢業那天再告訴我。」

他拿我沒辦法，無奈地嘆了口氣，我應該造成他很大的困擾吧。

「妳眞的很麻煩。」但他還是對我露出了笑容。

第十六章

大家都是用自己的方式，守護重要的人。

「天啊天啊！社長！妳的菜又燒焦了啦！」

「那不是燒焦，只是賣相比較糟糕！」

「社長！這邊的雞蛋不夠了！」

「雞蛋剛剛買回來了，去後面的櫃子找一下！」

「社長！這個爲什麼沒有膨脹啊？」

去年的社展在余甄指揮下，雖然混亂但過程還算順利，今年我卻弄得手忙腳亂，張奕欣也恍神到差點把鹽巴加進麵粉。好在烹飪社有一套SOP，就算手忙腳亂也勉強能維持亂中有序。

好不容易應付完持有招待券的參觀訪客後，暫時可以輕鬆一點，葉子秋卻挑這時候出現。

「這麼亂？」他語帶嘲笑。

「你每次都挑社展快結束才來！」我瞪他一眼。

「不想人擠人。」他說，但一點用也沒有。

葉子秋現在是學校的風雲人物，自從他不再鬧事後，女粉絲翻倍不說，連韓千渝現在提到他眼裡都會冒出幾顆小星星。

「超級累的，隨意可以嗎？」我問他，他卻搖頭。

他拿出招待券露出笑容，「我是客人，所以要招待我。」

然後我們又開始忙得要死，因爲他一進來，其他本來已經吃完離開的女生，又吵著要再進來一次。

「反正食材也還有，就再多做些吧。」張奕欣笑得很開心，葉子秋又成爲她所認識的他了。

「沒想到可以一直同校。」葉子秋看了張奕欣一眼。

短短一句話讓張奕欣瞪大眼睛，她知道葉子秋記得她，但沒料到他會主動跟她說話。

「妳知道我有一種鳥媽媽看著孩子終於會飛的感覺嗎？這就是女人的母性嗎？」張奕欣故意假裝擦眼淚。

「小貓！我們來了！」韓千渝和這次猜拳猜贏的小竹來到烹飪教室。

「妳們不是剛剛才來過……嗚嗚！」

「哎唷，抱歉我們拖到現在才來。」摀住我嘴巴的小竹一面說一面偷瞄葉子秋。

「是呀，沒想到會遇到葉子秋呢。」韓千渝也紅著臉偷看。

妳們這兩個花痴！

於是韓千渝和小竹一面跟葉子秋搭話，一面吃著她們剛剛明明已經吃過的東西。

「我看我們烹飪社也要找一個吉祥物，例如受歡迎的男生，這樣子一定會更熱門。」張奕欣一邊炒飯一邊感慨。

「妳還嫌現在不夠熱門呀？」每次發放招待券都是秒殺呢。

一陣兵荒馬亂後，社展總算順利落幕。我們幾個在烹飪教室善後時，葉子秋依然坐在一旁，拿著一疊應該是照片的東西不知道在幹麼。

「你出去啦，在這裡會打擾我們。」我拿著抹布對他說。

「不會，沒關係。」

「我不覺得被打擾。」

幾個吃裡扒外的社員卻馬上插話，她們就是想保養眼睛。

葉子秋對我聳聳肩，繼續低頭看著他手裡的東西。

「那是什麼？」

「觀星社社展所展示的照片。」他拿起其中一張給我看。

深藍漸黑的夜空，上頭點綴著些許白點星光，中間則是一大片白光，混合著紫藍、青藍，還帶點紅色，漸層色調讓人移不開眼睛，整片星空美得如夢似幻。

「你拍的？」

「很多社員一起拍的，觀星社只展示照片。」葉子秋滿意地端詳那些照片。

「看樣子經營的很好呀。」我覺得很欣慰。

「不過社展結束後我就要卸任了，交給下一屆。」

「我以爲你會當社長當到畢業。」畢竟是他一手創建的社團。

「如果我想要成爲一個老師，那我還有很多功課要做。」他收好照片，「妳應該會當社長到畢業吧。」

我點頭，「這是當然，而且我怕我一不當社長，新上任的社長說不定就會因爲食物賣相的問題把我踢走。」

聽到我的自我解嘲，葉子秋笑得很開心。

等所有社員都離開後，我重新穿上圍裙，拿出鍋具，葉子秋則站起來，了然於胸地問：「約了秋時緯？」

「還沒約，但我想他知道我會約他。」我將預留下來的雞肉切丁，再洗淨蔬菜，拿了幾朵蘑菇。

「妳和他現在到底是什麼關係？」

我沒有回答，我也不知道。但這樣就夠了。

「蠢貓，妳還沒十八歲，小心一點。」

我有些驚訝，抬頭看向葉子秋，他卻忽然不爽地踢了踢旁邊的椅子。

「爲什麼是我要來提醒你們小心點？有沒有搞錯啊。」

我笑了起來，葉子秋有些惱怒地看著我，走過來用手彈了彈我的額頭，「別笑，妳眞的是笨死了。」他踩著重重的腳步離開。

我把切成塊狀的馬鈴薯和紅蘿蔔放進滾燙的熱水中，再將洋蔥與雞肉先炒軟，等雞肉表皮略帶焦黃後，把雞肉挑出放在一旁，再放入芹菜、番茄、高麗菜等繼續拌炒出香氣，最後再全部丟進剛才燉煮紅蘿蔔的鍋中，蔬菜湯就完成了。

接著把剛才的雞肉倒進平底鍋，與洋蔥、蘑菇、迷迭香一起拌炒，加入一點點義式香料以及蔬菜湯調味，再加入奶油、香草後關火。

我在白飯上淋上奶油燉雞醬汁，把湯放在一旁，拍了張照片傳給秋老師。然後看著外頭依然還亮著的天空，等候秋老師過來。

我聽見腳步聲，不疾不徐，落在前門。

秋老師站在那裡，臉上的表情不是一個老師，而是一直以來我認識的那個男人。

「今天生意這麼好，我以為妳不會煮了。」

「身為顧問老師，你應該來看一下才對。」重複一年前對他說過的話，我拉開椅子，示意他坐下。

他聳聳肩，走向我，「我不會過問烹飪社的事，全權交給社長。」

「那，社長就掌管顧問老師的飲食吧，請吃。」我壓了壓他的肩膀，讓他坐到椅子上「今天是奶油燉雞飯跟田園蔬菜湯，很棒吧！是不是像餐廳一樣？」

秋老師拿起湯匙吃了一口，「嗯，味道比餐廳還棒，但外觀就……奶油燉雞飯應該要是白色的吧，怎麼會是這種奇怪的顏色？」

看他瞇起眼睛，一副又想捉弄我的模樣，我立刻撇過頭，故意拿起桌上的碗盤，「那不要吃，沒關係。」

「開個小玩笑都不行？」他一手撐著頭，側著臉看我。

喔喔，他這樣子好可愛，怎麼會這麼可愛。

「哼，好吧，我原諒你。」我把碗盤放回他面前，「秋老師，有件事情我有點好奇。」

「嗯？」他吃得津津有味。

「我聽過一個傳聞，說學校有一間超大的老師休息室，裡面放著很多可以抒壓的小玩物，是眞的嗎？」

他看了我一眼，神情莫測高深，「這可是學校的機密，我不會跟妳說的。」

「那就是有了！」我推了推他，秋老師笑了起來。

也許因爲是在烹飪教室，也許是因爲已經放學了，也許是因爲夏天傍晚的暑氣沖昏我的頭，也許是因爲秋老師今天穿著白色襯衫，很像是我們學校的男生制服。所以我才會忽然忘記這裡是學校，才會忽然忘記他是老師。

我彎下腰，自然而然地在他臉頰上烙下一吻。

秋老師一愣，有些臉紅又有些生氣，「喂，妳搞什麼，這裡是學校……而且這是第二次，妳都不需要經過我的同意嗎？」

「我、我只是……情不自禁嘛！」

我的解釋聽在秋老師耳裡似乎是幫了倒忙，他垂下頭，「什麼情不自禁，妳是男生喔，高中生眞的很可怕……」

他嘴裡碎念著，我卻覺得這樣的秋老師好可愛，垂著頭的他露出後頸，襯衫領子也沒有翻好，天呀，眞的好可愛……

怎麼回事，我現在好想緊緊抱著他，但我是女生，應該要矜持一點，不行不行，得趕快看別的地方轉移注意力才行。

但當我往走廊看去，發現韓千渝站在那裡。

她一臉不敢置信，臉色鐵青。

「千渝！」我驚呼，秋老師也抬頭往外看去。

韓千渝拔腿就跑，只聽見她紛亂的腳步聲在樓梯間漸行漸遠。

我感到一陣暈眩，被看到了，被看到了，被韓千渝看到了。

她看到了些什麼？她從什麼時候開始站在那裡的？她有聽到我們說話的內容嗎？

「站好。」秋老師扶住我，這個瞬間，我覺得四周的聲音好像突然消失，只聽得見我心臟跳動的聲音，每一次跳動都震得我全身作痛。

「秋老師，怎麼辦？被看到了！」我的聲音在發抖，嘴唇也泛白，秋老師的臉色沒比我好到哪裡去。

「沒事，快回家吧。」但他還是摸摸我的頭安慰我。

我一邊發抖一邊整理桌面，好幾次差點打破盤子，最後還是秋老師幫我收拾好一切。走到校門口時，他又對我說了一次沒事，「就算有事，也不關妳的事。」他面露微笑。

我覺得非常不安，什麼話都說不出來。

回家的路上，我好幾次想打電話給韓千渝，可是我該對她說些什麼？

我記得她說過的話，她對於「不合常理」的事情是多麼排斥。葉子秋是愛打架的老大時，她不喜歡；談到愛慕老師的話題時，她不能接受。她說活在社會上就要符合規範，那種愛情不道德。

我覺得全身好重，她會怎麼做？會告訴別人嗎？

怎麼辦？

我哭了起來，最近發生的事情都太過順利，所以我才忽略了根本的問題。

我深刻體會到自己的魯莽還有愚蠢。

葉子秋明明說過要我小心的。

我聽見秋老師在家裡走動發出的聲響，我原本想過去問他該怎麼辦卻躊躇了，如果又被人看見呢？

所以我只是躲在陰暗的房間裡，沒有開燈，讓外頭微弱的星光照進房內，讓秋老師的搖籃曲陪我入睡。

隔天我戰戰兢兢地來到學校，踏進教室前先深吸一口氣，韓千渝和梅蘭竹菊坐在位子上正因某件事情放聲大笑，我咬著下唇握緊雙拳，緩步往前，「那個……早安……」

她們五個轉頭看我，瞬間像是時間停止了一般。

「臉色怎麼那麼差？」先說話的是小菊，她的態度平常，我稍微鬆了一口氣，梅蘭竹三人的反應也跟平時沒什麼兩樣。

我將眼神轉到一直不發一語的韓千渝臉上，卻發現她面帶笑容，「早安。」

咦？她的態度就跟之前一樣，這是怎麼回事？

難道昨天的事情是我在做夢嗎？還是說其實一切都是我多慮了，韓千渝並不覺得那有什麼，就跟張奕欣一樣，不覺得我喜歡老師很奇怪？

就在我愣愣地看著她的時候，她再次對我嫣然一笑，「小貓，我眞是沒想到，妳和秋老師居然會在烹飪教室……」

吭啷——

爲了衝上前制止韓千渝接下來要說的話，我不小心踢倒書桌，班上的同學被突如其來的聲音驚嚇到齊齊看了過來，我摀住韓千渝的嘴巴，她雙眼流露出滿滿的不屑。

「妳們在幹麼？」小蘭不解。

「和秋老師在烹飪教室怎麼了？」小菊問。

「昨天社展結束，我留下來在烹飪教室煮東西給秋老師吃。」我的眼睛沒有離開韓千渝，手也沒離開，但我的嘴自動說起話來。

「欸，很過分欸，顧問老師就是有這種優待。」小梅一邊說一邊扶起被我撞倒的桌子。

「不用人擠人眞好。」小竹捶著自己的肩膀。

「千渝，跟我來。」我拉著韓千渝的手往外跑，連書包都沒有放下，她一路都想掙脫我緊握的手。

我把她帶到體育館邊的空地，除了運動社團，早自習時間這裡通常不會有人。

「放開啦！」韓千渝用力甩開我的手。

「爲什麼！」我看著她，眼眶含淚。

她冷笑一聲，「什麼爲什麼？」

「爲什麼要在大家面前說？」

「我有說錯嗎？我只是把看到的事情說出來而已。」韓千渝滿臉嫌惡，「妳眞是瘋了，怎麼能跟老師在學校卿卿我我？妳有問題嗎？他是老師，妳是學生欸！」

「我就是喜歡上老師了，這不關老師的事情，是我的問題。」我還是掉下眼淚。

「不要哭哭啼啼，好像我是壞人一樣！」韓千渝推了我一把，「妳搞清楚是誰錯了？秋老師是成年人，妳還未成年，光憑這一點他就不該靠近妳！」

「是我自己靠近秋老師的，他很努力要跟我保持距離，是我的關係！」

「他還不夠努力！妳昏頭，他沒必要跟妳一起昏頭，妳蠢斃了，妳會毀了妳的人生，這種錯覺的憧憬才不是愛情！」韓千渝咄咄逼人，「我要罵醒妳，老師只是看妳有趣、新鮮，只是想跟妳玩玩而已！」

「妳什麼都不知道，不要妄下定論。」妳甚至連葉山奈的事情都不知道，又憑什麼說我對秋老師的感情只是錯覺。

「我不用知道，就跟其他人不用知道妳的愛情有多偉大一樣，他們只要知道這是一段不倫、一段悖德的關係就夠了！」她抬起下巴，看著我的眼神就好像我是多麼糟糕的人。

「妳根本不了解我……」我緊咬下唇，幾乎可以嘗到血的滋味。

「我是不了解妳，那妳又了解我嗎？」韓千渝的氣燄稍稍降下，「至少我知道，這段關係是不對的。」

我抓住她的手腕，淚眼婆娑，「求求妳，不要說，不要告訴任何人，我求妳。」

「……我要去跟主任說，讓他開除秋老師。」

我用力搖頭，馬上跪下來，韓千渝被我的舉動嚇到，退後一步，「妳幹什麼？」

「拜託妳不要說，要我做什麼都可以，都是我的錯，是我擅自喜歡老師，老師從來沒答應過我啊！拜託不要跟任何人說！」我瘋狂地對她磕頭。

這不單單是秋老師職業生涯的問題，我知道秋老師就算不當老師，也有其他工作可以做。但是對他而言，這份工作、這所高中，是葉山奈。

我不能連這個都奪走，這些是聯繫他與葉山奈之間的一切回憶，有他的青春歲月，有他愛的女人，每一個地方都有他們過去的點點滴滴。

「夠了啦！倪苗！起來！」韓千渝奮力拉著我。

「答應我，不然我不起來！」

「妳還敢跟我談條件！」

「只要妳不說，我就不會再跟秋老師私下見面，我不會再跟秋老師有任何交集，我求妳！」我繼續抓著她的裙襬，繼續用力磕頭。

「好啦好啦！我知道了，妳不要再這個樣子了！」韓千渝終於妥協。

「眞的嗎？」我抬頭，她神色驚訝地看著我，手朝我額頭摸來，「啊，好痛！」

「妳白痴嗎？都磕到破皮了！」

「謝謝妳不說，謝謝妳答應我，眞的謝謝妳。」我一面哭著道謝，一面讓韓千渝扶著站起來。

她的表情很複雜，好像想痛罵我卻無法開口，只是攙扶著我往保健室走去。

在經過一樓中庭時，正巧看見剛從教室走出來的秋老師，他瞪大眼睛看著我的額頭，我則對他微笑。

秋老師，我會守護你。

「好痛！」保健室阿姨夾著沾滿碘酒的棉花在我額頭上來回擦拭，一點也不溫柔。

「是撞到頭喔，怎麼會傷在這邊啦！」阿姨碎念，韓千渝在一旁有些氣惱。

「不小心撞到牆壁啦，哈哈。」我乾笑兩聲，被韓千渝瞪了一眼。

「小心一點啊，最好去醫院檢查一下，小心腦震盪。」

「她腦袋早就撞壞了！」韓千渝沒好氣地說。

「我看讓她在這裡休息一下啦，妳去跟第一堂課的老師說一聲，我蓋個章給妳。」保健室阿姨將我安置在床上，叮嚀我如果頭暈想吐要跟她說，接著便領著韓千渝到前方辦公桌。

韓千渝離開後不久，保健室的門再次被打開，進來的是秋老師。

「哎呀，秋老師，怎麼了嗎？」我聽見保健室阿姨站起來推開椅子的聲音。

「剛剛我看見一位學生被扶進來，好像額頭怎麼了？」秋老師的聲音聽起來很焦急，我想坐起身，卻覺得有些暈眩。

「喔，是有一個啦，說是撞到牆，在裡面躺著休息。不過沒想到秋老師這麼關心學生呢，眞是好老師，那麻煩秋老師幫我照顧她一下，我要拿東西到總務處。」保健室阿姨的話讓我一驚，不行！秋老師不能過來，韓千渝等會兒回來看到的話就糟糕了！

白色的簾子被秋老師拉開，他看見頭上貼著紗布的我，皺起眉頭來到我身邊，伸手撥開我的瀏海，「還有哪裡受傷？」

「沒、沒有，秋老師，離我遠一點……」我小聲地說。

他卻抓住我的手，「妳居然會要我離妳遠一點？發生什麼事情了？說！」

他看起來很生氣，我想掙脫他的手，但他抓得很緊，「秋老師，拜託，不要問我。」

「是韓千渝跟妳說了什麼對吧？妳別傻了，我不是說了一切都不關妳的事，發生什麼事都由我來負責。」

「不要，秋老師。」我噙著淚水，認眞地對他說：「讓我用我的方式守護你。」

「妳要怎樣守護……」

「秋老師，我會一直喜歡你，你只要記得這個就好。」我壓低聲音，眼淚滴到床單上，「所以讓我用我的方式守護你，好嗎？」

「小貓……」他還想說什麼，我用力搖頭。

「如果說愛情發生的時機不對，那我可以等到時機對的那天。」我擠出微笑，秋老師的雙眼流露出不捨。

「小貓，這一節要考試，如果妳沒有很不舒服……」韓千渝忽然出現在床尾，她的震驚全寫在臉上，下一秒她立刻衝過來把秋老師撞開。

「千、千渝，不是，妳聽我說……」

「妳才剛答應我，就馬上和他單獨見面，妳要我怎麼相信妳！」韓千渝惡狠狠地瞪著秋老師。

「韓千渝。」秋老師出聲，我則用力搖頭。

「不要讓我的苦心白費，秋老師！」我看著秋老師，讓他知道我有多認眞，「秋老師，你快走吧。」

秋老師看了看我，又看了看韓千渝。

「老師再見。」我小聲地說，在那瞬間，我覺得秋老師的表情就像是要哭了般難受。

等秋老師離開後，韓千渝氣得臉都變形了，她怒叱我不該馬上食言。

「那是意外，老師過來看看我而已，我發誓，以後不會再有這種事情發生了。」

「妳不要考驗我的耐性，倪苗，我真的會去說。」韓千渝嚴肅地瞪著我。

我知道她會的，只要再一次，她就會去說。

所以我點頭，跟她保證再也不會有下一次。

「秋老師，請你什麼也別做，就跟以前一樣就好。也別去找韓千渝，不然我的努力都會白費，我的傷也白受了。你想守護葉山奈，我想守護你和葉山奈共同的回憶。如果你不聽我的話，我會生氣，就不再做飯給你吃，但我還是會喜歡你，只是我會很難過。」

傳完訊息，我呆坐在房間地上，看著窗外的星空。

接著我聽見秋老師拉開窗戶，但沒有聽見葉山奈的語音留言聲，我猜他應該也在看星星。

他輕輕哼著那首搖籃曲，聽起來已經沒有以前那麼悲傷，卻有些落寞。

手機響起訊息提示音，我嚇了一跳，打開發現是秋老師傳來的，下一秒，又馬上再傳來一封，這是怎麼回事？

我猛然意識到窗戶沒關，剛才的手機訊息提示音或許被秋老師察覺到了，我才剛這麼想，秋老師竟又傳來第三封訊息，我趕緊衝到窗邊，用力將窗戶關上。

這時，我才想到應該把手機切換成靜音，而不是匆匆忙忙地跑去關窗戶，那刺耳的聲音在寂靜的夜裡可清楚得很。

我深吸一口氣，點開訊息。

「守護我？我大妳十歲，妳傻了嗎？這種事情輪不到妳操心。」

果然像是秋老師會說的話，依他的個性，肯定不管韓千渝怎樣威脅，想做什麼就會去做吧。

從這點來看，他跟葉子秋幾乎一樣。

「妳在哪裡？」

這是第二封簡訊。

「。」

第三封簡訊只有一個句點。

當我心裡還想著「不會吧」的時候，我家的門鈴響了。

我嚇得差點將手機摔到地毯上，心臟瘋狂跳動，然後電鈴聲又響起。

別緊張！說不定只是送貨的！

我從地板上緩緩站起，步伐盡量放輕，不發出一點聲響，走到玄關處，正想從貓眼偷看的時候，手機忽然震動起來，這一次手機真的摔到地上了。

掉在地板上依然震動個不停的手機，螢幕上閃爍著來電顯示——秋時緯。我撿起手機按下掛掉。秋老師第一次打電話給我，我居然掛掉，真是的！

然後我躡手躡腳地把眼睛湊向貓眼，卻發現門外的秋老師也正盯著貓眼看。

我嚇得往後一縮，安慰自己冷靜點，秋老師頂多只會知道有人從貓眼看他，並不會知道是我。戰戰兢兢地，我深吸一口氣，再次湊向貓眼。

而秋老師已經離開了。

鬆了一口氣，我全身無力地跪坐在玄關地板上，半晌才恢復力氣。慢慢走回床邊，手機再次收到一封訊息。

「打開窗户。」

唉，還是被他發現了。

沒想到會是這樣被發現。

我拉開窗戶，聞到淡淡的菸味，秋老師已經站在窗邊。

「我熄掉菸了。」他說。

「原來妳住在隔壁，這樣一切就都說得通了。我老是想妳怎麼有辦法每天都跑來，在我打開門前又迅速消失無蹤。」

我沒吭聲，聽到秋老師的嘆氣聲。

「不用妳守護我，如果我連這點事都做不了，那不是太可笑了？」

秋老師還是聽不懂我的話，為什麼連讓我守護他的機會都不給我？我知道我才十七歲，能做的事情少之又少，但我還是想跟秋老師站在對等的關係。

「韓千渝要說就讓她去說，我自然有辦法。」

「你能有什麼辦法？」我壓低聲音說。

「妳願意說話了？」秋老師輕笑。

從窗外看出去，看不見他的臉，只能見到漆黑的河堤，但他的聲音就像是在耳邊。

「秋老師，我說的很清楚了，你不要管。」

「沒道理讓妳自己承擔。」他的語氣雲淡風輕。

「本來就是我自己一廂情願喜歡你，你又沒說過什麼，沒必要溫柔成這樣。」我的手指緊握著窗沿。

他沉默了好久，只剩下呼嘯的風聲在我耳際掠過。

「妳啊……眞的是有點笨，不是嗎？」他輕聲說著。

「什麼？」

「總之，不管怎樣，犯不著爲了我而聽命韓千渝，這件事我自己會處理，離開這所學校我還是能到其他地方去。」

忽然間，我明白秋老師爲什麼如此執意要我別管，因爲他跟我一樣，都想要爲對方好。他不想我被韓千渝脅迫，而我不想毀了他和葉山奈之間的回憶。

那麼，這樣我就知道該怎麼做了。

「秋老師，你好像誤會了。」我深吸一口氣，「我不是爲了你，我是爲了我自己，就像你說的，這件事情頂多讓你被學校革職，最糟糕不過就是你不能當老師而已，你大可以去找別的工作。可是我呢，你有想過我嗎？」

秋老師沒有接話，我想他正滿腹疑惑，我接著說：「這所高中是所有人夢寐以求的學校，能從這裡畢業對我的未來會很有幫助，我不可能離開也不想離開，但如果我喜歡你的事情眞的讓韓千渝傳出去，到時候弄得人盡皆知，就算我可以留下來，其他人會用什麼眼光看我？」

其實我一點也不在乎的呀，我從哪所學校畢業都一樣，可是這所高中對秋老師來說卻是獨一無二的。

「你倒好，一走了之以後，所有的譴責都會落到我身上吧，我好不容易安撫好韓千渝，你怎麼就不能多爲我想一想？你一直想要找她談，難道眞的要鬧到大家都知道我喜歡你，好提升你的魅力，你就會開心嗎？」

我知道我的話很過分，但如果不這樣說，如果不把腳步站穩在我的利益上，秋老師絕對不會妥協。

就算他討厭我，也沒關係。只要能守護他的回憶，這些都不算什麼。

反正再過一年我就畢業了，只要一年，到時候我就能正大光明地對秋老師說出實話，能正大光明地告訴韓千渝我還是喜歡秋老師。

能正大光明地告訴所有人，我的感情是眞的，不需要任何人評判。

最後是我先關上窗戶，不想讓老師聽見我的哭聲，手機再次傳來震動，訊息裡是秋老師的道歉，他說他想得不夠周全。

我搖頭，這一切都是我自食惡果，是我得意忘形。

只要能守護他，要我做什麼都可以。

雖然山奈不是在暑假去世，但我還是在高二的暑假和葉子秋一起來到葉山奈的墓前，我們都帶了野薑花，也在她的墓前看到了另一束野薑花。

「他又偷偷過來了。」葉子秋的語氣聽不出情緒，但沒了之前的怨懟。

我的手撫過秋老師送上的野薑花，淡淡地笑了笑。

「走吧，我們去哪裡晃晃？」

葉子秋的視線在我臉上打轉，他的眼睛總像是要把我看透，與其讓他這樣意味不明地盯著看，不如直接了當地問他：「想問什麼就說吧。」

「妳和秋時緯怎麼了？」

果然是這個問題，「你覺得呢？」

「是我在問妳話。」他皺眉。

我們走到墓園下的公車站牌，悶熱的天氣讓我額頭上全是汗，不停用手搧風，想藉此消除暑氣。葉子秋從一旁的小店買來冰涼的飲料，冷不防地往我脖子上一放。

「哇！你幹麼啦！」我嚇得大叫。

「那種憂鬱的表情不適合妳，很怪。」他丟了一罐飲料給我。

「可惡，難道沒有憂鬱美少女的感覺嗎？」我打開灌了一大口。

「別鬧了，快點說吧。」

「你好不溫柔，真的喜歡我嗎？」白目的下場就是又被他揍了一拳。

在回程的公車上，我把事情經過大致講了一遍，他臉上沒什麼表情，只是默默聽著。

「是妳自作自受。」然後他的結論是這句話。

「我知道啦！」

「韓千渝就是妳身邊其中一個很吵的女生？」最吵的應該是梅蘭竹菊，不過幾個女生湊在一起本來就像菜市場。

「妳知道嗎？其實這件事情很容易解決。」

我看著葉子秋，等他說下去。

「只要妳跟我交往，不就沒事了？」

「可是我喜歡的是秋老師。」

葉子秋苦笑了下，「我知道，就當作是煙霧彈，我們假裝交往，韓千渝自然就會降低警戒。」

「不用這麼做，爲什麼要說謊？」

「之前妳說自己有過卑鄙的念頭，硬要說的話，我也有。」他看著我的眼睛，「如果在假裝交往的這段時間，妳喜歡上我了，問題就眞的解決了。」

幾乎沒有猶豫，我立刻搖頭。

「我喜歡你，葉子秋。但不是那種喜歡。我也不想因爲這樣利用你或傷害你。」

「只要妳喜歡上我，就不會產生傷害了。」

「也許你會覺得我接下來要說的話很可笑，可是我想，我不會喜歡上秋老師以外的人了。」

葉子秋微微一愣，卻好像不怎麼意外，他扭頭看向前方，淡淡地說：「要不要這麼肯定？」

「其實我對很多事情一開始都沒那麼肯定，我想擁有一個自己的家，所以來到這所高中。我不想太早回到沒有人等我的家，所以加入烹飪社。這些事情都是我『想』才去『做』。可是關於你和秋老師，是我這輩子最肯定的一件事，不管是什麼，只要關係到你們，我都可以肯定，不用『想』就會去『做』。」我將手覆上葉子秋的手背，「葉子秋，我喜歡秋老師這一點，永遠不會變。」

他的手指用力握緊，在我手掌下的拳頭輕輕顫抖著，好長一段時間，他就這樣雙拳握緊，定定地看著前方，而我的手也沒放開。

等客運駛入台北市區後，他才鬆開拳頭，忽然轉頭看著我。

「妳眞的是我見過最蠢的女人了，跟山奈有得比。」

我扯出了個微笑，沒有接話。

「回到剛才的話題，關於韓千渝的事情……」

「我自己會解決。」

「急什麼？我又不會插手。」他笑了下，雖然很勉強。「我只是要說，從某方面來講，她是個很好的朋友，不是嗎？」

「是嗎？我覺得她有點多管閒事。」眞的很難不這麼想呀，暑假前每天都被韓千渝跟前跟後，就連國文課我看講台上的秋老師幾次她也要管，只要我跟秋老師中間相隔不到五十公尺，她就開始威脅我。

「從一般人眼裡看來，一個二十七歲的男生和一個十七歲的女生在一起，怎麼想都覺得二十七歲的男生是不是有問題吧？」

「那爲什麼三十七歲的男生和二十七歲的女生在一起，就沒有問題呢？」

「那不一樣，越年輕越有問題，就像十七歲的男生和七歲的女生在一起，妳會怎麼想？」葉子秋擺擺手，「韓千渝不知道妳和秋時緯之間的事，也不知道我們過去有什麼樣的關係，所以理所當然會以爲妳被騙，因爲想保護妳，所以不惜威脅妳甚至讓妳討厭她，也要阻止妳。」

我噤聲不語，以前從沒想過這種可能。

葉子秋看著我，最後笑了下，「這不是很好嗎？有這樣一個爲妳擔心的朋友。」

頓時忍不住鼻酸，覺得自己其實很幸運。

來自不同的家庭背景，本來就會有不一樣的價値觀，張奕欣和韓千渝，各自用不同的方式支持我、保護我，如果不是葉子秋點醒我，也許我一直到畢業，都會覺得待在韓千渝身邊是種痛苦。

如果今天是好朋友喜歡上老師，我能跟張奕欣一樣支持她嗎？還是我會跟韓千渝一樣爲了對方好，所以想強迫他們分開？又或者，我只是會淡淡地想，反正是她的事情，她會不會受傷都是自己的選擇。

哪一種作法比較好，其實沒有一定的判斷標準，每個人都有自己的方式。

就好像選擇待在學校完成葉山奈心願的秋老師一樣，就好像爲了守護秋老師而對他說了重話的我一樣。

大家都是用自己的方式，守護重要的人。

第十七章

曾經的傷害與傷痛，成就了現在的我。
我還是很幸運的。

「不可思議，我們居然高三了。」

一甄選完加入烹飪社的高一新生後，張奕欣在一旁惋惜，「一下子就要十八歲了。」

「有一下子嗎？」我正在整理新生名單。

「有呀，感覺昨天才被學姊們測試手藝，然後才看見妳被余甄羞辱，再來妳就變成社長，然後現在輪到我們在徵選高一生了！」張奕欣手扳著指頭誇張地喊著。

「十八歲就成年了……」我喃喃自語。

張奕欣東張西望，確定沒人注意我們後，小聲問我：「妳的戀愛談得如何了？」

「我……」

「小貓！我來接妳了！」韓千渝的聲音出現在烹飪教室前門。

「我要先走了。」我背著書包站起身。

「最近妳們很常黏在一起，還是其實不是師生戀，而是百合戀？」張奕欣皺眉，意思意思地對韓千渝揮手打招呼。

我只是扯了個微笑，把手上的名單交給她，「這次新人的水準都還不錯，不過有一個要稍微注意一下。」

「我知道，這個短頭髮的對吧？料理外觀看起來很漂亮，味道卻難吃得要命，簡直和妳相反。」張奕欣一邊笑一邊指著新進社員資料。

「所以我才給她一個機會，我可不想像余甄一樣。」

「哈哈，就算妳是余甄，也沒人會跟妳當年一樣走後門吧。」張奕欣損我。

和張奕欣道別之後，我和韓千渝緩緩走出校門，決定先到學校附近的「花之冰」吃夏季限定冰品，許多我們學校的學生都是常客。

「小梅說芒果口味超級好吃，我們就點那個吧。」韓千渝提議。我沒什麼意見。

聊天的內容不外乎是考試，上一次的模擬考我們都考得還不錯，只要沒有意外，大考應該也不會差到哪裡去。

「所以妳會選擇餐飲系嘍？」她嘴裡吃著芒果。

「應該是，可惜沒有魔術系，不然妳會去吧？」我故意這麼說，被她嘖了聲。

「我挺喜歡外文，大概會選個歐語學系吧。」

我挑眉，這還眞讓人意外，不過韓千渝的英文一直都很好，她在語言方面也許本來就很有天賦吧。

我們有一搭沒一搭地聊著天，以前我會覺得她黏著我是爲了監視我，因爲那樣而感到痛苦。但自從暑假和葉子秋討論過後，我忽然體悟到這是韓千渝關心我的方式，雖然一樣是監視，但她是怕我去找秋老師，怕我在這段感情裡受騙。

她對秋老師的態度一直都很差，不過也因爲韓千渝的自尊心，不想因爲討厭秋老師就荒廢他教的國文，導致她在國文科目上的表現越來越好，上次模擬考國文甚至是頂標。

因爲韓千渝不知道的事情太多，所以我能理解她想保護我的心態，我珍惜這樣的朋友，如此爲我著想的朋友。

爲了大學升學時能有更漂亮的經歷，所以我報名參加了校外舉辦的西點比賽，烹飪社全員都爲我加油，有人說我一定能拿回大獎，有人則擔心我的料理賣相。

「放心，我相信那種大型比賽，一定不會只看外表評分，我做的料理口味可是一流，五星級的！」我拍著胸脯對他們保證。

而報名表需要有顧問老師簽字，爲此我主動去找韓千渝，要她陪我去找秋老師蓋章。

「哼，算妳還守信用，要是被我知道妳私底下跟他見面，我一定……」

「妳一定會說出去。」我接下她的話，韓千渝一愣，我笑了出來，「我知道啦，所以我這不是來找妳了嗎？快點，報名表今天要寄出去。」

她被我拉著走，有些反應不過來。

來到老師辦公室，我將報名表放到秋老師桌上，他正在批改小考考卷，我看見上頭第一張試卷是一年S班某個姓氏很特別的學生，居然交了白卷。

「我第一次看見零分。」韓千渝忍不住說。

「這一屆高一比你們那屆還麻煩。在這邊蓋章就可以了吧？」秋老師蓋完章後，把報名表交還給我，對我微笑，「幫烹飪社拿個獎回來吧。」

我一愣，對秋老師說了聲謝謝，然後離開辦公室。

「我看剛剛你們的互動很正常啊，果然把你們隔開是好的，你們現在也清醒過來了，對不對？」韓千渝低聲說著，而我腦中浮現的是剛剛秋老師的笑容。

那是一個「老師」的笑容。

親切，卻不虛假。

「爲什麼這邊空間中的三點A（1.2.3）、B（2.3.1）……」

「你確定要問我數學？」葉子秋還沒念完題目，我就先提出我的問題。

他皺眉看了看我，又看向試卷，最後坐回旁邊的椅子上，「我都忘了，七七七。」

「七七七已經是很久以前的事情了！」我氣得差點將手上的灑水器丟到他身上。

我正在爲野薑花澆水，一旁的小秋貓打著哈欠，跳到葉子秋身邊露出肚子討摸。葉子秋熟門熟路地摸得小秋貓發出咕嚕咕嚕聲。

一陣紛亂的腳步聲從樓梯間傳來，我和葉子秋看過去，上來的是一臉氣憤的阿狐和阿狗，怎麼這一幕感覺好熟悉，我們兩個對看一眼，我插著腰搶先發話：「兩位，這個開場該不會是要找葉子秋一起去打架吧？」

「冰雪聰明啊，蠢貓。」阿狐說。

「對啊，這一次不出手不行啦！」阿狗也說。

「你們不是前陣子才打輸嗎？」就在開學那一天，阿狐阿狗不知怎麼地，和某個高一生發生衝突，他們幾個空手道社團的學長聯手，竟輸給單打獨鬥的高一新生，傳出去被特別班的人取笑好久。

「那是我們沒有準備好，誰知道講話講到一半，會有人突然就一拳揍過來！」阿狐的表情有些尷尬，嘴巴仍然不認輸。

「對啊，我們又沒找他麻煩，他不由分說就先給一拳是幹麼！」阿狗也附和。

我看了葉子秋一眼，「這和以前的你挺像的啊。」

葉子秋只是聳聳肩，繼續看著試卷。

「不要看那個了啦，子秋，這次你一定要出手，我們可不能讓一年級的給看扁了。」阿狐走到葉子秋左邊。

「那個一年級的雖然很強，但還是沒你強，幫我們出口氣，教訓一下對方。」阿狗走到葉子秋右邊。

我沒說話，抱起小秋貓坐到一旁。是的！小秋貓終於願意給我抱著玩了！

葉子秋輕聲嘆氣，「哪一班的？」

我挑眉，他當真想動手？

阿狐阿狗喜形於色，阿狗立刻報告，「打聽過了！S班的，姓樂。」

「垃圾的垃？」阿狐問。

「快樂的樂，馬的，連名字都這麼陽光。」阿狐憤憤地說。

「原因呢？」

「子秋，就說了沒有原因，我們在社辦前聊天，他衝過來就是……」

「那在他揍你們以前，你們在聊些什麼話題？」葉子秋問。

阿狐阿狗兩人有些支支吾吾，你看我我看你的。我不耐煩地問：「有什麼不能說的？」

「也沒有啦，就今年一年級裡面有一個學妹很正，誇張正的那種……」阿狐眼神飄忽。

「然後我們就開玩笑，說可以把她……今天我把、明天他把、後天換另一個人，就老婆如衣服啊，交換穿一下……」阿狗乾笑幾聲。

「有福同享就對了。」我皮笑肉不笑。難怪你們會被打！活該！

「這忙不幫。」葉子秋繼續看著試卷。

「別這樣！這樣我們面子往哪放啊！」阿狐吶喊。

「高一時大家都怕我們，現在大家都把我們當相聲二人組了！」阿狗也哭喪著臉。

葉子秋最後還是沒答應他們的要求，當阿狐阿狗終於理解，再怎麼哀求都沒用後，兩個人才心不甘情不願地離開。

我歪頭看著葉子秋，嘴角帶著笑意。

「幹麼？」

「沒有呀。」我呵呵笑著。

「要說就說，這樣很噁心。」

「我只是在想，以前阿狐阿狗一來找你，你二話不說就衝出去打架了，還翻牆蹺課出去打喔，超級熱血的。」

對於我的嘲弄，葉子秋沒什麼反應，不過我看得出來他有些坐立難安，估計我再說下去他就要打我頭了。

「不過剛才你卻先問了原因，你改變了。」我說。

他側頭看著我，似乎在說「我就是改變他的原因」，而我搖了搖頭。不是因爲我，是因爲你本來就是這樣的人。只是那時候稍微走偏了一點點，現在你又恢復成原來的你。

「你跟你姊姊一樣溫柔。」我掛著淺淺的微笑。
「但我可不會跟山奈一樣喜歡秋時緯。」他撇過頭，而我笑出聲音。
「對了，你眞的退出觀星社了？」
「嗯。」
「幹麼不繼續待著？」我問。
「不是說過因爲高三了……」
「少來，你以爲我眞的會相信這個理由喔！」我用手肘頂他。
「……」他欲言又止。
「說啊，有鬼喔！」
「秋時緯也喜歡星星吧。」
短短一句話卻讓我歸納出一個結論，「所以你是想讓秋老師去當觀星社的顧問老師？」
葉子秋的耳根有些發紅，「我請新任社長去邀他。」
「可是顧問老師只能參與一個社團吧？」
「是啊，所以不急，等我們畢業以後，再去邀他就行了。」
「爲什麼要等我們畢業？」
葉子秋無力地看著我，「因爲妳在烹飪社，他不會隨便離開妳吧？」
我紅起臉，「秋老師才不會……」
「那已經是你們唯一的交集了，不是嗎？」
「還有國文課呀……」我小聲地說。

那天過後，我和秋老師即便住處只有一牆之隔，我們仍沒有私下見面。

我也沒再打開窗戶聽他哼歌，我知道，他的窗戶也是關著的。

這是我下定決心的事，這是我答應韓千渝的事。

也算是我答應秋老師的事，他要我多看看其他人，多享受自己的青春。

我正在度過高中最後一年沒有他的青春。

而我，還是喜歡他。

「什麼外表一點也不重要，只要有實力就好，這句話根本就是屁！做得再好吃但賣相不佳也沒用，那堆金玉其外、敗絮其中的食物卻獲得好評，根本沒有用心啊！每次都只看外表，有夠膚淺，這世界就是這樣啊！」

我從校外參加比賽回來後，忍不住傷心地在烹飪教室崩潰大喊。

我知道社會既現實又勢利，但我完全沒想到當初余甄給我的羞辱根本只是小菜一碟。

在規模如此盛大的比賽裡，我慘不忍睹的料理外觀被現場主持人用自以爲幽默的說話方式極盡羞辱，要不是我曾經經歷過余甄給我的考驗，我一定在現場就會忍不住哭出來。

雖然最後在評審試吃階段，我得到前所未有的高分，我也以爲應該沒問題了，但最後還是輸給料理味道普通，但外觀精美的人。

張奕欣一面忍著笑一面安慰我，倒是其他一年級的學弟妹們看到我這麼歇斯底里，明顯都嚇傻了。

「哎唷，這也沒辦法呀，呵呵。」

「妳再笑一次看看！」我瞪著張奕欣。

「跟葉子秋混久了，現在表情也跟他一樣凶狠啦？」她還有膽子損我。

可惡啊，秋老師都對我說了，要我拿個獎回來。我卻敗在一直以來的弱點，這到底要怎麼辦？我是不是應該去拜拜之類的，爲什麼我做出來的料理，賣相老是這麼糟糕呢？

當我還深陷自我嫌惡的狀態時，聽見某張桌子傳來吵鬧的聲音，人在心情不好的時候更是完全不能忍受噪音，所以我氣呼呼地走過去，像是以前的余甄一樣對他們破口大罵。

下一秒，我卻不敢相信自己眼睛所看見的。

乾淨平滑的鮮奶油包覆在蛋糕外層，草莓的切工平整得毫無一絲瑕疵，上頭裝飾有用鮮奶油擠成的玫瑰花，連花瓣都清晰可數，蛋糕外緣還圍繞著一圈鮮奶油貝殼花飾。

「這是誰弄的？」我忍不住大喊，所有人的注意力都轉到這裡來。

「我……」一個唯唯諾諾的聲音有些顫抖地響起，我看過去，是那個我要張奕欣多加注意的短髮小高一。

我放聲尖叫，抱起她轉了一圈。

「神來之手！回春妙手！天啊！我找到寶了！」

我那賣相極差的料理有救了！

當我興高采烈地將這件事情告訴葉子秋的時候，他只淡淡地回了我一句，「可惜妳就要畢業了。」為我澆了一桶加了冰塊的冷水。

而韓千渝則表示，「那又如何？妳比賽總不能帶著她吧。」再次提醒我事實的殘酷。

對，即便發現那學妹擁有高超的料理裝飾天賦，對我也沒有用呀！

不過就像張奕欣說的一樣，那學妹就是相反的我，為什麼我們的才能會這麼極端呢？

這件事似乎也有傳進秋老師耳裡，因為張奕欣告訴我，老師首次主動問起烹飪社的事。

我私心猜測，也許秋老師想要安慰我比賽沒能得獎，但又不知道該怎麼做吧。

某天當我踏進學校時，秋老師恰巧站在校門口和一個男同學聊天，我放慢腳步，想藉機跟他說聲早安。

「惹女朋友生氣啦？」秋老師對那男同學說。

「還不是女朋友啦！」那男同學有些彆扭。

「哎唷，大方承認喔，真是青春啊。」

「很煩！秋欸！」男同學丟下一句話，迅速往教室跑去。

秋老師放聲大笑，他跟學生相處起來還是像以前一樣這麼沒有距離。

我有些羨慕那個男同學，談論起自己的愛情可以如此理直氣壯，如果今天我和秋老師同年，也能如此理直氣壯吧。

不過，要是和秋老師在十年前就相遇，那秋老師也不會是我的。

感覺到有人正看著我，抬頭才發現秋老師正掛著淺笑站在一旁，他臉上那坦然的表情，彷彿一塊溫熱的海綿，輕輕洗刷著我的心。

「早安。」

那一刻，我覺得好想哭，也覺得好幸福。

「秋老師，早安。」我說。

當課堂上的考試開始變多的時候，時間也跟著過得飛快，小秋貓又消失無蹤，野薑花也凋謝了，冬去春來，我就快要滿十八歲了。

我坐在烹飪教室的講台上，現在還待在烹飪社的高三生就只剩下我一個，張奕欣高三上學期結束後便退社，專心準備大考。

我看著烹飪社的學弟妹們，想著該由誰接任社長比較合適。

岳小唯這個短髮學妹一直是我考慮的人選之一，但她的手藝跟不上裝飾技術，這種落差感以後只會越來越大，這件事情岳小唯也很清楚，因此她覺得自己無法勝任社長一職，向我推薦另一個女孩。

我將視線轉向站在岳小唯身邊的學妹，她長得很漂亮，成績也很好，料理手藝一流，做出來的料理賣相也不差。

在岳小唯推薦她以前，她也是我列入考慮的人選之一。

我嘆氣，原來上天可以不公平到這種程度，怎麼會有人這麼完美。

我忍不住想著，還好秋老師不太常來烹飪教室，要是他看見這樣的美女不知道會怎樣。

唉，我簡直多心了，擔心這些不切實際的事情幹什麼呀？

「洵恩，我有事跟妳說。」我對那個美女學妹說，她漂亮的眼睛眨了下，跟著我來到後門，我直接開口問她：「妳有興趣接任社長嗎？」

她略略睜大眼睛，「我嗎？」連聲音都很好聽。

「妳和小唯都是我考慮的人選，但她畢竟在料理方面……總之我先詢問妳的意願。」我聳聳肩。

「我從沒想過這件事情，社長，我才高一，是不是應該讓高二的學姊擔任比較合適？」

沒想到她還會注重這一點，不過社長權力本來就挺大的，我要她不用擔心這種事情。見她還有點猶豫，我問她喜不喜歡料理，她肯定地點了點頭。

在烹飪社裡，手藝不差、賣相也不錯的人有一堆，但我會選擇她，還有另一個原因。

我曾經好幾次看過她在放學後還待在烹飪教室裡，一開始我以為她是利用時間練習，但我發現有個男生固定會過來找她。

有時候她只是煮了東西再帶走，有時候則和那個男生待在裡頭一起吃。

這樣一個外表看起來冷冰冰的女孩，也會有想要為喜歡的男孩親手做料理的心。

看著她，我想起以前的我，那個曾經沒有任何顧慮、不在乎任何人眼光、埋頭在烹飪教室做晚餐的我，也不管會不會造成秋老師的困擾，一股腦兒把自己的料理硬塞給他。

我只是希望，有人可以繼承這一份心意。

那一份願意為他人洗手作羹湯的情意。

學測後，一半的高三生解脫了，我和韓千渝也是其中之一，她開始準備面試資料，而我則將全部的心力放在烹飪社社展上。

這是我最後一次為烹飪社做事了，我使出渾身解數，還硬拉著岳小唯幫我裝飾蛋糕。

「天啊，社長，妳到底怎麼有辦法把米黃色的蛋糕弄成這種顏色呀！」

「就跟妳老是把東西弄得很難吃一樣，天力不可抗拒。」我毫不客氣地回她，岳小唯一臉哀怨地低下頭。

原來這就是學姊的威嚴，小學妹怎樣都不能回嘴，我忽然可以體會當初余甄對付我的心情了，莫名地有股爽感。

「我也好想參加社展……」張奕欣慘兮兮地啃著單字表，她要考七月的指考。

「一天而已，沒關係吧。」

「妳這個已經算有學校念的人給我閉嘴！」她惡狠狠地瞪著我。

考試果然會把一個人逼瘋。

社展當天可謂是雙喜臨門，第一喜就是我和岳小唯聯手製作的三層蛋糕讓大家驚豔連連，他們說這將會成為烹飪社的傳奇，這次持有招待券的人都直喊幸運。的確，我想以後也很難會有如此華麗的蛋糕，簡直可以拿出國比賽。

我拍下蛋糕的照片發送給葉子秋，讓他後悔沒有準時出現，誰叫他每次都要等到人潮散去才來，這是現世報。但我當然有為他預留一份，也有準備秋老師的。

另一件值得高興的事，就是杜洵恩答應接任社長，我終於可以風風光光地離開烹飪社。

當我站在校門口時，回頭看了一眼學校。

內心諸多的感謝頓時傾瀉而出，謝謝這裡讓我遇見了一切。

曾經的傷害與傷痛，成就了現在的我。

我還是很幸運的。

爸爸、媽媽，謝謝你們生下了我，謝謝你們保護了我，讓我能感受到這個世界的美好。

畢業當天，我的心跳得飛快，從校長手上接過畢業證書時，我克制不了轉頭看向秋老師的衝動。

我終於畢業了，我眞的畢業了。

難得一身西裝筆挺的秋老師只是微笑著拍手，我看不出他臉上的表情有什麼含意，他還記得今天要回覆我的告白嗎？

大家聚在學校中庭合照，梅蘭竹菊各自拿著分別代表自己名字的麻將花牌拍照，韓千渝則抱怨哪有人畢業後還要參加指考的。

「反正妳又不用參加。」我對她說，她老早就確定有名門大學可以念了。

韓千渝吐吐舌頭，「我是爲那些還要參加指考的人感到不值呀。」

「這還眞是令人生氣的擔憂啊！」我推了她一下。

在吵鬧的人群中，我的眼神不斷尋找著秋老師的身影。但怎麼都找不到他，明明剛剛還看見有女學生找他合照，怎麼轉眼就不見人影了？

「喂，畢業了，我大放送一下。」韓千渝看起來還是有些不情願，「我幫妳跟秋老師合照怎麼樣？」

「不用了。」我搖頭，依然在人群中踮著腳找尋他。

「所以說妳發現自己對秋老師只是一時迷戀了嗎？我就說嘛，這只是短暫的憧憬，等妳到了大學以後……」

「不是的，千渝。」我拉住她的手，「我的心沒有改變。」

她瞪大眼睛，滿臉不可置信。

「但我已經十八歲了，而且我今天也畢業了。」我向她嫣然一笑，「所以妳已經沒有理由可以阻止我了。」

韓千渝愣了愣，最後只能聳聳肩。

「如果一段感情，妳疏遠對方整整一年，還能自信地說出一切沒有改變，那就是一段必須維持的關係了。」她認真地看著我，「但是秋老師也一樣如此嗎？」

「我們本來就沒有在一起，所以我現在要去跟他要答案。」

她瞪大眼睛，「我的天啊，倪苗，妳一直都在單戀？」

我笑了起來，是呀，我一直以來都在單戀。

「好啦，快去快去，孩子大了，媽也管不了妳！」韓千渝推了我一把，便轉身去和梅蘭竹菊合照。

我在心裡向她道謝，轉身在人群中四處找尋秋老師的身影。

「喂，蠢貓。」葉子秋的聲音突然出現，我看見他襯衫的釦子全被拔光了。

「這不是日本的習俗嗎？怎麼台灣也來這一套。」葉子秋看起來有些狼狽，我忍不住笑出來。

「哪知道，看太多動畫了吧。」葉子秋很無奈，「所以呢？找到秋時緯沒？」

「沒有，你有看到他嗎？」

他冷笑一聲，卻隱含著溫柔，「我幹麼要告訴妳情敵在哪裡，我巴不得你們不順利。」

「好了啦，別鬧了。」我推了推他。

葉子秋又好氣又好笑，「妳啊，其實一點也不蠢，很懂得怎麼迂迴迴避我的感情。」

「你有想讓我迴避過嗎？」

「至少我沒逼過妳，我太害怕失去。要是連妳都離開怎麼辦？」他的笑容帶著苦澀。只有失去過的人，才能明白失去的可怕。

「我不會消失，你永遠找得到我。」所以我這麼對葉子秋說。

陽光從雲層透出，恰巧照亮葉子秋的臉，他內心那些曾經深埋在潘朵拉寶盒裡的黑暗，已經消散無蹤。

他對我微笑，那是一個非常溫柔的笑容。

「葉子秋，要畢業了，有件事情我想跟你坦白。」

他看著我，一臉疑惑。

「其實，當初根本沒有什麼學校地下網站，我也沒看過他校生那張照片，一切都是我爲了套你話亂掰的，也很成功地套出你的話。」一口氣說完後，我趕緊往後退一大步。

葉子秋的表情一陣青一陣白，他握緊雙拳，看起來超想揍我。

「妳這個蠢貓！」他對我大吼。

「哎唷，對不起，原諒我啦。」我對他眨眼裝可愛。

「我後悔喜歡妳了。」他無力地看著我。

我對他露出微笑，微風清徐，帶來些許野薑花的香味。

「我一直想對妳說，謝謝妳。」

葉子秋的眼底一片澄澈，我知道他會過得很好，不論他在哪裡都會順順利利，然後有一天，會有個他愛著的，也愛著他的女孩出現。

他會很幸福。

我對他伸出手，他笑了笑也伸出手，原來一個握手所涵蓋的感情可以這麼深、這麼廣。

「學姊！我們來了！」

我還是沒找到秋老師，倒是先遇到岳小唯和杜洵恩，她們手裡拿著花束，特意來祝我畢業快樂。

意外的是，那束花竟然是野薑花。

「怎麼會選這種花？」

「洵恩說這味道很香，很像社長給人的感覺。」

我看向站在一旁的杜洵恩，她只是淺淺一笑。

「謝謝妳們。」我抱著這束花，眼前一片朦朧。

「希望妳們畢業的那天，對高中生活一切滿意，留下的只有快樂的回憶。」這是我最眞誠的祝福。

「學姊，畢業快樂，有空要回來看看我們。」岳小唯抱住我。

而我終於看見朝思暮想的那個人。

我對她們揮手道別，轉身便朝教學大樓的轉角處跑，西裝筆挺的秋老師就站在那裡。

「秋老師！」我整個人撲向秋老師懷中，他緊緊地抱住我，將我帶向教學大樓另一側，讓建築物遮住我們的身影。

「秋老師，我畢業了，我今天畢業了！」我指著別在胸前的胸花，上頭大大寫著「畢業生」三個字。

「我知道。」秋老師的笑容好溫柔、好溫柔。

「我十八歲了，我已經成年了。」然後我哭了起來。

「我知道。」他輕拍我的背。

「秋老師，我還是很喜歡你，你呢？你喜歡我嗎？說好了今天要給我答案的。」

「既然畢業了，我就不再是妳的老師。」他說，指尖撫過我的臉頰，「終於有一次是我主動了。」

還來不及意會過來，秋老師的唇已經貼向我。

他輕輕碰觸，再緩緩移開，再次烙印上來，一次又一次。

我可以感受到他的氣息與體溫，一切一切都近在咫尺。

眼淚掉得更凶了，我從來不知道一個撫摸可以如此意義深長，一個表情可以如此鮮活生動，一個吻可以如此令人屏息。

從來不知道，有份愛情可以令我幸福到想哭。

「秋老師，這是你的答案了，是吧？」

他撫摸著我的頭髮，「就說了，我已經不是妳的老師。」

「秋、秋時緯……」我紅著臉，小聲喚了他的名字。

忽然他抓起我的右手，在無名指處烙上一吻，被他吻過的地方傳來一陣炙熱，我的臉頰頓時發燙。

秋老師從口袋裡拿出一樣東西，我來不及看清楚，它已經套在我的無名指上。

「這、這是……」我不敢相信自己的眼睛。

「這是一個項圈。」他舉起自己的左手，無名指處有著一樣的戒指。

「秋、秋老師。」我的眼淚又流出來，秋老師輕笑著搖頭。

「看來短時間內還沒辦法改口啊。」他抱住我，「妳不是一直希望有人幫妳戴上項圈，帶妳回家嗎？這就是妳的項圈，從此以後，妳就是我的了。」

我也抱著他，將右手伸向天際，在太陽照射之下，無名指上的項圈閃閃發光。

「妳要改名叫秋小貓了，是我秋時緯的貓。」他牽起我的手，十指緊扣，「小貓，準備好要回家了嗎？」

再一次，我止不住眼淚，哭到無法自已，原來太過高興是真的會哭的。

他沒有放開我的手，就這樣牽著我走出校門，周遭人群發出什麼騷動聲響都不重要，我的眼睛只看得見秋老師，還有眼前這條筆直大路。

那條通往回家的路。

全文完

番外
秋的單戀

如此毫無緣由，如此不可理喻，就這樣喜歡上了對方。

「子秋，明天姊姊一早有事，就不跟你一起出門，我已經請爸爸載你去學校了。」

「什麼事情？」

「哎唷，小孩子問這麼多幹麼。」山奈紅著臉，雖然在罵我，但是笑得很開心，「等我晚上回來再告訴你。」

我「喔」了聲，大概猜得到是什麼事。

我偷看過她的日記，雖然認識的字沒幾個，不過光看裡面畫了很多愛心，想也知道她交了男朋友，一定是要偷偷去約會，才會那麼早出門。

我考慮著要不要跟父母說，但是如果被山奈知道我偷翻她的日記，她一定會很生氣，然後很久都不理我。

考慮片刻，決定還是別說好了。

但我還是很在意，雖然之前聽山奈提過那個男生，不過我對那個男生還是很不放心。山奈長得這麼可愛，是全世界最棒的姊姊，那個男生如果傷害了山奈怎麼辦？

所以我趁著山奈洗澡的時候，偷偷跑到她房間，打開她的書桌抽屜。

「我記得在這裡……」翻來翻去，終於在資料夾裡找到山奈藏起來的東西。

那是一張她在學校和一個男生的合照，還有幾張貓的照片。

照片裡的貓因爲太過可愛，讓我看入迷了好一會兒才想起正事，連忙拿起那張山奈和男生的合照。因爲背對陽光，他們的臉有點黑，可是山奈笑得很開心，那個男生也勾起嘴角，周圍是一簇簇美麗的花，看起來像是身處在花園裡。

可是那個男生一看就是壞學生，我不喜歡。

不過我看得出來，那個男生喜歡山奈。

「你在幹麼！」山奈的聲音忽然在門口響起，我嚇了一跳，趕緊關上抽屜，卻不小心夾到自己的手。

「哇！」我痛呼一聲，山奈連忙衝了過來，拉起我發紅的手。

「幹麼啊！痛不痛？我去拿冰塊。」說完她就匆匆忙忙從廚房取了冰塊，包在毛巾裡爲我冰敷。

她坐在床緣，瞇起眼睛盯著我，我則坐在一旁的椅子上惴惴不安。她會不會罵我？還是會打我？

「你翻我抽屜有看到什麼嗎？」

我搖頭，但在山奈眼神的淫威之下，最後還是老實點頭，「我看到妳和男朋友的合照。」

山奈瞪大眼睛，接著哈哈大笑，我嘖了聲，「有什麼好笑的！」

「看起來像是男朋友嗎？眞的像嗎？」她興沖沖地問我，看著山奈爲了別的男生而興高采烈的模樣，眞是令人不開心。

「我哪知道啦！」我才剛上小學，這種男生喜歡女生的事情太噁心了。

「哎唷哎唷，子秋，你是在鬧彆扭嗎？」她坐到我面前，眼睛閃閃發亮，滿臉期待地看著我，「我的弟弟怎麼會這麼可愛！」

她突然一把抱住我，頭髮都沒有吹乾，溼淋淋的水珠滴到我臉上。

「好冰！走開，去吹頭髮啦！而且我都已經上小學了，不要一直亂抱我！」

山奈聽了我的話反而更高興，「這麼彆扭眞是超可愛的啦，若是你交了女朋友，不知道會不會也這麼彆扭。以後子秋就算長大變成高中生，姊姊也會一直抱著你的。」

山奈的笑顏歷歷在目，下一刻又彷彿像是被突來的濃霧籠罩一樣，我伸手想去觸摸，那張溫柔的臉卻消散在白茫茫的霧氣裡。

今天，我成爲了高中生。

而山奈的人生也永遠停留在高中。

看著河堤對岸那棟磚紅色的建築，我內心百感交集，我來到這裡，是爲了山奈，我想代替她從這所高中畢業，想代替她走完她沒能走完的人生。

可是爲什麼那個男人也在這裡？

開學前，我故意打了一場架，好讓自己從他任教的班級改被分發到特別班，不過，只要想到往後還是有可能會在學校裡遇見他，就覺得煩悶不已。我不想見到他，但我必須待在這裡。

走到河堤的橋下，我往長椅上一躺，將扁平的書包蓋在臉上，打算蹺掉開學典禮，這樣至少能少看見他一次。

我試著回想身穿高中制服的山奈，腦中浮現的卻是最後一次見到她的畫面。

她親吻我的額頭，說晚上回來要告訴我一個大祕密，接著和母親撒嬌說她晚餐想吃咖哩，然後揮著手開心出門。

看著山奈的背影，我不是很高興，覺得姊姊就要被其他人搶走了。不行，晚上回來我一定要告訴她，那個男生不好。

而就在父親要開車載我去學校的時候，家裡電話響了。

家裡的電話不曾在這麼早的清晨響起，父母對看一眼，我們三個人似乎感受到一股不尋常的氣氛。

「喂？」我永遠記得，母親顫抖的聲音，還有忽然腳軟的身影。

母親幾乎暈眩過去，我和父親衝上前扶住她，眼淚頓時爬滿了母親的整張臉，她嘴裡喃喃說了些什麼我聽不清楚，但接過電話的父親，臉上浮現的痛苦神情，我這輩子都不想再看見。

我感覺到有人朝我走來。

小時候在房裡睡覺時，山奈有時也會悄悄走進我的房間，看我睡著了沒？有沒有踢被子？偶爾我會裝睡，等她靠近的時候猛地跳起來嚇她；偶爾我的意識已經陷入睡前的恍惚，只隱約感覺到她動作輕柔地爲我把踢開的被子蓋好。

也許是相差十歲的關係，山奈對我來說不只是姊姊，有時也像母親，照料我的一切。

但自從那個男人害死她後，就連在我的夢裡都不曾出現，只剩下回憶。

此刻此刻，我彷彿又回到從前，聽著腳步聲緩緩靠近，停在距離我身邊約五十公分處。我從書包下的縫隙瞥見一雙女款學生鞋。

她似乎有些猶豫，像是要走過來又遲遲沒有邁出下一步，我在心裡輕輕嘆息，覺得自己很可笑，竟然有那麼一瞬間以爲那是山奈，如果眞的是山奈，她絕對不會猶豫，而是直接朝我走來。

「幹什麼？」所以我開口。

對方嚇了一跳，聲音細若蚊鳴，「那個……快要遲到了喔。」

囉嗦。

我不想回應對方，再次閉上眼睛。

對方自討沒趣，緩緩走開。

要是山奈現在還活著，看見我蹺課，她一定會很生氣。

但如果她還活著，我就不會蹺課了。

我懶懶地坐起身，聽見鐘聲從河堤對岸的學校傳來，想了想，還是背起書包走向學校。

「他叫做秋時緯，長得很帥對不對？」山奈和我一起縮在被窩裡，拿著手電筒端詳照片裡的那個不良少年。

「看不出來。」我的語氣很冷淡。

「他跟你一樣，名字裡有個秋字喔。」山奈笑了笑，爬出被窩，把照片收進資料夾裡，再放回書桌抽屜。她摸了摸書桌上插在瓶子裡的野薑花，那股清新的香味就像是山奈的味道一樣，令人心神安定。

我偷瞄山奈的書桌，暗自打定主意，改天絕對要把丟掉那張照片，或拿給父母親看。

山奈再次鑽回被窩裡，窗外雷聲轟隆作響，我嚇了一大跳，立刻往山奈的位置挪了挪。

「都已經上小學了，還怕打雷呀？」

「我哪有怕，我是怕妳會怕！」我嘴硬。

「好，子秋超級貼心，好爲姊姊著想喔。」山奈笑咪咪地抱住我，把頭抵在我頭上。

「子秋，想不想聽我說故事呢？關於星星的故事。」

「現在外面又沒有星星。」

「說不定等故事說完了，星星就會從雲裡出現啦，這樣就不會打雷，你也不會害怕了。」

「我本來就沒有害怕！」我抗議。

「好啦，我知道啦。」山奈當然看得出我在逞強，但她沒有戳破。「那我要說嘍，秋天的夜空裡有個星座，叫做天鵝座……」

「哪有天鵝座，十二星座裡面才沒有這個星座。」我插嘴。

「天空中有很多星座，每個季節會有不同的星座出現在天空，大家之所以會對十二星座這麼耳熟能詳，是因為那些星座屬於黃道十二宮。」

黃道是什麼東西？但我決定不問山奈，以免她覺得我太無知，我再自己去找答案就好。

「天鵝座是秋天夜空會出現的星座之一，傳說因為天帝宙斯在河邊邂逅了一個美麗女孩莉達，為了躲避自己老婆希拉的耳目，所以化成天鵝的模樣去追求莉達，而後莉達為宙斯生下兩個兒子，就是天上的雙子座。」山奈開始說故事。

「為什麼已經有了老婆，還會去找別的女生呢？」

「宙斯是個浪漫多情的男人啊。」山奈皺起鼻子，「但我也很不能苟同就是了，希臘神話裡的宙斯老是四處追求不同的女人呢。不過你還小，不用管這些沒關係。」

我嗯了聲，外面依然傳來陣陣沉悶的雷聲，我向山奈抱怨，「雷聲沒有消失啊。」

「那我再講另一個故事好了，一樣是天鵝座的，話說太陽神阿波羅也和海之女神有過一段婚外情，生下私生子費頓……」

「怎麼大家都喜歡這樣啊？」我非常不解。

「希臘神話裡的故事就都是這樣啊，你乖乖聽故事，不要發表意見啦！」山奈捏了捏我的臉頰。

「不過話說回來，當秋時緯告訴我這些故事的時候，我的反應和你一樣呢，我們果然是姊弟。」山奈呵呵笑了起來。

就算在漆黑的房間裡看不清山奈的表情，我也知道她因為提及那個男人而不自覺眉開眼笑。

「故事後來呢？」我催促她往下說。

「喔喔，因爲費頓是私生子，所以大家都不相信他是太陽神的兒子，最後他請求阿波羅讓他騎乘日光馬車橫過天際，證明自己就是阿波羅之子。但因爲過於得意忘形，於是馬兒發怒，日光馬車把大地照射得乾枯龜裂，最後只能請雷神擊落馬車，結束這場災難。費頓的屍體掉落在河裡，他的好友天天流著眼淚到河邊找尋他的屍體。阿波羅見費頓的好友如此重義氣，就將他變成天鵝帶到天空，成了天鵝座。傳說那些在河邊戲水的天鵝，直到現在都還在找尋費頓的屍體喔。」

「……這好像恐怖故事。」

「有一點。」山奈格格笑，「要是有一天我不見了，子秋會找我嗎？」

「妳才不會不見！我討厭妳這樣說！」

「好啦，不要生氣，我不會不見。」山奈抬頭看了眼窗外，「你看，烏雲眞的散去了呢！」

我也跟著探頭往窗外看，果然見到星星點點散落在夜空中，很是美麗。

「看，那就是天鵝座，像個十字架一樣！」山奈高興地指向夜空，這時她放在床邊的手機傳出訊息提示音，我湊過去看，訊息裡寫著：「星星出來了。」

「看來秋時緯也還沒睡啊。」山奈微笑。

「哼。」

我來到一座空中花園，山奈和秋時緯那張合照就是在這裡拍的，看見花圃裡的野薑花，我瞬間覺得莫名火大。

害死山奈的他，憑什麼用她最愛的花來悼念她？

我氣得想上前去扯掉那些花，卻在花圃前倏地停下腳步，我聽見貓的叫聲，轉過頭，那隻也曾出現在照片裡的黑白貓正坐在一旁打哈欠。

空中花園還在、貓也還在，但山奈卻不在了。

又看了野薑花幾眼，就讓它們在這裡吧。

我選了張長椅躺下，閉上眼睛，空氣中傳來野薑花的淡淡香氣，那隻貓竟毫不怕生地跳到我身邊，我伸手輕輕撫摸著牠。

不知道過了多久，那隻貓突然從長椅一躍而下，幾分鐘後，一陣腳步聲從樓梯間響起，那隻貓又再次跳上長椅。

來人似乎刻意放緩了腳步，我睜開眼睛，看見一個女生停在花圃前，正目不轉睛地凝視著野薑花。

再次閉上眼睛，深吸一口野薑花的香味，我忽然想起，山奈曾經告訴過我，野薑花的別名——

「穗花山奈。」我原本以為自己只是在心裡想著，沒想到卻不小心發出聲來。

算了，反正這麼小聲，那個女生應該不會聽到。

我還記得當初山奈知道野薑花的別名時有多開心，她說這是秋時緯告訴她的，還說這是命中注定，她最喜歡的花和她有一樣的名字，而且是她第一個喜歡上的男生告訴她這件事。

想到這裡，我的胃忍不住一陣翻騰。山奈那時候一定想不到，她最喜歡的男生會害死她。

「我、我是台灣人，不是日本人……」

一個輕柔的聲音怯怯地響起，原來那個女生有聽見我的低語，而且還回了這種話，也太愚蠢了吧。

突然想看看那個愚蠢的傢伙長怎樣，我拉開蓋在臉上的書包一看，原來是開學那天在河堤多管閒事的女生。

「我不叫穗花山奈，我叫倪苗。」她又說。

「狸貓？」什麼怪名字。

「是倪苗。」

見她一本正經的解釋著，我忽然有些想笑，從長椅上坐起身，多看了她幾眼，是個長相清秀的女生，一看就是好家庭出身，雖然說話的態度有些小心翼翼，清亮的雙眼卻炯炯有神。

她又多管閒事地問我爲什麼制服襯衫沒有繡上名字，就只是忘記了不行嗎？怎麼會有人這麼雞婆？

可是她卻讓我想起了山奈，要是山奈，一定也會這麼多管閒事吧。

我忍不住說：「妳很愛管閒事，對吧。」

「並沒有。」她有些生氣。

「例如開學第一天，妳也是如此。」我在心裡一笑，說完我便起身離開。

山奈在日記中提過，她和秋時緯在這座空中花園裡初次相見，兩人爲了這隻貓而起爭執，當時山奈看秋時緯不順眼，秋時緯也看她不順眼。

要是他們兩個人的緣分在當時就斷了，該有多好。

那天，服儀檢查完畢，我再次遇見那個多管閒事的女生，她一臉天眞地以爲特別班就是資優班，旁邊另一個知情的女生聞言立刻臉色鐵青。

我並不意外，一般女生見到特別班的學生，多半都是這種反應，所以我很好奇，等到蠢貓知道特別班代表什麼意思後，她還會這樣神態自若地跟我搭話嗎？

我正想要解釋特別班的意思，秋時緯卻走了過來。

「都聚在這邊，怎麼了？」他掛著笑容，但我知道那虛假的笑容下隱藏著他的愧疚。

你再怎麼自責都沒有用，離開的人永遠都不會回來。

回想起開學第一天，看見秋時緯踏進特別班教室的那一瞬間，我簡直不敢相信自己的眼睛，這傢伙爲何陰魂不散？

「子秋，你怎麼會變成這個樣子？」當時，秋時緯在空中花園這麼對我說。

「我變成什麼樣子？你什麼時候了解過我了？」我不屑地笑，四周滿是野薑花香，讓我感到呼吸困難。

秋時緯看著我，聲音沙啞乾澀，「我想幫你。」

我正想朝他發脾氣，卻發現他的雙眼雖然注視著我，其實是掠過我看向身後的野薑花。

在他眼中，那不是野薑花，而是山奈。

秋時緯的眼睛，不是看著現在，而是看著過去。

剎那間我感到一陣暈眩，只能刻意忽視他的傷心。

「離我越遠越好，就是幫我最大的忙！」我撂下這句話就轉身跑開，他憑什麼比我悲傷？憑什麼比我難過？

我和山奈在一起生活了六年，他只出現在她的生命裡短短三個月，就永遠帶走了山奈。

他憑什麼還在爲山奈傷心？

秋時緯，沒有資格。

「我在想啊，其實你和秋時緯應該會變成很要好的朋友。」山奈單手撐著下巴，嘴裡咬著餅乾。

我正寫著小一數學題，沒有回答山奈的話。

「啊，不應該說是朋友，你們相差十歲，所以他應該比較像是你的哥哥才對，子秋也很想要有哥哥吧？」她用腳戳了戳我的背。

「不要在我床上吃餅乾，會長螞蟻！」我伸手推開她的腳。

「好啦！」山奈笑著站起來，我清楚看見餅乾屑從她身上掉到我的床單上。

「我才不要不認識的人當我哥哥。」

「不過，再怎麼樣，以後你還是會有哥哥啊。你看喔，如果以後我和秋時緯結婚，他就是你姊夫了耶！哈哈哈，三八死了，我在講什麼啦，好蠢喔！」山奈雙手貼緊臉頰犯起花痴，只要講起秋時緯，她就會這樣。

「啊不是說不是男朋友？」

「說不定明天就是啦。」山奈傻笑。

我不喜歡姊姊這樣，雖然很可愛，但會讓我覺得姊姊好像要被搶走了。

「這一題怎麼算？」所以我隨便問了個問題，山奈立刻坐到我旁邊，教我算數學。

窗外的天空陡然閃過一道刺目的白光，我立刻反射性地往山奈懷裡鑽，而山奈也摀住我的耳朵，一記猛烈的雷聲轟隆響起，彷彿整間屋子都在震動。

我的心臟跳得飛快，抬頭看了山奈一眼，她笑臉盈盈，「子秋怎麼還這麼怕打雷啊？」

「我、我才不是怕……」

「臉色都發白了。」山奈拍拍我的背，「要是以後姊姊不在了，該怎麼辦啊？」

「爲什麼妳會不在？」

「可能會去別的地方念大學呀，或者去其他地方工作呀，什麼事都有可能發生，子秋如果不勇敢一點，以後姊姊不在怎麼辦？」山奈忽然皺起眉頭，「不過子秋長得這麼可愛，說不定到時候就會有好幾個女朋友代替姊姊來照顧你，然後子秋就會忘記姊姊了！啊，姊姊好可憐啊。」

山奈假裝哭泣，還抽了張面紙拭淚，想試探我會有何反應，但我決定不理會這個愛演戲的姊姊，專心在我的數學題上。

最後她自討沒趣地把面紙扔進垃圾筒，碰巧秋時緯打電話來，她興沖沖地從床上跳起來準備回房間講電話，離開前，她轉頭看了看天空，對我說：「姊姊現在施一個魔法，只要姊姊不在，你就不會害怕打雷。」

「妳只是想要降低丟下弟弟，跑去跟男朋友講話的罪惡感吧。」我沒好氣地回。

山奈卻笑得很甜，「幹麼這樣，反正我就在隔壁啊。」

也罷，她高興我就高興，我一直都是這麼想的。

希望山奈能早點和秋時緯在一起，因爲那樣她似乎會非常開心。

只是當我看見那床染滿紅色鮮血的白布，以及雙手沾血的秋時緯，我寧願山奈永遠沒有聽到秋時緯的告白。

我寧願看見她的眼淚，也不要看見她的屍體。

那是我第一次見到秋時緯，他臉上的震驚、絕望、錯愕、懊悔……像是黑色的漩渦一樣，將我們所有人都拉往深不見底的黑洞。

在那個黑洞裡，有著再也觸及不到的，山奈的笑容。

當我躺在河堤橋下，抬頭看著橋底下的水泥塊時，又再次想起了黑洞。那個黑洞從來不曾遠離，它吞噬一切、吞噬山奈，總有一天，也會吞噬我。想到這裡，我緩緩閉起雙眼。

「喂。」

一個男生的聲音從頭頂上方傳來，恍惚之間，我以爲是秋時緯，睜開眼看到的卻是個穿著他校制服的年輕男生，他把手機遞到我面前。

「這是你吧？」那個男生說。

手機螢幕上是張我在逗貓玩的照片。

沒多想，我跳起來就往他臉上揍了一拳，對方也不是省油的燈，立刻往後閃躲，但我的拳頭還是擦過他的臉頰，接下來又是一陣扭打，我非要搶到他的手機不可，那張照片一定要刪除，照片裡的我跟貓玩得那麼開心。

山奈死後，我怎麼還可以露出開心的笑容呢？

我不能一個人獨自在世上享受生活、享受所有開心的事物，這是不公平的，我很快就要超越山奈的年紀，這太悲哀了，爲什麼我會比自己姊姊的年紀還要大呢？

我不能笑、不能開心、不能過著幸福的人生。所以照片裡那個笑得無比開心的我不應該存在，那張照片一定要刪除。

一片混亂中，我打電話叫來班上兩個老是跟在我身邊的朋友，總之，等他們到場支援、控制住局面後，我搶過那人的手機，刪掉那張照片。

「下次再敢這樣威脅我試試看。」別再讓我看見自己笑得那麼開心，那只會使我作嘔。

當我離開陰暗的橋下，河堤外的陽光異常刺眼，我忍不住瞇起眼睛，前方竟站著一個女生，又是倪苗。

這樣一個乖學生，看見了剛才的打架場面，會有什麼反應呢？

逃跑？別過臉？假裝什麼都沒看見？還是會哭呢？

隱隱有些期待她的反應，沒想到這蠢貓只是說了句：「你們沒事吧？」

我愣了愣，她的雙眼雖然帶著慌張，卻沒有絲毫畏懼，她擔心的不是我們會不會對她不利，而是我們有沒有受傷。

也許就在那個當下，讓我開始覺得她和其他人不一樣。

為山奈舉行葬禮那天，所有過程都像是被抽去聲音的影片，在我眼前以慢動作放映，我只聽得見自己的心跳聲和嗡嗡的雜音。

花壇上的照片，是山奈的國中畢業照，她那麼漂亮，旁邊的花和她比起來都黯然失色。而那些花並不包括野薑花，怎麼可以沒有山奈最愛的花？我轉身想要請母親買一束野薑花，卻突然聞到了野薑花的香味。

秋時緯穿著一身黑，手裡捧著潔白的野薑花，淚流滿面、全身顫抖地跪在山奈靈前，他的雙眼就像是靈魂被抽走般，空洞一片。

我不想注意他的悲痛，不想理解他其實跟我們一樣傷心，對我來說，他只是穿著一身黑的死神。

父母激動叫罵，衝上前就要將他趕出去，我也想加入行列，但是我一步也動不了，因為秋時緯捧著野薑花，誰都不記得山奈喜歡什麼花，只有他記得。

當天夜裡，天空傳來陣陣雷響，我嚇得習慣性地跑向山奈的房間，卻只見空蕩蕩的床鋪。

山奈已經不在了，不管我怎麼哭喊、尋找，她永遠消失了。

「如果真的有鬼，那妳能不能出現，讓我見見妳呢？」我坐在山奈的床上喃喃自語。

下一秒，天空整片亮起，像是上帝為大地拍照而亮起的閃光燈，緊接而來的是轟天巨響，那陣雷聲是我這輩子聽過最可怕的聲音。

「山奈！山奈！救我！我會怕啊，妳在哪裡啊？」我喊著，應該說，我認為自己應該是哭喊著。

事實上，我只是蜷縮在她的床上瑟瑟發抖，所有的聲音都含糊在嘴裡，成不了完整的句子，我想哭，卻覺得沒有眼淚可流。

我第一次承認自己會怕打雷，但愛嘲笑我的山奈卻已經看不見了。

「姊姊現在施一個魔法，只要姊姊不在，你就不會害怕打雷。」

山奈說過的話閃過我的腦中，清晰得好像她話語剛歇一樣，彷彿我一抬頭，就可以看見她坐在床邊對我微笑。

我坐起來，走出山奈的房間，關上門前，回頭環顧了房內一圈。

從今以後，不會再有事情讓我害怕，我也不會再哭。

然後告訴自己，山奈沒有死，只是在房間忙自己的事情，很忙很忙，所以一直沒有出來。

接著我關上了門，再也沒有打開。

我睜開眼睛，發現自己在不知不覺間睡著了，房裡燈光昏暗，因此我才注意到窗外高懸夜空的星星。

心血來潮，我出門來到河堤邊，抬頭看著天上的星星，想起山奈說過的星座故事。諷刺的是，那些故事都是秋時緯告訴她的，而我如今卻深深想念。

「就將他變成天鵝帶到天空，成了天鵝座。傳說那些在河邊戲水的天鵝，直到現在都還在找尋費頓的屍體喔。」

「要是有一天我也不見了，子秋會找我嗎？」

想起山奈曾經說過的話，我不禁悵然一笑。

「我不會找妳。」因爲要是我付出所有還是找不到妳，那該怎麼辦？假裝妳依然待在房間裡，對我來說比較輕鬆。

「可惡！你們這些只看外表的笨蛋！浪費食物的是你們！金玉其外、敗絮其中！外表有什麼了不起？笨蛋烹飪社！」

歇斯底里的女聲突然在黑暗中響起，我還來不及轉頭探看聲音是從哪裡傳來的，下一秒又立刻傳來一陣慘叫和翻滾聲。

看樣子她是不小心滑落草皮了，沒想到世界上還有這樣的笨蛋。

我正想起身離開，卻聽到那個女生喘著大氣，心有餘悸地喃喃自語：「還、還好這邊沒有狗大便……」

「噗！」我就這麼笑了出來。

那個女生大驚失色，像是沒料到這麼晚了還會有人獨自靜坐在河堤邊。就著路燈，我看清了她的臉，是那隻蠢貓。

她像是一陣風，總是忽地吹拂過來，老愛多管閒事，讓人一刻不得安靜，不過此刻我的心情正悶，於是和她多聊了兩句。

只是她居然對我提出莫名其妙的要求，要我讓她拍一張照片。奇怪，她明明已經知道特別班代表什麼意思，明明親眼見過我和別人打架，卻一點也不怕我。

因此，我難得興起想要惡作劇的念頭，接過她的手機後，故意把她拉近我身邊，一起自拍，她那訝異至極的愚蠢表情實在經典，我的心情很久沒有那麼好了。

我和那隻蠢貓，後來時常在學校巧遇，尤其是在頂樓的空中花園，我之所以會時常過來是因爲山奈，但我不知道她爲什麼也喜歡這個地方。有時候，也會在這裡遇見秋時緯，我總是選擇直接轉身離開。

有一次，我又在空中花園遇見蠢貓，她給我吃了一塊外表難看得要命的蛋糕，卻意外地好吃，就跟她這個人一樣，總是帶來意外的驚喜。

但我沒想到，她居然會利用我的照片和吃了她醜蛋糕這兩件事，在學校傳出奇怪的謠言，對我倒是沒什麼特別的影響，但對蠢貓的影響就大了。

我趴在走廊的欄杆，看著對面的教學大樓，蠢貓坐在教室裡，四周圍滿了人群，應該都是在追問她謠言的眞假吧。

活該，妳自找的。

「子秋，笑啥呢？」

「聽到傳聞了嗎？那個女的難道真是你馬子？」

常和我一起鬧事的那兩個傢伙，應該還算是我的朋友，即便我從沒和他們說太多自己的事情，他們依然時不時跟在我身邊打轉。

「怎麼可能。」我聳肩一笑。

「我想也是。不過話說回來，這樣的傳聞不會讓她惹上什麼麻煩吧？」

「找我們麻煩的又不是我們學校的人，緊張什麼。」

聽見他們兩個的對話，我不禁皺眉。要是那樣普通的女生，和特別班的我有了牽扯，會不會給她惹來不必要的麻煩？

雖然不關我的事，但如果因爲我而讓她遇到麻煩，我也過意不去。於是我前去K班教室，把蠢貓叫了出來。

不過，看樣子這麼做反而帶來反效果，引來的騷動更大，不僅眾多圍觀人群聚在一旁竊竊私語，就連從走廊上經過的秋時緯也主動走了過來。

「女朋友？」秋時緯皺起眉頭。

我不知道他這個反應是什麼意思，但就是讓我莫名火大，我掉頭就走，丟下喧鬧的人群以及大聲反駁秋時緯的蠢貓。

你不要一臉釋懷，好像覺得我已經放下過去。

你不要一臉欣慰，好像覺得我已經可以過自己的生活。

我沒有忘記山奈，也永遠不會忘記山奈。

當然，也永遠不會原諒你。

我不斷這樣告訴自己——活得快樂健康，是對山奈的一種背叛。

但是，殘酷的是，時間不斷流轉，很多事情開始變得模模糊糊。

最近我回想起山奈時，她的五官已經漸漸不那麼清晰了。

這種時候我會立刻找出山奈的照片，久久凝視，再次將她的五官牢牢刻進我的腦海裡，要自己不要忘記。

但更多時候，當我看著照片裡的山奈，心底卻油然生出一股異樣感。

我好像不認識這個人，山奈的五官如此陌生。

那令我感到害怕。

「你在這邊幹麼？」

當我心不在焉地坐在烹飪教室裡打發時間，猶豫自己待會兒要不要參加球技大賽時，蠢貓的聲音倏地在門口響起。

蠢貓抱怨我偷喝她的鮮奶，而且態度很認真，這讓我想起以前，我也曾經因爲偷吃山奈放在冰箱的布丁而惹她生氣。

我不禁覺得有些想笑，但依舊板著臉和蠢貓鬥嘴。

「一年級參加籃球比賽的班級，請立刻到體育館集合……」秋時緯的聲音出現在廣播裡，我又看了蠢貓幾眼。

「對了！你不是要比賽？爲什麼還在這裡？」她問我。

我還在猶豫要不要去參加比賽，每次打球的時候，我就會完全忘了山奈、忘了那些傷痛、忘了一切。

每當球賽結束，接踵而來的卻是強烈湧上的罪惡感——享受校園生活，這是我該做的事情嗎？只有我一個人活著，這樣是對的嗎？

我是代替山奈才會來到這所學校，我想替她過完她沒能過完的人生，球技大賽這樣的事情，只要是能讓我快樂的事情，是不是都不該去做？更何況，那件事還會讓我暫時忘了面容早已不再清晰的山奈。

於是我躊躇不前，此時蠢貓卻上前一步。

「倒是你，快去球場吧。」她推我一把，把我推出烹飪教室。

我站在樓梯間又回頭看她一眼，蠢貓瞇起眼睛對我揮揮手，要我快點去球場。

對她來說，那大概只是一個無心的舉動，或許只是她嫌我礙眼要我滾離烹飪教室，可是對我來說，是她那雙手推動了我往前走。

「子秋。」在一樓走廊上，我迎面撞見秋時緯，「我正在找你，比賽要開始了，你……」

他欲言又止，我知道他想說什麼。

從我國小開始，舉凡學校舉辦任何允許外人進來參觀的大型活動，他都會出現。他不一定會過來和我打招呼，大多時候我都對他視而不見，但他總是會出席，風雨無阻。

看著我成長，也許對他來說也是一種贖罪，可是我才不屑那種關懷。

但是此刻，我卻因爲剛才蠢貓的行爲被搞得有些熱血沸騰，一時忘了該繼續對秋時緯生氣。

「我喝了蠢貓的鮮奶，你幫我買給她，大罐的。」

秋時緯眼底閃過一抹詫異，他大概沒料到我會請他幫忙。

「我要去球場了。」我轉身就要離開。

「子秋。」秋時緯叫住我，「加油。」

我回頭想瞪他一眼，卻發現他的眼神依舊像過去幾年一樣，帶著默默的關懷。

也許他認爲，他該要代替山奈，爲我當個哥哥。

我其實很生氣，我應該要很生氣。不過，在那個當下，想像蠢貓拿到鮮奶後的笑臉，我難得沒有對秋時緯發火。

蠢貓對我來說，就是個有點煩，又有點奇怪的女生。

放寒假時，我時常想起她。開學後，某堂下課空檔，我趴在走廊的欄杆邊，遙遙看向K班教室，儘管有一段距離，我卻可以清楚地看見她。

我在想，要用什麼藉口去見她？有什麼話題可以和她聊？以往我們到底是怎麼巧遇的？

回到教室後，好像有一群同學因爲無聊的謠言而驚呼連連，就算感受到別人向我投來異樣的目光，我也沒想去搭理。直到無意間聽見鄰座同學說起謠言內容，才讓我忍不住微微勾起嘴角。

「你今天很開心啊？」

「有嗎？」我反問。

「有啊，都笑了。」

那兩個朋友說的話讓我很不以爲然。

我去到蠢貓的教室，一看見她的臉，心中忽然升起一股說不上來的感覺。

「小秋貓不在耶，這樣你就不能跟牠開心地玩了。」來到空中花園後，蠢貓有些遺憾地說。我對這句話非常在意，我可不是喜歡貓，我是看那隻貓好像很無聊才跟牠玩的。

「反對暴力！」當我揉著她的臉頰時，蠢貓大喊，我的力道明明放得很輕。

只是當我的手指碰觸到她的肌膚，我忽然明白了一件更無聊的事情——談戀愛什麼的，我從來沒有想過，會讓我想到這件事的，只有她了。

很久以後，每當我回想起來，怎麼樣都覺得就是那個時候，明明是沒什麼特別的日常時刻，卻讓我在那一瞬間察覺了自己的感情。

就是在那一瞬間，我眞正意識到自己喜歡上這隻愚蠢的貓咪。

而我甚至還不了解她，她也不了解我。

如此毫無緣由，如此不可理喻，就這樣喜歡上對方。

不過很快的，我就已經可以預見最後的結果。

當我在河堤再次和那群他校生鬥毆的時候，秋時緯衝過來阻止。過去他明明也是個讓人頭痛的高中生，所作所爲甚至比我還荒唐，現在他卻要我不准打架？

他看著我的眼神，彷彿是在問我「如果山奈看見你這樣，會怎麼想」。

我怎麼知道她會怎麼想？

「你別眞以爲是我哥！就算大家都原諒你了，也永遠、永遠別想我會原諒你。」我控制不住脾氣地怒吼。

秋時緯眼底的傷痛如此清晰可見，但我依舊選擇別過眼睛，不想觸及。不傷害他，就會換我受傷。因爲太痛，所以只能讓別人更痛，以爲這樣就會減輕自己的痛苦，卻只是將自己推往更深的深淵。

我沒有辦法覺得解脫，我不想看見家中放著山奈在靈堂上的那張照片，我不想看見父母每天在照片前和山奈聊天，我也不想看見秋時緯懺悔的神情。

這些都不是我需要的……我所需要的，其實就只是……

「葉子秋。」

蠢貓總是在我想事情的時候出現，打斷我的思緒，我並沒有張開眼睛，繼續躺在空中花園的長椅上。

「我拿烹飪社的招待券給你。」她靠過來，我聞到她身上居然混雜著些許野薑花的香味。

有那麼一瞬間，我還以爲是山奈，猛然睜開眼睛，當然，見到的是蠢貓。

想起那天在河堤鬥毆的事，想起那時她和秋時緯一同出現，我忍不住質問她：「又是秋時緯派妳來的？」

她堅決否認，將烹飪社的招待券遞過來，那是張手繪的招待券，上面還特別寫著一行字：「一定要來。」

我不禁微微一笑，隨即又想起秋時緯是烹飪社的顧問老師，不免開始懷疑蠢貓給我招待券背後的原因。

「所以說，這一次妳又要跟秋時緯告什麼密？我知道他派妳監視我。」

蠢貓微微皺眉，「你感覺被我監視了嗎？」

「怎麼可能。」看著她的表情，我覺得自己好像說錯話，扯起嘴角一笑。

「那就對啦，基本上你幹什麼都轟轟烈烈的，根本不需要我告密，秋老師也會知道。」

蠢貓一點也不在意，大剌剌地說些聽起來不知是褒是貶的話。

「你跟秋老師，都喜歡野薑花呀。」

「誰跟他一樣。」搶過她手上的票券，不想再討論這個話題，轉身打算離開。

「喂，你跟秋老師，到底是什麼關係？」蠢貓在後頭喊著，「別跟我說沒關係，我知道你們有關係的！」

她還眞是不死心，但山奈的事，不能隨便告訴別人。那是我的祕密，是我和秋時緯之間的事。

「誰要跟他有什麼屁關係。」

我以爲丟下這句話，蠢貓就會知難而退，沒想到她依然沒有放棄打聽。

接下來幾個禮拜，大家幾乎都在爲即將到來的社團展覽而奔波忙碌，我刻意經過蠢貓班上的教室幾次，只看見那幾個常和她在一起的女生，不見她。

她大概是待在烹飪教室裡吧。

坐在空中花園的長椅上，可以聞到烹飪教室傳來的陣陣食物香氣，我閉上眼睛，又想起了山奈。

社展當天，我來到烹飪社門口，走廊上排了很長的隊伍，看見這一長串人龍我就想轉身離開，而且有些女生一見到我，就像看見什麼毒蛇猛獸一樣，臉色猛然一變。

也罷，只怕我一過去，就會毀掉蠢貓辛苦準備的社展，所以我走到空中花園打發時間，沒想到遇見了秋時緯。

他蹲在野薑花圃前，久久不動。

「別老是過來這裡好嗎？」我開口打斷他的思念。

秋時緯一時反應不過來，我似乎看見他眼眶泛紅。

「子秋，沒去參觀社展？」他勉強擠出一個微笑。

我沒理他，走到旁邊的長椅躺下來。

「怎麼不考慮參加個社團呢？籃球社怎麼樣？你球打得挺好的，上次還得了冠軍……」

「別跟我說話。」我連眼睛都沒張開。

他沒再出聲，卻也沒有離開。

風聲沙沙，不時傳來校園裡的歡鬧笑聲，所有人都在享受社團活動，盡情歡笑。

在我六歲那一年，失去山奈那一晚，我以爲世界從此將變了模樣。大家都會因爲山奈的離去而哀傷。

但沒有。

隔天我發現太陽一樣升起，所有人一樣過著日常生活，我可以聽見樓下傳來的笑聲，也可以聽見鄰居哥哥開門去上學的腳步聲。

山奈的隕落，對世界不會造成任何影響，世界並沒有停止。

這就是死亡最殘忍的地方，不管誰離開了，這個世界依然轉動。

就連父母也慢慢走出傷痛，他們曾經想要推門進去山奈的房裡，卻被我叫住。我要他們別進去，他們露出悲傷的面容，要我放下。

我不明白，要我放下什麼？世界不會為山奈的離開而難過，但身為親人的我們必須如此，我們誰都不能走出來。

六歲的我，想法很偏激，而那份偏激延續至今。

我愛山奈，所以當時的我就算不懂死亡，也明白她已不復存在，光是如此，就足以讓我痛徹心扉。

於是，當我發現有個人跟我一樣，還深陷在過去，甚至比我更加悲傷的時候，老實說，我是開心的。

我看著秋時緯從這所高中畢業，看著他去了山奈一直想去的大學，看著他考上教師執照，看著他成為國文老師，看著他用最短的時間來到這所高中……

在他看著我的同時，我也在看著他。

看著他，走著山奈未來想走的路。

因此，我很嫉妒他。

他永遠走在我的前頭，就算我想要替山奈走完她未完的人生，前方卻永遠有個秋時緯。

我恨秋時緯帶走我的姊姊。

我嫉妒秋時緯先一步為山奈走著她夢想中的人生。

但我欣慰秋時緯跟我一樣還放不下山奈。

當父母都叫我要放下的時候，只有秋時緯種下野薑花，在山奈最喜歡的空中花園。只有秋時緯背後也依然存在那巨大的黑洞，吞噬著他的一切、他的人生。

「小貓有給你招待券吧？你不去看看嗎？」秋時緯忽然開口，我張開眼睛，看著他凝望烹飪教室方向的側臉。

我有一種奇怪的直覺，蠢貓的出現，會改變一些什麼。

至少我有些改變了，那秋時緯呢？

如果我們都忘了山奈，如果我們都往前進，那山奈就真的死了。

「別跟我搭話，我說過了，我這輩子都不會原諒你。」所以我這麼說，再一次，懊悔的黑暗漩渦湧上秋時緯的臉，他越痛苦不堪，我越能放心。

這樣，就有個人跟我一樣，永遠忘不了山奈。

我站在烹飪教室門口，看樣子社展已經差不多進行到尾聲，目光四處找尋蠢貓的身影，發現她正在整理桌面。

乾脆離開好了，反正本來就沒有一定要來。雖然心裡這麼想，我卻開口喊了她。

烹飪教室裡的人再次對我露出驚恐的表情，我突然瞥見一個面熟的女生，從幼稚園起，她一直和我同校，在我失去山奈以後，她曾經關心地問我是不是發生了什麼事。

「就算是剩菜，也是很好吃的唷，這是張奕欣做的。」蠢貓為我介紹菜色，對，那個一直和我同校的女生就叫張奕欣。

只有她在沒有改變的世界中，發現我的改變，所以我記得她。

於是我拿起蘋果派，咬了一口，往張奕欣的方向看了眼，我想為了當時而感謝她，卻又不知道該怎麼措辭，最後只說了句：「很好吃。」

張奕欣綻開笑容，我想，她也是記得的。

然而關於那段過去，我死也不想說出口，也不想和以前的人再有交集，過去都過去了，一句話就已經夠了。

我踏出烹飪教室，不經意地往對面大樓望去，卻見秋時緯正凝視著這個方向，我頓時瞇起眼睛。

我能感受到，有些什麼正在改變。但我們誰也不能離開想念山奈的這條軌道。

當蠢貓看見我還留在烹飪教室外頭等她的時候，神情流露出些許不安，我不禁在心裡一笑，她該害怕的時候不害怕，這時候卻緊張兮兮做什麼。

我故意不說話，她慌亂地找話題，還提起了社團活動。

其實，這次參觀烹飪社社展後，我多少也體會到社團活動的樂趣，尤其目睹蠢貓為了想要在烹飪社立足而付出的努力，便覺得自己也該做些什麼。

但很快這個想法就又被我抹去，誠如我說過的，我和秋時緯，誰都不能享受生命。

「對對對，那你就成立一個打架社好了，還可以把打架正當化，贏了的話就是為校爭光。」蠢貓對我自暴自棄的話很不屑，我卻笑了出來。

如果真的要說有什麼既可以思念山奈，而我又感興趣的話，那就是……

「你不是很喜歡星星嗎？不然就成立個觀星社怎麼樣？」

我一愣，沒料到蠢貓會提到星星。

「誰喜歡星星了。」但我嘴上依然這麼說。

「別不承認啦，這又沒什麼，觀星社聽起來好酷，很有氣質耶。」她自顧自地說起來。我覺得像是被她看穿了，要她閉嘴她也不聽，逕自往下說：「我們學校沒有觀星社，你可以認眞考慮看看，而且參加社團活動的話，對你的升學也比較有幫助，不然老是打架，大學可沒有打架科系。」

我沒好氣地望著她，覺得彆扭得很，想停止這話題。

「妳到底是站在秋老師那邊，還是我這邊？」

「有需要這樣區分嗎？」

「當然。」

「這很重要？」

「很重要。」因爲，山奈不能消失。

她想了一陣，才語氣堅定地說：「到現在我還是不知道你跟秋老師有什麼關係，也不知道你們之間發生過什麼事，你要我選邊站，又不是小學生，爲什麼要做這樣的事？」

「就是需要這樣。」

「好吧，如果一定要這樣，那我選擇站在秋老師那邊。因爲，秋老師所想的一切都是爲你好，不想你蹺課也不想你打架，其實正常來講，你本來就不該做那些事情，而且奕欣也說過，你以前不是這樣的人，那又爲什麼……」

我沉著臉，妳什麼都不懂，什麼都不知道。

妳不知道秋時緯帶走了山奈，粉碎了我的家庭。

妳不知道事到如今，記得山奈的人彷彿只剩下我和秋時緯。

妳不知道，山奈在我和他的心中，面目已經逐漸模糊，取而代之的是妳清晰的笑容。

「秋老師很悲傷，爲什麼你就不能站在他的角度，爲他設想呢？」蠢貓輕聲說著。她明明什麼都不知道，卻看見了秋時緯的傷痛。

「那妳就看不見我的悲傷嗎？」我幾乎是喃喃自語，痛苦的並不是只有他。

「我只看見你的憤怒。」

蠢貓的話讓我微微瞠大眼睛，原來是這樣的嗎？在別人眼中，就是這樣？

我強迫秋時緯對我懷有愧疚，逼迫他必須永遠深陷過去。

我笑了起來，眞眞切切的，山奈，妳也是這樣認爲嗎？妳也覺得是我錯了？

「蠢貓，妳要我怎麼不生氣？」

「什麼？」

「只要秋時緯不要出現在我眼前，我就不會變成現在這樣。」我冷著聲音，告訴自己，我並沒有錯。

錯的是秋時緯，是他讓所有一切凍結成霜。

丟下蠢貓離開空中花園後，我頓時有些後悔，我剛剛冷漠的態度，是否會嚇到她？

那份還不成熟的情感在我心中滋長，每次看著蠢貓，就會想到山奈，這不免讓我懷疑，她對我來說，難道是一種替代？

望著蠢貓在烹飪社忙碌的身影，我明白自己確實喜歡她。但這種喜歡，是純粹的嗎？或者她只是山奈的影子？

想起蠢貓那帶著失望與譴責的神情，她明明什麼都不知道，就選擇了責備我。

在那個當下，我的確感受到許多負面情緒，不過，隨後湧上心頭的，卻是一種說不上來的懷念。

「子秋。」秋時緯的聲音在我身後響起。

「陰魂不散。」我嘖了一聲。

對於我的無禮，他並沒有說什麼，甚至也沒有浮現一絲責備之色。他總是那樣，眼底帶著愧疚地看著我。

「在看什麼嗎？」他走到我身旁，抬頭望了眼樓頂的空中花園，表情似乎不是很意外，「你在意小貓嗎？」

「不關你的事。」我轉身離開。

我知道他會看著我的背影，我也知道他會想叫住我。然而我就跟這十年來一樣，繼續無視他。

就一輩子，陷在這份懊悔裡吧！

我只能藉由憎恨他，來記住山奈。

雖然我這樣告訴自己，但不可否認，對於憎恨秋時緯這件事，我越來越覺得懷疑，我腦中一直浮現的，除了山奈，就是蠢貓的臉。

蠢貓提出創立社團的建議，讓我體認到也許這是唯一一件可以讓我快樂，又可以記住山奈的事，所以我決定聽從她的建議，到教務處拿了申請單，順利創立了觀星社。

蠢貓得知這個消息後，顯得非常開心，我覺得內心有些什麼正蠢蠢欲動，我想看見她更多的笑臉。

如果我不鬧事，她就會微笑的話，那我就不再鬧事。

在她身邊所能感受到的平靜，是從未有過的，只要待在她身邊，想起山奈的頻率就沒那麼高了，我害怕這一點。

如果接受了山奈眞的離去的事實，那……山奈又去了哪裡？

那些回憶會不會消失在時間的洪流裡？

逝者曾經存在過的證明，是不是都會慢慢消失不見？

以爲大腦能夠一輩子保存那些記憶，卻沒想到終有一天，那些記憶也會蒙上一層灰，逼得自己開始懷疑那些記憶會不會只是幻想？會不會其實根本沒有存在過？

我陷入兩難，我想要享受和蠢貓待在一起的平靜，卻又害怕那份安逸會使我遺忘那些永遠不該遺忘的過去。

這時，蠢貓卻說了。

「葉子秋，不要喜歡我。」她凝視著我，眼中飽含許多被我刻意忽略的熱烈情感，「因爲我喜歡秋老師。」

我流下眼淚，卻不知道眞切的原因。

也許只是因爲眼前的她，讓我再次見到當初山奈步出家門去找秋時緯時，那回眸一笑的燦爛。

後來的發展太過丟臉，又或者該說是太過情感奔放，讓我往後只要一回想起，總是會露出不好意思的微笑。

我一直在想，我來到這所高中的意義是什麼？一開始，我是為了希望能代替山奈從這裡畢業，但現在想想，來到這裡，是不是其實是山奈的安排呢？

她要我遇見倪苗，要秋時緯也遇見倪苗，然後要她拯救我們。

遇見倪苗以後，說悲傷也不是，說開心也不是，最接近的形容詞彙，大概就是溫暖吧。

當蠢貓告訴我她喜歡秋時緯的時候，我再次覺得這是山奈惡意的玩笑，也許比起弟弟，她更想要拯救男朋友吧。

如果今天山奈哭了，我會抱住她，因為她是我唯一的姊姊，我想成為她的依靠。

但如果今天蠢貓哭了，我一樣會抱住她，讓她在我懷中感到安心，讓她可以有個地方盡情流淚，然後我會輕拍她的肩膀，告訴她一切不用擔心，因為有我在。

在我領悟了這兩者之間的差別以後，瞬間豁然開朗，我明白對我來說，倪苗早就不是山奈的替身了。

也許我所需要的，不是憎恨，不是旁人小心翼翼的對待，也不是秋時緯的歉疚彌補。

我只是需要山奈，一個像山奈一樣的女生，不會畏懼我，也會因為關心而責罵我。

我喜歡倪苗，不是因為她像山奈，而是因為她是倪苗。

這就是我在倪苗身上所感受到的懷念。

我記得倪苗用她那瘦小的身軀緊緊抱住我，吶喊著她會將所有一切攬到自己身上時，她說，我們不會忘記山奈。

因爲會有另一個人陪著我和秋時緯一起惦記山奈，不再有怨恨與愧疚。現在的我，回憶起山奈，終於不再感到痛苦，而是滿滿的溫暖。

倪苗會帶著笑容問我，「山奈喜歡什麼顏色」、「她喜歡看書嗎」、「她以前都怎麼對付你這傲嬌的個性啊」。

偶爾她也會問：「山奈以前和秋老師不知道進展到什麼程度，你覺得我可以問嗎？」只要是這種無聊的戀愛話題，通常會換來我的白眼。

在山奈死去十幾年後的今天，我終於可以站在她的房門前，握住門把，深吸一口氣，將門推開。

她的房間仍維持原狀，絲毫沒有改變，連翻起的棉被都沒有摺好，穿過的睡衣也還丟在床上，桌上還放著她專用的馬克杯。

我環顧她的房間，淚水沾溼雙頰。

「山奈，妳終於自由了。」明明是愛，卻彼此囚困了好長一段時光。

如果沒有倪苗，我和秋時緯又會如何？

時光荏苒，回想起過往，我無地自容地嘆了口氣，覺得自己當年糾結的那些事，在在證明了當時的自己有多不成熟。

那個時候，想要活下去的本能，以及想要毀滅自己的衝動，不時在我心中來回交戰，所以我只能把一切的怨懟，全發洩在秋時緯身上。

仔細想想，實在很對不起他，親眼目睹心愛的女孩車禍身亡，他心中的傷痛絕對難以承受，然而他卻堅強地替山奈走上她想要走的人生道路，還要承受我不可理喻的怒火。

我看著眼前的野薑花，以前明明只是一小叢花，現在卻蔓延成一整片花圃，不知道秋時緯是怎麼做到的，他有經過學校的同意嗎？還是全憑自己任意而爲？當他種下那些花時，又是懷著怎樣的心情？

一陣腳步聲從樓梯間傳來，一個穿著制服的馬尾女生探頭東張西望，一看見我，臉上都是笑意。

短短一瞬間，我彷彿看見了倪苗。

「啊！又在這邊偷偷抽菸！」馬尾女生朝我走來。

「我沒抽啊。」我把菸蒂放進行動菸灰缸裡。

樓梯間又走出另一個短髮女生，「葉老師，你怎麼還在這邊！」

「對啊，葉老師，你是顧問老師，怎麼可以不在場！」馬尾女生拉起我的手腕。

「好賊！妳怎麼可以碰葉老師！我也要！」短髮女生踩著重重的步伐靠過來，企圖也拉起我的另一隻手，我連忙高舉雙手，對她們露出微笑，「兩個都沒門。」

「哼，老師好賊！」她們不約而同嘟起嘴來。

裝什麼可愛啊，現在高中女生怎麼回事？

對老師有好感還一點都不掩飾，我記得以前我們可沒那麼頑劣。

「還在這邊？」樓梯間再次傳來另一個聲音，兩個女生眼睛發亮地朝來者跑去。

「秋老師，你聽我說，葉老師剛剛在偷偷抽菸喔！」馬尾女生立刻告狀。

「你現在還在我身邊安插眼線？」我瞇起眼睛看向秋時緯。

他只是笑著聳聳肩，對那兩個女學生說：「抽菸是不對的，我會告訴主任，妳們兩個先去社團吧，我有事情要和葉老師討論。」

「好吧，葉老師，你要快一點喔！」短髮女生離開前還不忘囑咐我，到底誰是老師啊。

兩個女生吵吵鬧鬧離開空中花園後，秋時緯走到野薑花花圃前，拿起水管開始澆水，接著取出口袋裡的菸，點燃。

「剛是誰說不能抽菸？」

「我沒說不能，我只說那是不對的。」秋時緯看了我一眼，「沒想到你也會露出那樣的表情。」

「啥？」

秋時緯似笑非笑地看著我，裝出令人作嘔的笑容，模仿我剛才的語氣說：「兩個都沒門。」

「你！」我挑眉。

「哈哈哈，這下理解老師不好當了吧。」他放聲大笑，過了一會兒又說：「其實你可以去當觀星社的顧問老師，畢竟是你一手創立的社團。」

我搖頭，「你當得好好的，我也在烹飪社當顧問老師當得好好的，何必要變動呢？」

「你待在烹飪社，是因爲小貓待過那裡嗎？」

我沒回答他的問題，又點燃了一根菸。

「我就知道！」

聽到這個熟悉的嗓音，我和秋時緯立刻把手上的菸丟到地上踩熄。倪苗雙手環胸，瞇著眼睛輪流打量我和秋時緯。

「小貓，不是說等妳到了學校，我會下去接妳嗎？」秋時緯立刻衝到她身邊扶住她，唯唯諾諾的模樣眞是可笑。

「我回自己的母校，還需要你們來接啊。倒是你們都當老師幾年了，居然還在學校抽菸！」她的手在鼻子前猛搧，還用力瞪了秋時緯一眼。

「四年。」我說。

「十四年。」秋時緯說。

「那你們還抽菸！眞是的！一點都沒變！」她氣呼呼地叨念。

秋時緯討好地解釋，「我是因爲子秋在抽菸，想制止他，所以以身試法，想告訴他這樣不對……」

「胡說！」倪苗瞪大眼睛，還用力踩了秋時緯的腳。

「哎唷。」秋時緯慘叫一聲，而我不禁笑了起來。

倪苗看向我，笑容溫馨，「葉子秋，有難纏的學生嗎？」

我聳聳肩，表示沒什麼人可以讓我覺得難纏。

「上次不是有個學生跟你告白，結果呢？」倪苗滿臉興味，秋時緯扶她坐在一旁的長椅。

「我可是很有定性的，再怎樣也不會跟某人一樣和學生談戀愛。」我刻意加重語氣。

秋時緯立刻扭頭辯解，「不是這樣說吧，嚴格說起來，我沒有和學生談戀愛啊，我們是等到畢業後……」

「我是在說你嗎？不打自招。」我冷笑，秋時緯發現被我誆了，嘖了一聲，嘴角勾起。

我從來沒想過我和秋時緯可以平心靜氣地坐在一起有說有笑，尤其是在這個充滿山奈回憶的空中花園裡。

「野薑花開得好美。」倪苗嗓音輕柔。

要不是她，我和秋時緯一輩子都還是會深陷在悲傷的泥沼裡吧。

此時此刻，我微笑著，秋時緯也微笑著，我們都愛著山奈，倪苗也是，這是多麼值得欣慰的事。

「好了啦，快去烹飪教室吧。」倪苗示意要秋時緯扶她站起來。

她做的料理，外觀依舊慘不忍睹，但即便是這樣的她，現在也開了間小餐廳，店名就叫做「Cat's surprise」，打出不好吃免費的宣傳手法，在開幕當天吸引了大批排隊人潮，想當然耳，也得來了大量負評。

幾乎有一半的客人在料理剛端上桌時，看著桌上那些賣相不佳的菜餚，氣得破口大罵，另一半的客人則選擇直接驚恐地逃離餐廳。

一開始，我以爲倪苗會哭，她卻在廚房裡傻笑著說：「這也是沒辦法的事，我唯一能做的就是努力了。」

以前她明明是個遇到一點小事就會在河堤亂叫、亂抱怨的女生，然而這麼多年過去，她改變了我們，也被秋時緯改變了不少。

幸好接下來連續幾天，倪苗的高中同學、社團好友，以及大學時代的朋友陸續前來餐廳捧場，小小空間裡總是塞滿了人。

她的朋友帶著朋友過來，朋友的朋友再帶著其他人過來，就這樣一傳十、十傳百，倪苗的料理外觀雖然還是沒有多大的改善，但味道可是比以前還要出色許多，只要客人願意放下成見，試吃幾口倪苗親手做的料理，多半都能被料理出乎意料的美味所收服。

現在Cat's surprise已經成爲一間不預先訂位就絕對沒有位子的熱門餐廳，每天依舊有人在外頭排隊，等待是否有客人臨時取消訂位。

所以當烹飪社的學生知道這位赫赫有名的Cat's surprise老闆娘居然也是這所高中的畢業生，又是我這個顧問老師的高中同學時，拚命拜託我邀請她來烹飪社擔任客座教學。

當然，等她們知道倪苗是秋時緯的老婆後，更是一片哀鴻遍野，嘴裡說著什麼好男人不是Gay就是死會了。

這讓我對於現在的高中生再次感到驚訝，秋時緯大了她們將近二十歲，她們還在痴心妄想什麼啊？

「葉子秋，怎麼還不走？」已經讓秋時緯攙扶著走到樓梯間的倪苗，突然轉過頭來。

我笑著問：「預產期什麼時候？」

她那圓滾滾的肚子裡，有著一個新的生命。

「預產期在秋天。」

又是秋天啊，「取好名字了嗎？」

「還沒決定，不過小名會叫做奈奈。」倪苗清澈的雙眼對上我的，她的眼神那般溫柔堅定，總是突然闖入我毫無防備的心。

鼻頭一酸，除了感謝，我不知道該對她說些什麼。

因為有妳，我的生命變得圓滿許多，雖然我從不認為山奈對我來說是包袱，但在那個當下，我真心覺得解脫了。

山奈終於從那個房間裡走出來，告訴我她要離開了。

我看著眼前身懷六甲的倪苗，我曾經深愛的女人，如今滿臉幸福地孕育著新生命，世界上還會有更美好的事嗎？

所以這一切才會如此煎熬，所以我才會找不到適當的字句描述我現在的心情。

但是，確實是幸福的，是的，我很幸福，倪苗很幸福，秋時緯也很幸福。

這是山奈最希望看到的，我們都是幸福的。

「小秋貓的孫子要出生了，也是在秋天。」

倪苗和秋時緯先是一愣，接著露出欣慰的笑容。

「到時候送你們一隻，想要嗎？」我問。

「當然，求之不得。」秋時緯的眼裡蒙上一層水光，水光裡蕩漾著喜悅。

生命的開始與結束，都是伴隨著淚水。

「期待那隻秋的貓誕生吧。」我說。

紀念版番外
好久以後的我們

歡迎光臨小貓的店，這裡應有盡有，我的外表雖然可怕，但絕對不會讓您失望喔！

Cat's surprise歡迎您～

我看著倪苗餐廳宣傳單上的字句，她同時也把這句話當做是廣告文宣。

嗯，奇怪，秋時緯不是國文老師嗎？怎麼沒跟她說這文宣看起來大有問題？

「歡迎光臨。啊！葉子秋，你來了啊！」倪苗圍著圍裙，頭髮往兩邊梳成了包包頭，看起來十分可愛。

「看來妳還不錯啊。」我笑著說，注意到餐廳裡的客人寥寥無幾。

「本來開餐廳就一定有風險，我承受得住！」她堅強地說，臉上有著打不散的笑容。

「這樣就好。」我也笑了，倪苗就是要這麼堅強，像是打不死的蟑螂。

正因為如此，她才能拯救秋時緯，也拯救了我。

「嗨，學姊，我們來了！」一個短髮的女生穿著吊帶長褲，戴著簡約的綠色耳環，從門口進來。

「學姊好。」後頭的長髮女孩跟著走進來，穿著貼身牛仔褲和短袖上衣，手上還拿著醬油組禮品。

「小唯、洵恩，妳們來啦！」倪苗露出驚訝的笑容，放下手上的盤子，掠過我往那兩個女孩跑去。

我倒是習慣了，讓倪苗去招呼客人，我便自動走去廚房要幫忙洗碗。一進廚房，就看見秋時緯已經在裡面了。

「你怎麼來了？」他看起來一臉沒睡醒。

「那你又怎麼會來這裡？」

「我在這裡很正常吧？」

「那我在這裡也很正常。」

秋時緯看著我，然後挑眉笑了下，「我很樂意把洗碗的位置讓給你。」

「算了，那位置還是你守著就好。」我巡視著廚房，乾淨整潔，看了一下手錶，時間已到用餐時刻，卻沒有多少客人。

Cat's surprise剛開幕的時候，主打不好吃就免費，所以吸引了許多人，但倪苗忘記註明自己的餐點其貌不揚，很多人一看見像是魔鬼般的食物都氣得離開，還被一星負評洗版。

這不過就是上個月的事情，所以他們更改了文宣，但是……

「那個文宣，看起來根本不知道是餐廳，還以爲是什麼寵物認養。」我轉頭看了秋時緯，「你沒有幫忙把關？」

「我跟小貓說過喔，但她就堅持要那樣，說比較可愛。」秋時緯沒辦法地聳聳肩，好吧，看來是我錯怪他了。

「我的天啊！眞的是秋老師耶！」女孩的聲音從門口傳來，我和秋時緯都回過頭看，只見短髮女孩興奮地抓著長髮女孩喊。

「我跟你們介紹一下，她們是以前我烹飪社的學妹，岳小唯和杜洵恩。」倪苗有些尷尬地微笑。

「學姊，沒想到妳是師生戀呀。」杜洵恩微笑，似乎十分讚賞她的勇氣。

「太浪漫了，簡直禁忌到不行，在學校的時候就戀愛了嗎？」岳小唯則是八卦不已。

「咳，我現在還是老師，請不要亂說話，我們可是有好好等到畢業喔。」秋時緯把手擦乾，擺出老師的模樣。

「啊，對耶，我記得有聽說畢業典禮時，有人見到老師和學生牽手的傳聞，原來就是你們啊！」岳小唯雙手比讚，「那你們現在是住在一起嗎？要結婚了嗎？」讚變成比雙手愛心。

「妳好八卦，我們今天是來幫學姊的，妳忘記了？」杜洵恩邊說邊捲起袖子。

「啊，沒錯！學姊，妳怎麼這麼多年還是食物好吃得要命，外觀難看得要死啊？」

「噗。」我被岳小唯的直接搞到忍不住笑出來，她們兩個這下子才注意到還有我在這裡。

「妳們，我還要介紹一下，這位是葉子秋，他是我的……嗯……」倪苗轉著眼睛，似乎在想要怎麼介紹我。

「啊！我知道，葉子秋學長，大帥哥，但是很可怕，可是後來又變成小動物！」

「岳小唯，妳眞的很八卦耶。」杜洵恩在一旁皺眉。

「哈哈哈，一定要的啊。」岳小唯笑著，「學長好、老師好。我們是以前烹飪社，倪苗學姊的得意學徒，我們料理方面還行喔，所以今天來幫忙。」

「不過味道當然比不上學姊就是了。」杜洵恩看起來是個老實型的女孩。

「哈哈哈，總之就是這樣啦，她們等等會一邊幫我，然後還要靠杜洵恩這個大美人當我看板娘，打個卡。」倪苗也絲毫不藏匿她的私心。

就這樣，她們兩個人加入了廚房的忙碌工作中，而我頓時沒事做了，就到外面幫忙整理餐桌。

餐廳雖然說只要經營的好，就不容易賠錢，但是已經賠錢一個月的倪苗，現在可是火燒屁股呢。

啪擦！

聽見手機的拍照聲音，我轉過頭一看，發現岳小唯正拿著手機對我拍照，「學長，你也是帥哥一枚，拍杜洵恩外，也該拍個帥哥吸引女生，不介意吧？」

「哈，妳都這樣說了。」要是以前的我一定會拒絕，但是現在有什麼好拒絕呢？反正能幫助倪苗就好，加上在學校也是一堆女學生偷拍我，早就習慣了。

「學長啊，你現在在哪裡上班？」

「在高中實習。」

「喔？學長也是老師嗎？那以後有打算去哪間高中嗎？」岳小唯指定要我站在角落，還要擺出憂鬱的姿勢拍照。

「會請調回到我們的高中吧。」我說。

「那很不錯呢，我現在是在零售業工作。」她遞給我一張名片，上頭的廳具品牌連我都聽過。

「其實我有準備一套要送給倪苗學姊，但是我想等她的店人山人海以後，再送給她。」

「妳眞有心呢。」我收下她的名片，對這個女孩印象深刻。

後來，也不知道是照片效應，還是因爲靠著岳小唯精湛的裝飾手藝，又或是杜洵恩那裡外兼具的完美料理，之後好幾天，倪苗的店人潮滿滿。

不過，醜媳婦還是得見公婆，所以倪苗還是得安插她的醜料理在其中，當有人勇於嘗試之後，這傳說就此傳開。

於是，我第二次見到岳小唯，就是在她帶著那套高級餐具組合，來到倪苗和秋時緯的家中拜訪。

那一天的聚會非常開心，餐桌上有許多好吃的料理，每個人酒足飯飽。結束時已將近凌晨，杜洵恩有男友接送，原本想順路載岳小唯回家，但岳小唯拒絕了，堅持自己搭捷運。

「我送妳吧。」我主動這麼說，主要也是因爲岳小唯和我一樣都要前往捷運站。

「哇，謝謝學長。」

「不用叫我學長了，都畢業這麼久了，被叫學長好像在當兵。」

「哈哈，當兵是嗎？」岳小唯笑了笑，垂下眼睛，「那個，你急著回家嗎？方便陪我去河堤走走嗎？」

「喔？我倒是沒關係，但是捷運最後一班……」

「其實我就住在下兩站，用走的回去也沒關係。等等我幫你叫車，讓我付車資，這樣如何呢？」她提議，我微笑點頭。

「我也住在下兩站的地方。」

「這麼巧？那這樣子，我們一起用走的回去好嗎？」

「好。」

岳小唯還真是一個奇特的女生，明明不算熟識，但她大方的態度，好像我們認識了很久一樣。

或許是自同一所高中畢業，加上還有共同朋友倪苗，所以意外聊得來，也有可能是岳小唯很會找話題，讓我們一路上都不覺得無聊。

「其實今天我以前暗戀的人結婚了。」她忽然這麼說。

「妳現在還喜歡對方喔？」

「沒有，怎麼可能，都多久了。」岳小唯手在臉前揮著，「但總是會突然有種奇怪的感覺襲來呀。」

「妳有去參加嗎？」

「當然呀，還去了新娘房看她呢，而且她結婚的對象也不是以前交往的男生，是出社會後交往沒幾個月的前輩，就這樣，結婚的對象不是靠交往時間長短，而是在天時地利人和出現的對象。」岳小唯兩手一攤。

「妳喜歡的是女生？」我挑眉。

「喔，我喜歡的那個人是女生沒錯，但我並不是喜歡女生。」她聳肩，「我也和男生談過戀愛，我更傾向那種……喜歡的不是性別，是對方這個人。」

「原來如此。」我看著天上的星星，與高中時期相比，現在的光害變得更嚴重了，就連河堤的燈光也變多了，但這相對安全，這些都是好的轉變。

只是要看星空，變得不容易了。

「我大概懂妳說的感覺，看著倪苗和秋時緯，倒也不是說會難過，事實上他們過得好的話，我更高興，不過就……偶而會飄過一點……」我形容不出來那種感覺，只得聳肩。

「哎呀，你果然喜歡過學姊呢！」岳小唯像是嗅到了八卦一樣，「洵恩還說是我想太多，但是我的雷達不可能出錯的。」

「哈，爲什麼會知道？」

「感覺。感覺你懂吧？」岳小唯抬手向天空伸了個懶腰，「這叫做女性的直覺。」

「我不知道那是什麼，但聽說總是挺準的。」

「是啊，我的女性直覺也跟我說，我們會變成好朋友喔。」

「聽起來像是搭訕的話？」

「就當做是吧。」岳小唯轉頭對我一笑，「我的名片記得收好啊，我家到了，我從這邊上去。」

「要送妳嗎？」

「不用了，上去過馬路就到了，而且樓下還有鹹酥雞攤，很安全。」她用手在耳邊比了個六，「無聊的時候，可以打電話跟我聊天喔。」

不知道她是哪來的直覺，覺得我們能夠變成好朋友。

「無聊。」我忍不住一笑，繼續往前方走去。

那張名片被我收在錢包深處，直到某天，同所學校有個老師要離開，大家提議一起送個高級餐具給愛下廚的她當做餞別，我才又想起了岳小唯。

於是我打了通電話給她，和她約在倪苗的餐廳面交那套餐具。一邊讚嘆著倪苗的店已經變成熱門餐廳，一面數落著食物的賣相依舊慘不忍睹。

後來，餐具交給同事後深獲好評，又和岳小唯訂購了幾次，和她見面聊天的次數也多了，越來越覺得與她十分合拍。

我對她是有好感的，但要說是喜歡，好像又有點早。

就在我轉調回母校的前一個禮拜，又與岳小唯約了見面吃飯，我記得那一天的星空格外清澈，明明光害依舊，卻看得很清楚。

與她走在河堤回家的路上，已經成為習慣，微風吹來，她抬手伸懶腰，然後轉過頭來看著我說：「我又有一個新的直覺，你想聽嗎？」

「請說。」

「我覺得，我們這樣下去，有一天應該會在一起。」

她的表情帶著些許戲謔，看起來十分俏皮，微翹的嘴角與那雙大眼，在此刻烙印在我的腦中。

「這麼巧。」我雙手插在口袋，「我也有這樣的直覺。」

「喔？那你的直覺準嗎？」她轉過來，雙手放在身後看著我。

「不知道嘍。」我笑著，走到她的身邊。

這直覺轉為現實，也是在不遠的將來。

後記
有花堪折直須折，莫待無花空折枝

這次我就不提醒你們別先偷看後記，我已經管不了你們偷看的衝動了（擦淚）。

「戀之四季」系列共有四本書，在前兩本書裡，向春日和夏恒生都沒能和女主角終成眷屬，那麼會不會名字裡有「秋」和「冬」的男主角也有著相同的命運呢？

嘿嘿，意外吧！《秋的貓》兩個男主角的姓名都帶有「秋」這個字，而他們與女主角三人之間的情感牽扯，除了愛情，更多的是親情與友情。

看著他們的成長，以及一路走來的改變，直到最後終於可以真心露出微笑，感謝過去曾經發生的一切，這點讓我非常欣慰。

回想起當初敲下最後一個字時，我的內心滿滿感動無法言喻，我就像和倪苗一樣談了一場戀愛，一起擁抱了秋時緯的悲傷和葉子秋的戾氣，好像和他們一起成長、一起戀愛、一起勇敢地接受過去帶來的傷害。

在重新看稿的時候，我覺得一切又歷歷在目，彷彿打開窗戶，真的就能聽見秋老師的歌聲；走進烹飪教室，就能瞧見倪苗獨自努力的背影；來到河堤，就能看見葉子秋凝望星空的模樣；抵達空中花園，就能發現小秋貓趴在長椅上的等待。

故事與其說圍繞在一隻貓上，不如說圍繞在葉山奈身上——一個在故事裡不算眞正出現過，卻永遠活在主角記憶中的女孩。

我喜歡倪苗在葉山奈墓前坦承自己的心意，也喜歡倪苗並沒有消沉太久，明白自己應該要保持樂觀與希望。

倪苗明白自己永遠無法與一個死去的女孩競爭，但她也很快明白其實並不需要和山奈比較，那段愛情成爲永恆又如何，她感謝山奈拯救了當時的秋老師。

而她現在，則要帶領兩個男人走向未來。也只有曾經歷過親人逝去遺憾的她，才更能理解他們的悲傷，才能待在兩個男人身邊，並拯救他們。

傷痛也許讓我們傷痕累累，也有可能讓我們因此一蹶不振，所以倪苗才說，她感謝自己處在無所畏懼的青春歲月，讓她得以勇往直前。

青春，是我們漫長卻又短暫的人生中，迎來的第一段黃金時光。

那時我們初生之犢不畏虎，我們不明白大人的爲難，我們以爲眼前所見就是全世界，多年後回首，不免會覺得當時的自己有些滑稽。

但也就是那段青春歲月造就了現在的我們，那段青春歲月裡的遺憾與勇敢，奠定了我們往後對於人生的想法。

秋老師掛在口中的詩讓我感觸良多，雖然青春一去不復返，但揮別青春後，人生很快就會迎來第二段、第三段黃金時光。

好了，像是老生常談的絮絮叨叨就停在這裡。

《秋的貓》是我目前寫過最多字的愛情小說，這點我非常驚訝，而且我寫完的時候，竟然沒發覺自己把這個故事寫得這麼長。當我寫下最後一個字，一度覺得我心上好像有什麼也被剝離了一樣難受。

每一次寫故事，我都會覺得裡頭的角色眞的在我周圍生活著，打上「全文完」彷彿也跟他們說了再見。對了！大家發現倪苗是誰了吧？應該超級明顯的，就是很多人都猜到的「烹飪社學姊」。

大家也注意到了吧，在《總會有一天》裡，跟樂宇禾打架的空手道學長，就是阿狐與阿狗。還有在校門口和秋老師說話的男同學、被倪苗看見交白卷的一年S班姓氏特別的學生等等，這些小地方是不是也讓眼尖的你們發現他是誰了呢？

「戀之四季」系列有些看似尚未明朗的梗，會一一在最後的「冬」裡解開，所以屆時也請大家睜亮眼睛找找看嘍。

至於「冬」的男女主角在前三本書裡出現過嗎？嘿嘿，就讓你們猜一猜，他們在哪本書裡曾經出來打過招呼吧。

最後，你們喜歡《秋的貓》這個故事嗎？讀完以後會讓你們心裡暖洋洋的，並且更加珍惜生活中的平凡幸福嗎？如果能讓你們有這樣的感覺，那我會非常非常開心唷！

有時間的話，也歡迎大家跟我分享讀後感想，每次看見大家寫下的感想或心得，都是讓我更加努力的動力，也非常感謝你們支持我。

一樣的，我們下次見嘍（眨眼）！

Misa

紀念版後記

這麼多年終於寫出大家要的秋天

終於在九年後把葉子秋和岳小唯這一對寫出來了。

在很久以前，某次的直播還是貼文裡，提到葉子秋和岳小唯在一起，然後有人問寫在番外篇的哪裡怎麼看不出來？對此，我眞的是好難解釋。

起因是有讀者提到，岳小唯幾乎在每一本書都有出現，加上原始的番外中，葉子秋有參加倪苗的餐廳開幕，裡面提到大家都去了，所以是不是有可能岳小唯會和葉子秋在一起呢？

是的，對，就是這樣。

我就是這樣設定的，只是沒有特別說，當初也沒寫，就靠讀者自己聯想，要是沒有讀者猜到，我原本也不會講。就因爲有幾個讀者猜到了，我只好告訴大家，於是大家眞的開始找，到底番外篇的哪裡有寫到這一對？

眞的是很抱歉，看不出來啦！因爲就是要自己聯想啦。眞的很抱歉造成大家的困擾。

所以，我這不就寫出來了嗎？

在寫新的秋番外篇時，我就打算寫他們在一起的故事，原本還想寫到在一起以後的事，但後來想一想，還是點到爲止。

說實在，我滿好奇多年後再一次看「戀之四季」的你們，一口氣把九年前的番外和九年後的番外一起看完，有什麼感覺呢？

會不會覺得，故事中的人物好像長大許多（事實上作者也長大了啊哭哭）？有沒有發現，在以往的作品中，我有一點傾向讓「遺憾一輩子都是遺憾」，例如多年後見到對方，還是忘不了之類的。

但是在新寫的番外裡，不約而同我都讓男配角們走向新的人生，那些在青春時期沒有辦法走在一起的人，就只是過往篇章的一頁，並不會阻礙你的人生，而是豐富你的歷練。所有人都還是能再喜歡上下一個人，即便沒辦法，也能邁向新的道路，這才是真正的成長、才是人生啊。

況且人越活越老，所要煩惱的事情絕對不會只有感情這麼簡單，還有更多你無法解決的現實啊！（我這是在感嘆嗎？）

我記得《秋的貓》是我寫過字數最多的單本作品，九年後還是它字數最多，哈哈哈。

「戀之四季」重新出版，要求要新寫後記的是我，可是真正在寫的時候又想不出來要寫些什麼。最後就是歡迎大家跟我分享感想，然後買到書可以TAG我唷！

另外，我也好奇新舊讀者的比例。若是老讀者，請告訴我多年後重新看「戀之四季」，你最喜歡哪一本？新讀者又最喜歡哪個故事呢？

好啦，終於可以進入最後一本，冬天了。

Misa

國家圖書館出版品預行編目資料

秋的貓【紀念版】／Misa著. -- 二版. -- 臺北市：城邦原創股份有限公司出版：英屬蓋曼群島商家庭傳媒股份有限公司城邦分公司發行, 2023.06
面；公分. --

ISBN 978-626-7217-49-8（平裝）

863.57　　112008623

秋的貓【紀念版】

作　　者／Misa
責任編輯／林辰柔、黃韻璇
行銷業務／林政杰
版　　權／李婷雯

副總經理／陳靜芬
總 經 理／黃淑貞
發 行 人／何飛鵬
法律顧問／元禾法律事務所　王子文律師
出　　版／城邦原創股份有限公司
台北市南港區昆陽街 16 號 4 樓
電話：(02) 2509-5506　傳眞：(02) 2500-1933
email：service@popo.tw
發　　行／英屬蓋曼群島商家庭傳媒股份有限公司城邦分公司
聯絡地址：台北市南港區昆陽街 16 號 8 樓
書虫客服服務專線：(02) 25007718．(02) 25007719
24小時傳眞服務：(02) 25001990．(02) 25001991
服務時間：週一至週五09:30-12:00．13:30-17:00
郵撥帳號：19863813　戶名：書虫股份有限公司
讀者服務信箱 email：service@readingclub.com.tw
城邦讀書花園網址：www.cite.com.tw
香港發行所／城邦（香港）出版集團有限公司
地址：香港九龍土瓜灣土瓜灣道86號順聯工業大廈6樓A室
email：hkcite@biznetvigator.com
電話：(852) 25086231　傳眞：(852) 25789337
馬新發行所／城邦（馬新）出版集團 Cité(M)Sdn. Bhd.
41, Jalan Radin Anum, Bandar Baru Sri Petaling,
57000 Kuala Lumpur, Malaysia.
電話：(603) 90563833　傳眞：(603) 90576622
email：services@cite.my

封面插畫／阿殁Amo
封面設計／也津
電腦排版／游淑萍
印　　刷／漾格科技股份有限公司
經 銷 商／聯合發行股份有限公司
電話：(02)2917-8022　傳眞：(02)2911-0053

■ 2023 年 6 月二版
■ 2024 年 6 月初版 4.1 刷

Printed in Taiwan

POPO城邦原創 www.popo.tw　城邦讀書花園 www.cite.com.tw

定價／400元

ISBN　978-626-7217-49-8

本書如有缺頁、倒裝，請來信至service@popo.tw，會有專人協助換書事宜，謝謝！